Über dieses Buch Bei einem Ausflug auf die winzige Felseninsel Rockall, nordwestlich von Irland mitten im gewaltigen Atlantik, geraten die Zwillinge Judy und Nicky mitsamt ihrem Hund Jokey in eine rätselhafte Geschichte, einen Abenteuerroman.
Im Inneren des mehrstöckig ausgebauten Felsens entdecken sie eine unbekannte Welt: gleißende Werkhallen, bevölkert von Arbeitern, ein riesiges Labor und höchst merkwürdige Menschen, wie beispielsweise den Chinesen Dr. Mc. Turck, der ohne mit der Wimper zu zucken, in Sekundenschnelle die Quadratwurzel aus Zahlen in Millionenhöhe ziehen kann, und Pinkie, den Neger, der wundervoll kochen, aber kein Wort sprechen kann.
Nach und nach finden die Kinder heraus, bei wem alle Fäden dieser bizarren Welt zusammenlaufen: bei dem einsamen Herrscher im Fels, der 156 Jahre alt ist und an diesem Ort eine Waffe entwickelt, mit der er die moderne Welt zerstören will, um die Menschen zu retten.

Der Autor T. H. White, geboren 1906 in Bombay, gestorben 1964 an Bord eines Schiffes, begraben in Athen, gilt als herausragender Erzähler phantastischer Prosa.
»Als Einziger in unserer Zeit weiß er den Witz eines Lewis Carroll mit der Phantasie eines Tolkien oder Swift zu verbinden.« (Sphinx Magazin)
In deutscher Sprache erschien bislang: ›Das Buch Merlin‹.
Als Fischer Taschenbuch lieferbar: ›Schloß Malplaquet oder Liliput im Exil‹ (Bd. 2702), ›Kopfkalamitäten und andere Geschichten‹ (Bd. 2730).

T. H. White
Der Herrscher im Fels

Aus dem Englischen von
Rudolf Rocholl und
Bernd Rauschenbach

Fischer Taschenbuch Verlag

Ungekürzte Ausgabe
Veröffentlicht im Fischer Taschenbuch Verlag GmbH,
Frankfurt am Main, Januar 1988

Lizenzausgabe mit freundlicher Genehmigung
des Eugen Diederichs Verlag, Düsseldorf/Köln

Titel der Originalausgabe: ›The Master‹
Umschlaggestaltung: Rambow, Lienemeyer, van de Sand unter Verwendung einer
Illustration von Tilman Michalski
Gesamtherstellung Clausen & Bosse, Leck
Printed in Germany
ISBN 3-596-28260-8

GONZALO Ich machte im gemeinen Wesen alles
ganz umgekehrt ...
Es gäb nicht Herrschaft, –

SEBASTIAN Aber König möcht er sein.

ANTONIO Das Ende seines Gemeinwesens vergißt
seinen Anfang.

Shakespeare, *Der Sturm*

Inhalt

1. Die gelben Hände 9
2. Im Innern 18
3. Der Herrscher 22
4. Von Angesicht zu Angesicht 31
5. Hypnotisiert 36
6. Eine fehlende Zunge 40
7. Vollzählig 48
8. Verschwörer 54
9. Der Doktor 60
10. Judy denkt konstruktiv 69
11. Tottys Ende 74
12. Polonius 77
13. Ein Geschenk aus China 86
14. Die Tagebücher 93
15. Ein Schimmer vom Mount Everest 96
16. Der Squadron-Leader 104
17. Freiheit der Wahl 112
18. Die Konter-Antennen 116
19. Der Chinese 121
20. Sonnenaufgang am Mittwoch 130
21. Goldner Tiger 137
22. Es geht los 143

23. Die Frage des Werkzeugs 151
24. Pinkie 157
25. Balors Auge 162
26. Abendliche Beschäftigungen 166
27. Nachrichtenübersicht. 170
28. Gift 175
29. Die leere Robe 181
30. Operation Masterpiece 184
31. Betäubt 187
32. Diverse Statistiken 191
33. Der Sturm 195
34. Fünf Faden tief 200
35. Home Sweet Home 203

1. Die gelben Hände

Es war ein glüh-heißer Tag im Juli, und die Brandung des Meeres ähnelte geschmolzenen Limonaden-Flaschen.

Die Zwillinge lagen bäuchlings auf dem harten Fels; außer Overalls hatten sie nichts an. Nicky blinzelte ein paar Sterne oder Funkelblitze an, die von der Sonne drei Fingerbreit vor seiner Nase auf den Fels geworfen wurden. Wenn er ein bißchen schielte, verschwammen sie sacht nach links. Judy spielte mit einer zerbrochenen Eierschale und bewunderte ihre dünne, gebogene, zerbrechliche Glätte.

Am blauen blitzblanken Himmel über ihnen (der einen Blinzeln machte, wenn man hinaufsah) tanzten und taumelten Dutzende von Seevögeln gleich Schneeflocken. Wenn sie vor die Sonne flogen, wurden sie erst braun, dann schwarz, und man konnte durch ihre Flügelfedern hindurchschaun.

Der Vater der Kinder saß knapp sieben Meter entfernt mit Mr. Pierrepoint auf dem abfallenden Riff.

Die beiden hatten sich den Rücken zugekehrt und aßen Sandwiches.

Mr. Pierrepoint trug ein buntes Hawai-Hemd mit aufgedruckten balinesischen Tänzerinnen in mauve und grellgrün. Der Herzog hatte einen einteiligen Freizeitanzug an, ganz wie Sir Winston Churchill, nur war seiner aus wasserdichtem feinem Nesseltuch gefertigt. Der Herzog hielt sich nämlich nach einer von ihm entwickelten Theorie für porös. Auch hatte er eine Art Südwester auf, so wie der Mann in der Reklame für Scott's Sonnenschutz-Creme.

Der Herzog und Mr. Pierrepoint waren wohlgelaunt.

»Bester Froind«, sagte der Herzog, »ist dir auch klar, daß wir vielleicht die ersten Menschenfüße sind, die dieses Stückchen Klippe im wein-dunklen Meer erklimmen, wie?«

»Wie bitte?«

»Wir sind die ersten Menschen, die hier an Land gegangen sind.«

»Herzog«, sagte Mr. Pierrepoint, »im Buch steht, daß St. Brendan

auf seinem Weg zur Entdeckung der Staaten hier gelandet ist. Er ist damals auf einem Mühlstein gefahren, und dem Felsen hat er den Namen Brandion gegeben.«
»Ich weiß, mein lieber Froind, ich weiß. Aber...«
»Im Buch steht...«
Die Zwillinge hörten nicht mehr zu. Judy legte die Eierschale hin und sagte: »Trotzdem, Nicky: ist schon ein sonderbares Gefühl.«
»Was ist so sonderbar?«
»Die ersten Menschenfüße zu sein.«
»Sind wir nicht; mach' ich jede Wette. Wie steht's denn mit dem letzten Krieg? Die ganzen Flugzeuge sind drüber weggeflogen: weiß ich genau. Bei Daddy scheint alles mit dem Jahr 1896 aufzuhören.«
»Aber Nicky!«
»Ist doch wahr. Und wie soll St. Brendan auf einem Mühlstein gefahren sein?«
»Soll wohl poetisch klingen, denk' ich mir. Oder religiös.« Er gab eins seiner Seefahrer-Geräusche von sich.
Das Kliff, auf dem sie in der Sonne brutzelten, gehörte zur Insel Rockall, die häufig im Wetterbericht erwähnt wird. Sie ist eine Bergspitze aus Granit, ungefähr siebzig Fuß hoch, kaum größer als ein Mehrfamilienhaus, und erhebt sich etwa zweihundertfünfzig Meilen nordwestlich vom höchsten Zipfel Irlands entfernt aus dem gewaltigen, wogenden, uferlosen Atlantik.
Einst hat sie – vielleicht – zu Atlantis gehört, ehe jener Kontinent in den Wogen versank.
Drumherum fällt das Gestein unter die Tausend-Faden-Grenze ab. Seine steinerne Spitze ist das winzige Pünktchen, das sich zwischen Britannien und Amerika aus der Wasserwüste erhebt. Es ist die Ur-Heimstatt von Sonne, Gischt und Einsamkeit.
Es stimmt schon, daß nur wenige Menschen jemals hier gelandet sind. Zum einen machte die Abgeschiedenheit ein Ansteuern schwierig. Zum anderen ist ein Landen schwierig, weil die Küste jäh abfällt und häufig von den Wellen überspült wird.
Vom legendären St. Brendan abgesehen, ist Rockall nur wenige Male in der Geschichte aufgetaucht. Frobisher hat sie einmal ge-

sehen, lang ist's her. Damals war die Insel bewaldet; sie muß also höher und ausgedehnter gewesen sein. Im Jahre 1810 sah ein Captain Hall von H. M. S. *Endymion* die weißen Kothügel der Seevögel auf der Spitze und hielt sie irrtümlich für ein weißes Mars-Segel – dem er unverzüglich nachsetzte. Das Landungs-Kommando, das er zur Erforschung ausschickte, wurde vom plötzlichen Nebel abgeschnitten. (Nebel war ein weiteres Hindernis, Rockall zu finden. In jenen Tagen war es nicht einfach, 250 Meilen nach dem Kompaß zu segeln und auf einen Punkt zu treffen, der nur siebzig Fuß hoch war.) Dann gab's eine Brigantine namens *Helen*, die 1824 auf ein vorspringendes Riff auflief. Das heißt heute noch »Helenen-Riff«. Aber es ist schon sonderbar, daß ein Schiff mitten auf dem weiten Atlantik mit einem Gebilde kollidiert, das selber nur Schiffsgröße hat. Das wäre ungefähr so, als würden in einem Ballsaal zwei Flöhe zusammenstoßen. 1862 wurde der Bootsmann von H. M. S. *Porcupine* mit einer Mannschaft ausgesetzt, um die Insel zu erkunden. Wegen der Brandung konnte er nicht anlegen, als sie längsseits kamen. Aber es gelang ihm, im Auf und Ab ein Stückchen Fels zu packen. Mit dem Lot-Blei schlug er's ab. Sie brachten es nach England heim. Es befindet sich im *British Museum*.

1896 (dieses Jahr erwähnte Nick) organisierte die *Royal Irish Academy* eine Expedition, um dort an Land zu gehen. Im Verlauf von vierzehn Tagen versuchte man es zweimal, doch beide Versuche wurden von Wogen vereitelt, so hoch wie der Himalaya.

Danach hat ein französisches Forschungsschiff die Insel besucht und ein Stück Rockallit abgebrochen, ohne zu landen – 1921 –; und 1948 umschiffte ein gewisser Mr. M. T. Bizony die Klippe auf einem Floß, das vom Fleetwood Trawler *Bulby* zu Wasser gelassen worden war. Auch ihm gelang es, einige Felsbrocken loszubrechen.

Wie man weiß, wurde Rockall am 18. September 1955 mit 21 Kanonenschüssen Salut von Groß-Britannien annektiert. Dies könnte das Ergebnis dessen sein, was im Folgenden erzählt wird. –

Genaugenommen waren Mr. Pierrepoint und der Herzog hergekommen, um sagen zu können, daß sie ein derart selten besuchtes Inselchen gesehen hätten. Sie hatten es tatsächlich geschafft, an

Land zu gehen. Derlei Dinge werden schon aus weniger triftigen Gründen unternommen. Einer jener Bergsteiger, die den Mount Everest bezwingen wollten, wurde gefragt, weshalb, und er erwiderte: »Weil er da ist.«

Mr. Pierrepoints Skipper hatte den Fels vermöge guter Navigation gefunden, und das Landungsunternehmen war zum Glück erfolgreich verlaufen. Man hatte ein Harpunier-Gerät benutzt, um ein Seil an Land zu schießen. Das Wetter war ihnen hold gewesen.

Auf offener See dümpelte die große Yacht mit ihrem gelben Schornstein und den clipper-ähnlichen Streifen – sie hatte eine Art Bugspriet – gemächlich in der Sonne. Der Skipper war wegen der Riffs in Sorge. Unter einem roten Parasol sah man die Herzogin auf dem Sonnendeck, in ein Buch über Handlesekunst vertieft; ihr irischer Setter namens Sherry lag zusammengerollt neben ihr: ein brauner Fleck, der an Inseln nicht interessiert war. An der Westseite des Kliffs hob und senkte sich das Beiboot auf dem Ozean wie eine Wiege. Im Äther über ihnen kreisten die aufgescheuchten Vögel. Auf oder nahe Rockall will man gesehen haben: Tordalke, Papageientaucher, weiße Tölpel, Dreizehenmöwen, Seetaucher, Eissturmvögel, zwei Arten Raubmöwen, nordische Sturmtaucher und sogar die großen Sturmtaucher, die auf Inaccessible Island im Süd-Atlantik nisten. Früher einmal nahm man an, daß der große Sturmtaucher auf Rockall niste, aber das ist natürlich Unsinn. Dort nisten keine Vögel.

Mit einem ozeanischen »Anlauf« von Tausenden von Meilen – die ganze Strecke von Amerika her – messen die Wogen bei Sturm vom Kamm bis zum Wellental mindestens sechzig Fuß.

Wo das Wasser auf Hindernisse stößt, steigt die Brandung Hunderte von Fuß hoch. (Der Leuchtturm von Dunnet Head auf Pentland Firth, der sich mehr oder weniger im Gebiet von Rockall befindet, steht auf einem dreihundert Fuß hohen Kliff – und dennoch werden seine Scheiben häufig von Steinen eingeschlagen, die die Wellen hochschleudern.) Diese wilden Stürme kommen vier- oder fünfmal im Jahr. Wie also sollte ein vernünftiger Vogel auf einer Klippe nisten, die sich nur siebzig Fuß über die Oberfläche erhebt?

Aber trotzdem statten sie der Insel schon mal einen Besuch ab und ruhen sich hier aus.

Der Herzog hatte einen Geologenhammer mitgebracht. Er war entschlossen, den Bootsmann der *Porcupine* zu übertrumpfen, und machte sich ans Werk. Das Geräusch seiner Schläge vermischte sich mit den schrillen Schreien der Möwen.

Außerdem gab es noch ein Lebewesen auf Rockall, und das war Judys Promenadenmischung, eine Hündin namens Jokey. Als Welpen hatten sie sie Jokey genannt, Witzbold, weil sie wirklich wie ein Witz aussah, oder wie ein schlechter Scherz. Jedes Bein schien von einer anderen Rasse zu stammen. Sie hatte eine lange Rute, die Haare hingen ihr über die Augen, und ihr struppiges Fell wuchs an den meisten Stellen in die falsche Richtung, wie bei einer Hyäne. Sie sah aus wie ein kleines, unordentliches, stets geschäftiges Reinemache-Frauchen, in einem Müllkasten zur Welt gekommen. Sie hatte ungefähr die Größe eines Skye-Terriers. Judy liebte sie über alles in der Welt. Derzeit jaulte sie.

»Wo ist Jokey?«

Wegen der Möwen mußten sie lauter reden.

»Sie ist da runter gelaufen.«

»Jokey!«

Sie pfiffen und riefen ohne Ergebnis; sie bekamen nur Jaulen und Schweigen zur Antwort: wenn Jokey schwieg, lauschte sie, und wenn sie jaulte, rief sie um Hilfe.

»Sie muß was gefunden haben.«

»Ist wahrscheinlich bloß ein toter Vogel.«

»Jokey!«

»Sie ist eine Plage«, sagte Judy. »Wahrscheinlich ist sie in einem Felsspalt eingeklemmt oder so was und kann nicht raus.«

Ja, die Südostseite von Rockall war fast ein Abgrund, und an dessen Rand lagen sie. Besser gesagt, es waren zwei Kliffs mit einer Art Sims dazwischen. Das obere maß ungefähr zwanzig Fuß, das untere etwa fünfzig. Sie boten einigermaßen brauchbare Fuß- und Hand-Haltepunkte – zumindest für Kinder, die im Verhältnis zu ihrer Kraft weniger wiegen als Erwachsene.

»Jokey!«

»Ich werd' wohl mal nachsehen müssen.«
»Der fehlt schon nichts.«
»Aber sie könnt' doch runterfallen.«
»Red keinen Unsinn.«
Fast konnte man sehen, was die Zwillinge dachten, wie sie so bäuchlings dalagen. Judy dachte: Nicky ist ein Mann und sollte gehn, weil Männer alles für Frauen tun, außer kochen. Nicky dachte: Was geht's mich an? Ist doch ihr Hund.
»Dir wird's leid tun, wenn sie umkommt.«
»Nein, wird's mir nicht.«
»Aber Nicky!«
»Weshalb sollt' sie umkommen?«
»Weil's gefährlich ist.«
»Na, dann geh und such sie.«
»Geh *du!*«
»Ich? Weshalb?«
»Deshalb.«
Die Frage war wirklich nicht beantwortbar, denn Jokey war nun einmal Judys Hund.
Es entstand ein unfreundliches Schweigen. Nur die Tölpel schrien, wie wenn Holz gesägt wird; und der Geologenhammer klopfte. In der Ferne erspähte einer der Tölpel bei seinem Erkundungsflug einen Fisch im Meer, verharrte einen Augenblick rüttelnd in der Luft und fuhr dann hernieder, wie ein Senkblei, ein Blitzschlag, ein Sturzbomber. Er stieß ins Wasser, plumps, und eine kleine weiße Fontäne hob sich hinter ihm fast faul in die funkelnde Luft. Man konnte langsam bis vier zählen, und dann kam der dunkelschopfige Kopf an die Oberfläche, schüttelte sich, verschluckte den Fisch. Andere kamen auf das Zeichen herbei, denn es handelte sich offenbar um einen Schwarm, und nacheinander schossen sie herab: plumps, plumps, plumps. Herrliche Sturz-Manöver.
Judy stand auf, jammernd – »Als Frau hat man's nicht leicht« – und machte sich auf den Weg zwischen den scharfen Klippen. Bald war sie hinter dem Felsblock verschwunden.
»Nicky!«

Das dünne Rufen vermischte sich mit den Vogelschreien.
»Was ist?«
»Komm mal.«
»Warum?«
»Bitte, komm.«
»Ja, ja, ich komm' ja schon.«
Seine Stimme war gewohnheitsmäßig mürrisch, doch stand er gerne auf, denn im Grunde hatte er die ganze Zeit gehen wollen. Nur war's ihm nicht bewußt gewesen.
»Was ist denn los?«
»Komm gucken.«
Knapp unterhalb des Vorsprungs oder der Stufe standen Judy und Jokey gefährlich dicht nebeneinander auf einem Sims oder einem natürlichen Pfad und beobachteten etwas. Beide hielten ihre Nasen darauf gerichtet, wie Setter, und Jokey hatte ihren Kopf auf die Seite gelegt, die Ohren nach vorn gespitzt.
Nicky kletterte den steilen Granithang hinab, wodurch die Spitze von Rockall zwischen ihn und seinen Vater trat. Das Klopfen des Hammers wurde leiser, verstummte. Sogar die Vogelschreie schienen zu verstummen. Dann waren beide Kinder außer Sicht- und Hörweite auch der Yacht.
»Was ist denn?«
»Sei still, Jokey. Jaul nicht so.«
Die Felskante war so breit, daß sie darauf stehen konnten. Judy hob den widerstrebenden Hund hoch und hielt ihm mit der Hand das Maul zu. Jokey war außer sich.
»Da ist was drin.«
»Wo?«
»Jokey!«
Nicky kniete nieder, fachmännisch, wie ein Mann, der den Abfluß in Ordnung bringen oder herausfinden soll, was mit dem Küchenherd nicht stimmt. Er untersuchte die Oberfläche des Felsens an der Stelle, die Jokey beschnuppert hatte. Es sah aus, als stünden die drei auf der Tastatur eines steinernen Klaviers. Vor ihnen ragte das Kliff wie ein Notenpult in die Höhe, und hinter ihnen fiel es zu den Pedalen ins Meer ab.

Eigentlich glich's mehr einem gewaltigen Pianola. Bei diesem liegt hinter dem Notenpult ein Deckel, unter dem die gestanzten, umlaufenden Musiktrommeln sichtbar werden. Und unmittelbar vor Nickys Augen befanden sich – akkurat gearbeitet wie von einem Möbeltischler – schnurgerade Fugen oder Schlitze im gewachsenen Fels, als wären dort zwei Garagentore.
Die Tore, oder was sie auch darstellen mochten, waren außen nicht geglättet. Sie waren rauh und klobig wie das Felsgestein rings umher. Sie hatten keine Griffe oder Riegel oder sichtbare Öffnungsmechanismen. Aus einer Entfernung von einigen Schritten waren die Spalten nicht zu sehen. Es war, als hätte ein Riese mit einem gewaltigen Messer ein exaktes Quadrat in die Flanke der Insel geritzt, so, wie man einen Kuchen anschneidet, ohne das Stück herauszunehmen.
»Junge, Junge!«
»Jokey sagt, da ist was drin.«
»Im Riß kann's nicht sein, Judy. Sieh mal: der geht glatt rauf und glatt rüber und wieder runter. Und sieh mal: in der Mitte ist auch ein Schlitz. Muß eine Art Tor sein oder so.«
Er fuhr mit dem Finger die Ritzen entlang, fasziniert von dieser Entdeckung. Judy, die doppelt so schnell kapierte wie Nicky, kriegte es mit der Angst.
»Komm, wir erzählen's Daddy.«
»Nein, warte. Ich will erstmal was probieren. Sieh mal: wenn die Türflügel nach außen aufgingen, müßten hier Spuren sein, wo sie laufen. Sie müssen sich also nach innen öffnen. Warte, ich will mal stoßen.«
Unschlüssig-zögerlich stand sie da und hielt den zappligen Hund fest an sich gepreßt. Das Ganze war nicht recht geheuer.
»Laß uns Daddy holen.«
Doch Nicky drückte eifrig gegen die Felswand. »Muß zugesperrt sein.«
»Vielleicht sind die Risse ganz natürlich«, sagte sie hoffnungsvoll. »Vielleicht von einem Erdbeben oder so? Oder einem Vulkan?«
»Blödkopp.«
»Aber Nicky...«

An diesem Punkt öffnete sich eine der Türen von selbst, sanft und schwergewichtig, wie die Tür eines Tresor-Raums.
Ein Paar gelbe Hände mit langen Fingernägeln wie ein Mandarin kam aus dem dunklen Innern – und schubste beide Kinder seelenruhig von der Klippe.

2. Im Innern

Als der Herzog und Mr. Pierrepoint eine halbe Stunde lang gesucht und gebrüllt hatten und umhergeklettert waren, wurden sie zur Yacht zurückgerudert, um Hilfe herbeizuholen. Die Yacht schipperte um die Insel herum: Ferngläser suchten den Felsen ab und das Meer darunter. Ein Trupp wurde an Land geschickt, um noch einmal jeden Zollbreit zu untersuchen. Doch die Augen der Erwachsenen und sogar die Ferngläser waren nicht so scharf wie Kinder-Augen, und die Nasen der Menschen waren nicht so empfindlich wie Jokeys Nase. Niemandem fielen die Risse auf. Zum Schluß kamen sie mit Judys rotem Strohhut zurück, den sie auf dem Wasser entdeckt hatten. Die Szene an Bord wollen wir uns lieber nicht ausmalen. Die Herzogin war starr und reglos wie eine Statue; nur die Finger bewegten sich gleichsam automatisch und zerrissen ein Taschentuch. Der arme Herzog hockte, das graue Haupt in den Händen, im Salon und starrte auf den Boden, Mr. Pierrepoint – der Bruder der Herzogin – war völlig zerknirscht.

Er sagte: »Fanny, es war ein Unfall. Du hast doch keine Schuld.«

Zwei Tage lang suchte die Yacht das Wasser ab. Dann dampfte sie davon. Was sonst sollte sie tun?

Als Judy rücklings vom Felsen fiel, hielt sie Jockey immer noch an sich gepreßt, und beide schrien gleich schrill.

Nicky schrie: »Paß auf!«

Das war schon sonderbar. Er schrie es *sich selber* zu.

Er sah, wie der Fels an ihm vorbeistrich, wie die Straße unter einem schnellen Wagen davonsaust, oder – um aufs Pianola zurückzukommen – wie die Automaten-Musik auf der Trommel zurückläuft, wenn man den Knopf zum Wieder-Aufziehen drückt. Auch sah er – denn er sah gleichzeitig in alle Richtungen –, wie das grün-glitzernde Meer auf ihn zugeschossen kam, wobei sich all die winzigen Wellen auf den größeren Wogen kräuselten, und ovale Sonnenflecke streuten sich über die Glanzlichter, und die Ferne wuchs und vergrößerte sich und dehnte sich aus und schickte sich

an, ihn zu verschlingen. Und dann gab's ein Platschen und kräftiges Klatschen auf die Augenlider und in der Nase, und er tauchte tief und tiefer in das chromgrüne, erstickende, betäubende, salzige, überwältigende Wasser. Hierin hing er, strampelnd wie ein Hund, halb bewußtlos; er hielt die Luft an, wußte nicht, wo oben oder unten war. Er war zu beschäftigt, um ans Sterben zu denken. In der tiefen Stille ahnte er das »Oben« und hangelte sich dorthin, verzweifelt paddelnd, atemlos keuchend, gewillt zu überleben. Seine Lungen drohten zu zerplatzen. Das Licht wurde rötlich. Er mußte Salzwasser schlucken.
Spuckend, keuchend, immer noch mit den Armen wedelnd, den Kopf wie ein Otter schüttelnd, so kam er endlich wieder ans Licht der Sonne. Sein ganzes Gesicht war verfärbt und zerrissen, als hätte ihn jemand brutal verprügelt, und seine Brust, nur vom Overall bedeckt, und die Unterseite seiner Arme waren rot und kribbelten. Er konnte kaum sehen.
Im nächsten Augenblick tauchte Judy neben ihm auf.
Noch einen Augenblick später erschien Jokey.
Judy blickte verärgert drein, spuckte einen Mundvoll Meerwasser und streckte instinktiv eine Hand aus, um sich die nassen Haare aus der Stirn zu kämmen. Jokey, die mit ihrem kleinen, nassen Schädelgesicht sonderbar dünn, wie eine ertrunkene Ratte aussah, entschied, der sicherste und trockenste Platz sei auf Judy. Sie legte ihr die Vorderpfoten auf den Kopf und begann heraufzuklettern, und beide sanken sie blubbernd unter Wasser.
Als sie wieder an die Oberfläche kamen, war Judy wütend.
»Wie konntest du bloß!«
Sie schob Jokey die Schuld für das Ganze zu, denn irgend jemand mußte ja schuld daran sein. Unbeholfen versetzte sie dem Hund einen Klapps und ging neuerlich unter.
Als sie wieder auftauchten, waren sie besserer Laune. Jokeys verzweifeltes Paddeln griff Judy ans Herz. Diesmal legte sie sich die verängstigten Pfoten selber auf die Schultern, hielt den Hund mit einem Arm fest an sich gedrückt und trat Wasser. Jokeys nasses wildes Gesicht blickte nach links und rechts und wieder nach links: Diese blöde Baderei war ihr höchlich verhaßt.

Nicky wollte sagen: »Wer hat das getan?« – da traten neue Ereignisse ein.
Neben ihm im Wasser machte es »plops, plops, plops«, aber es hatte offenbar nichts mit den drei oder vier lauten Knalls über ihren Köpfen zu tun. Auf der gegenüberliegenden Seite des Kliffs war das Geräusch nicht zu hören. Nicky blickte auf, blinzelte durch die verquollenen Augen: und dort, über seinem Kopf, war die Fels-Tür offen. Der Chinamann – denn es war tatsächlich ein Chinese, dazu noch in einem safrangelben Gewand mit blauen Drachen drauf – stand da und schoß seelenruhig mit einer Pistole auf sie.
Schoß auf sie!
Nicky war entrüstet. Erst warfen sie einen von der Klippe runter, und jetzt beschossen sie einen auch noch! Das war gefährlich. Das Sonderbare jedoch war, daß er keine Angst hatte. Er dachte: Es ist unverschämt! So was kann man doch mit mir nicht machen!
Und während der Chinese ballerte und Jokey winselte und Judy sich fragte, wo das Plopsen herkommen mochte, öffnete sich vor ihnen in Meereshöhe eine zweite Tür in der steilen Wand – diesmal eine kleine Tür, mehr wie ein Fenster –, und darin erschien ein gigantischer kohlschwarzer Neger.
Judy, die in die entgegengesetzte Richtung blickte, sagte ohne besondere Erregung: »Nicky, ich glaub', da wirft jemand mit Steinen nach uns.«
Der Neger machte einen Kopfsprung ins Wasser: elegant, graziös und kraftvoll wie ein Lachs. Mit zwei Armstößen war er hinter ihr und packte ihre Haare. Judy machte den Mund auf – Jokey ebenfalls – und sogleich versanken beide mit offenen Mündern zum drittenmal im Meer. Beim Eintauchen verdrehten sie die Augen.
Mit zwei Schwimmstößen schleppte der Mann seine Last zur Öffnung zurück, wo mehrere Paar eifrige Hände die tropfenden Körper über die Felskante zogen. Der Mohr machte im Wasser kehrt und wäre fast mit Nicky zusammengestoßen, der benommen hinterdrein gepaddelt war. Schneller als man's erzählen kann,

wurde auch der Junge ins Innere gehievt, der Mohr folgte ihm tropfnaß, und hinter ihnen schloß sich die Tür oder der Fensterflügel.

Sie standen, Pfützen bildend, in einem gefliesten Korridor, der von elektrischem Licht beleuchtet wurde.

Ein Schultergurt von Nickys Overall war gerissen. An Judys Hosenbeinen waren außen die Nähte aufgeplatzt. Jokey schüttelte sich und spritzte den nächstbesten trockenen Mann naß, wie bei nassen Hunden üblich, und sagte: »Das haste davon.«

Niemand sprach.

Sechs Männer in grober Arbeitskleidung mit Ölflecken drauf standen da und starrten stumm auf die Kinder. Der Neger lächelte grinsend, nickte und gurgelte, wobei er beschwichtigende Gesten mit den Händen machte, als wollte er ihnen andeuten, daß sie in Sicherheit waren und willkommen. Es überraschte sie, daß er trotz seines athletischen Körpers alt war – sein Haargekräusel war fast weiß wie Wolle. Das elektrische Licht grellte erbarmungslos nieder, und das Wasser aus ihren Kleidern tropfte laut in der Stille, die nach Feuchtigkeit roch.

Am Ende des Korridors seufzte ein Lift, seine Türen klingelten, und der Chinese kam, die Pistole noch in der Hand, geräuschlos den Gang herab. Nicky bemerkte, daß er den langen Fingernagel von seinem Zeigefinger genommen hatte, also mußten sie aufgesetzt sein.

Ruhig sagte er zu dem Neger: »Warum?«

Dann ging er zu Judy, drehte ihr Gesicht zur Wand und legte ihr die Mündung seiner Pistole ins Genick.

Eine Stimme über Lautsprecher – der Raum schien mit einer Sprechanlage ausgerüstet zu sein – sagte leise, aber eindringlich: »Verschwende nicht, verlange nicht.«

Der Verstärker machte »klick«.

Der Chinese steckte die Pistole in eine Tasche im Innern seines Ärmels.

Nicky übergab sich.

Wütend sagte Judy zu dem Chinesen: »Wozu haben Sie das gemacht?«

3. Der Herrscher

Sie erwachten in einer Art Krankenhaus-Station ohne Fenster. Die Wände und der Fußboden und sogar die Decke waren mit den gleichen weißen glasierten Fliesen versehen wie der Korridor. Die Betten waren aus schwarzem Eisen. Außer ihren beiden standen noch vier leere Betten im Raum mit adrett zusammengefalteten grauen Decken. Ein Rolltisch mit Thermometer, Verbandzeug und blitzenden Scheren stand bereit. Wandschirme waren da. Ja, tatsächlich, es war ein Hospital, sogar mit Zentralheizung.

Die Zwillinge fühlten sich benommen und belämmert.

»Nicky?«

»Ja?«

»Bist du wach?«

»Nein.«

»Bitte, wach auf.«

Er rollte unwirsch herum, schnarchend wie ein Walroß, und sagte dann vernünftig: »Wie geht's dir?«

»Ich hab' Hunger.«

»Mein Kinn ist unten drunter wund«, sagte Nicky.

Er stellte diesbezüglich Überlegungen an.

»Ich muß mit den Füßen voran ins Wasser geplumpst sein, so daß es mich von unten gepackt hat, meine Arme und mein Kinn, meine Nasenlöcher, meine Augenlider und ...« Er bewegte die Zehen hin und her, um sich seiner Fußsohlen zu vergewissern, die von Schuhen beschützt gewesen waren.

»Aber *warum* denn nur?«

»Warum was?«

»Warum haben sie uns runtergeschubst?«

»Sie wollten uns wohl nicht haben.«

»Und warum haben sie uns dann geholt?«

»Keine Ahnung.«

»Sie haben uns doch, Nicky, oder?«

»Ja.«

»Wer sind sie?«

»Keine Ahnung.«
Nach einer Weile fragte er: »Hast du was an?«
Sie betrachtete sich.
»Ja, eine Art Nachthemd.«
Freudig überrascht fügte sie hinzu: »Es hat Bänder in der Mitte zum Zubinden.«
»Meins hat *Taschen.*«
»Meins auch.«
»Naja, das ist doch immerhin was.«
Später sagte Nicky: »Judy?«
»Ja?«
»Ich glaub', diese Leute leben hier.«
»Ja.«
»Sie müssen sich wohl hier verstecken.«
»Ja.«
»Sie wollten nicht, daß wir das rauskriegen.«
»Nein.«
»Sie haben uns runtergestoßen, weil sie gehört haben, daß du gesagt hast, wir sollten Daddy holen.«
»Aber Nicky!«
»Du hattest schon recht. Wir hätten ihn holen sollen. War meine Schuld, Ju.«
»Nick!«
Er lobte sie ungefähr zweimal im Jahr, so daß dies ein prachtvoller Augenblick war, trotz ihrer prekären Lage. »Der Chinese hat uns durch die Tür gehört. Sie müssen gehorcht haben.«
»Und weshalb hat uns der Schwarze gerettet?«
»Vielleicht...«
»Und mit was haben die nach uns geworfen?«
»Der Chinese hat auf uns geschossen.«
»Auf uns!«
»Ach, Judy, du bist ein Blödian.«
Er sprang aus dem Bett und nahm sie in die Arme, was bei Zwillingen manchmal vorkommt.
»Und du hast so lächerlich ausgesehen, wie du die ganze Zeit untergetaucht bist.«

»Ich *bin* nicht lächerlich.«
»Bist du doch.«
»Bin ich *nicht*.«
Es war bezaubernd, im Mittelpunkt zu stehen, einerlei, was er auch sagen mochte, aber es gab Wichtigeres als Kuscheln. Sie mußten herausfinden, was sich hier tat.
Nicky sagte: »Hast du die Stimme gehört?«
»Ja.«
»Ich glaube, das war ihr Anführer.«
»Warum?«
»Weil der Chinese, als er sagte, was er gesagt hat, aufgehört hat zu tun, was er tun wollte.«
»Was wollte er denn tun?«
»Er wollte dir den Kopf wegpusten.«
Mit kleiner bleicher Stimme sagte sie: »Du, weißt du: ich hab's gewußt.«
Darauf fielen sie in Schweigen, zwei sehr unglückliche Kinder.
»Jedenfalls hat er's nicht getan.«
»Nein.«
»Warum hat er gesagt: ›Vergeude nicht, verlange nicht.‹?«
»Deinen Kopf.«
Da kam ihm ein Geistesblitz, und er erklärte: »Die Stimme hat gemeint, daß wir für was nützlich sein könnten.«
»Für was?«
»Keine Ahnung. Sie hat gemeint, lebendig wären wir nützlicher als tot.«
»Nützlich wofür?«
»Nützlich für irgend was, schätz' ich.« Schweigen.
»Hör mal, Nicky?«
»Ja?«
»Ich wünscht', diese Nachthemden wären nicht so groß.«
Schweigen.
»Nick?«
»Na?«
»Der Chinamann ist der Unterbefehlshaber, und als wir dabei waren, ihr Geheimnis zu entdecken, da hat er uns von der Klippe

geworfen und gehofft, wir würden ertrinken; sind wir aber nicht, da hat er im Wasser auf uns geschossen, und wenn Daddy merkte, daß wir weg waren, hätte er gedacht, wir wären ertrunken; und als uns der Schwarze gerettet hat, da muß er das ohne Befehl oder so was getan haben, und da ist der Chinese gekommen, um uns den Rest zu geben; und dann hat ihm die Stimme das verboten und jetzt sind wir hier.«

»Genau.«

»Aber was ...«, jammerte sie, »was *hat* Daddy denn gedacht? Wo *ist* Daddy? Wann kommt er?«

Nicky war noch elender zumute, aber er legte den Arm um seine Schwester und sagte: »Er kommt schon.«

Sie fuhr im Bett auf.

»Wo ist Jokey?«

Nicht in diesem Raum.

Judy drehte sich aufs Gesicht, völlig verzweifelt und schluchzte ins Kissen.

»Die Tür ist abgesperrt, Judy.«

Ein Schluchzer.

»Wir sind eingesperrt.«

Noch einer.

»Die werden Jokey irgendwo unten haben. Vielleicht in einem Zwinger.«

»Jokey ist tot.«

Nicky wurde plötzlich kreidebleich, so wie die Handknöchel, wenn man die Fäuste ballt, und sagte: »Wenn sie Jokey umgebracht haben, bringe ich *sie* um.«

Er ging zur Tür und trat dagegen.

Wütend sagte er, was ihm als einziges einfiel: »Verdammt, verdammt, verdammt!«

»Du sollst nicht fluchen.«

»Tu ich aber. Außerdem ist sie's nicht.«

»Nicht was?«

»Jokey lebt«, sagte er und starrte sie an, als hätte sie ihn herausgefordert.

»Vielleicht stimmt's.«

»Unsre Jokey!«
Später wich ihre Niedergeschlagenheit einer gewissen Gereiztheit.
»Wer sind diese Leute überhaupt?«
»Könnten's Piraten sein?«
»Heutzutage gibt's keine Piraten mehr, du Dummkopf. Glaub' ich jedenfalls nicht. Oder?«
»Aber 's gibt Gangster und Schmuggler.«
»Ich wüßt' nicht, was man mitten im Atlantik schmuggeln könnte.«
»Na ja, aber irgend was *stimmt* da nicht«, sagte Judy mit Überzeugung. »Schließlich laufen sie mit Pistolen rum und stoßen Leute von Klippen, was ja nicht sehr liebevoll ist, oder?«
»Könnten's Marsmenschen sein oder Fliegende Untertäßler oder so was?«
»Quatsch.«
»Wieso?«
»Weiß ich eben.«
»Judy, die Alleswisserin.«
»Das ist doch Kinderkram – Science Fiction.«
»Judy, die Alleswisserin. Judy ...«
Sie waren auf dem besten Weg, sich in die Wolle zu kriegen, als sich leise die Tür öffnete und ein lächelnder Mann ein Frühstücks-Tischchen heranrollte.
Er hatte ein rundes, braunes, bartloses Gesicht, das sich beim Lächeln verzog und bleckte (falsche Zähne). Mit flötender Stimme verkündete er: »Morgn, Kinnerchens. Wie wärs mit nem Häppchen?«
Verblüfft staunten sie ihn an, denn »Kinnerchens« und »Häppchen« zu sagen, war ihrer Erziehung nach schlimmer als Schimpfen und Fluchen. Mit einem Backenbart aus Baumwolle hätte er einen naturgetreuen Nikolaus abgegeben. Seine Stimme klang wie die eines Kuckucks, aber offensichtlich schien er nichts Böses im Schilde zu führen. Judy sagte vornehm: »Kommen Sie doch bitte herein.« Die falsche Stimme hatte bei ihr einen falschen Zungenschlag bewirkt.

»Guten Morgen.«

»Guten Morgen, meine Lieben«, sagte er. »Guten Morgen, meine Kinnerchens. Allerschönstn Gutmorgen, sagt Bould Ben Backstay.«

»Wer?«

»Na was, bin bloß ich, wo sie n ollen Lächler nennen tun.« Nicky ignorierte die Vorstellung und fragte fordernd: »Wo ist Jokey?«

»Und wer wär dieser Jokey, liebe Leutchen, wenn ihr so freundlich sein wolltet, mir dies zu verklaren?«

»Wo ist unser Hund?«

»Ah ja, so, das is natürlich ne Frage.«

Er sagte barsch: »Sagen Sie mir bitte sofort, wo sie ist.«

»Aha!« sagte Bould Ben Backstay oder der Lächler oder wer immer er war. »Möchst du jetzt mal n bißchen zuhören? Hier hats ein paar Leckerli-Toasts, so recht für n Kinner-Apptit, und auf dem Teller in Steuerbord is Eiern un' Speck mit n paar Bohners ausse Büchse. Jawohl, ja, man könnt sagen, das ists Festmahl, wo ihr da vor euch habt, un alles serviert von dem sanften Bonio oder Jacko dem Peeper, wie n seine Kumpels nennen tun.«

»Wo ist Jokey?«

»Un diss hier is Maamelad.«

»Unser Hund...«

»Je nun, dies stellt in der Tat eine schwierige Frage dar«, sagte der sanfte Bonio plötzlich wohlakzentuiert und begab sich mit Verbeugungen rückwärts, wobei er die Hände aneinanderrieb und winkte und dienerte und grinsend lächelte.

Er verschloß die Tür.

»Dieses Biest!«

»Vielleicht hat man ihm verboten, uns was zu sagen.«

»Vielleicht wollt' er einfach nicht.«

»Wenn sie einem die Hunde abmurksen, dann sagen sie, sie hätten sie verkauft oder verschenkt oder in ein Tierheim gegeben oder sonst irgendeine dumme Lüge.«

»Red nicht davon, Judy. Wir wissen ja nicht, ob sie tot ist. Vielleicht ist sie bei den Männern in den Arbeitsanzügen. Matrosen

und solche Leute halten sich gern Tiere. Und ich weiß, daß man auf einem Ozeandampfer keine Hunde mit in die Kabine nehmen darf, weil sie vom Metzger oder sonst jemandem unten betreut werden.«
»Sie wird sich hundeelend fühlen.«
»Wenn wir nur hier raus könnten!« rief Nicky. »Ich wette, daß die Yacht noch draußen ist und nach uns sucht. Die werden doch nicht ohne uns wegfahren. Es muß doch irgendeine Möglichkeit geben, ihnen eine Nachricht zukommen zu lassen. Wenn's hier bloß ein Fenster gäb'!«
»Meinst du, wir könnten diesen Bonio bestechen, oder wie der heißt?«
»Womit?«
»Wir könnten ihm versprechen, daß Daddy ihm was zahlt.«
»Da müßten wir Onkel Pierrepoint nehmen, denn Daddy hat kein Geld.«
»Onkel Pierrepoint könnt' ihn in Dollars bezahlen. Die sind wertvoll in England.«
»Versuchen könnten wir's ja.«
»Wir könnten ihm sagen, du bist ein Marquee. Vielleicht hilft das.«
Nach einer Weile sagte er: »Ju, machst du das mit dem Bestechen? Ich weiß nicht, wie man das macht.«
»Ja.«
Sie war zu allem entschlossen und hätte jede Waffe benutzt; aber er genierte sich ein bißchen, weil er ein Lord war.
»Wir müssen ihm ein Lösegeld anbieten.«
»Gekidnapped!« fügte er mit Genugtuung hinzu. »Ist genau wie in Chicago. Und manchmal murksen die einen ab!«
Doch die Bestechung erwies sich als Fehlschlag. Als ihnen der freundliche Mann ihre nächste Mahlzeit brachte, lächelte er wie ein Miezekätzchen. Er weigerte sich zu reden. Sie konnten sagen, was sie wollten: Er lächelte und lächelte und war schurkisch.
Der lange Nachmittag war langweilig, so, als müsse man in der Schule nachsitzen. Sie nahmen den nichtssagenden, totenweißen Raum in Augenschein, der weniger unmenschlich gewirkt hätte,

wenn er cremefarben angestrichen gewesen wäre – oder in irgendeiner anderen Farbe, da Weiß ja keine Farbe ist. Judy stellte fest, daß alle Ecken und Winkel abgerundet waren, um das Ausfegen zu erleichtern, und ihr Bruder bewunderte die geometrische Exaktheit, mit der die Fliesen zementiert waren.

»Ich möcht' bloß wissen, wie viele Räume in diesem Felsen sind.«

»Von den Korridoren sind endlos viele Zimmer abgegangen.«

»Und ein großer Aufzug.«

»Das muß Ewigkeiten gedauert haben, das alles zu bauen.«

»Ich könnt's verstehen«, fügte Nicky hinzu, »wenn sie Höhlen mit Dynamit gesprengt hätten, Grubenstollen in einem Bergwerk oder so, aber alles ist so sauber wie in einer Badeanstalt. Puh! Genauso sieht's aus. Aber da müssen sie Millionen Arbeiter gehabt haben. Es müssen viel mehr Leute da sein als wir gesehen haben.«

»Meinst du, sie könnten hier etwas gebaut haben, eine Fabrik oder so was ähnliches? Vielleicht fälschen sie hier irgend was oder kochen Opium?«

»Eher Atombomben.«

»Könnt' das sein?«

»Ich glaub' nicht. Da müßte man schon so reich sein wie ein ganzes Land. So reich wie Rußland.«

»Vielleicht sind's Russen?«

»Bis jetzt haben wir noch keine gesehn.«

»Was ist denn Bonio?«

»Kein Russe, glaub' ich.«

»Unfreundlich aussehn tut er nicht.«

»Er ist ein Ekel.«

»Weißt du doch gar nicht. Schließlich hat er uns Essen gebracht.«

»Naja, ist halt ein Steward oder so. Er hat fettige Hände.«

»Er kann ja nichts dafür, daß er Steward ist. Vielleicht war er beim Abwaschen.«

»Jedenfalls kann ich ihn nicht leiden. Wenn er anständig wäre, würde er uns was von Jokey sagen.«

»Vielleicht weiß er nichts.«
»Na ja, schon gut.«
Nach einer düsteren Pause sagte Judy: »Vielleicht ist er 'n Gefangener hier wie wir. Glaubst du, daß die uns ewig hier gefangen halten?«

Als das Abendessen gebracht wurde, stellten sich ihnen neue Fragen. Es war ein regelrechtes Restaurant-Menü, mit Waldhuhn aus der Dose, das die Kinder verabscheuten, und imitierte *pêche melba* aus Büchsen-Pfirsichen, dazu gab's ausgerechnet einen sauren Rotwein zu trinken, der wie Tinte schmeckte. Serviert wurde von Bonio, stumm, in weißem Jacket. Seine Hände zitterten.
»Wie heißen Sie wirklich?« fragte Judy neugierig.
Er räusperte sich und antwortete mit heiserer Stimme: »Dies hatt ich euch bereits verkündet. Little Nell.«
»Aber Sie haben gesagt, Sie wären Ben Backstay, und dann haben Sie gesagt, Sie werden der Lächler genannt, und...«
Plötzlich veränderte sich seine Stimme, und er flüsterte eindringlich: »Hab ihm nich gesagt, daß ich mit euch geplaudert hab. Darf kein Ton nich sagen, daß ich mit euch reden tu.«
»Wem ›ihm‹?«
Er ließ einen Teller fallen und sagte: »Dem Herrscher.«

4. Von Angesicht zu Angesicht

Er fuhr mit ihnen im Aufzug hinunter, geleitete sie durch einen der Gänge mit den Lampen an der gewölbten Decke, ausgedehnt wie eine unterirdische Eisenbahnstation. Wenn man auf der rechten Seite des Tunnels ging, machte jede Lampe auf dieser Seite einen Bogen, nicht jedoch auf der anderen, ähnlich der perspektivischen Zeichnung eines Kometen, oder wie eine Feuerwerksrakete, die kleiner und kleiner wird. Ein wenig wie die Blendung in einem Gewehrlauf. Der Korridor war mit dickem Filzbelag gedämpft. Die Geräuschlosigkeit ihrer Schritte und die reglose Stille des Lichts gab ihnen das Gefühl, als warte etwas auf sie. Sie konnten das Schweigen hören, oder anders: sie spürten, wie es in ihren Ohren dröhnte. Auf eine Art war's bedrückend – wie in einem gewaltigen Grand Hotel.

Am Ende des Ganges war eine schwarze Ebenholztür mit schwerer, unaufdringlicher 18. -Jahrhundert-Füllung. Sie war so fehl am Platze, wie ein Stück Blenheim oder Chatsworth in einem Operationssaal. Sie schimmerte und glimmerte vor Verschwiegenheit und Opulenz, als wolle sie sagen: »Ja hier drin.« In alten Universitäten pflegte hinter solchen Türen der Butler des Präsidenten zu warten, in weißen Handschuhen, mit einem silbernen Tablett für die Visitenkarten.

Bonio zog an einem dieser polierten Messinggriffe, mit denen man in feinen Küchen Klingeln tönen läßt – Glocken auf Metall-Wirteln wie Uhrfedern, von Drähten betrieben.

Die Tür ging, bedächtig langsam, von selber auf.

Er bedeutete ihnen hineinzugehen. Er selbst blieb draußen. Er war käsebleich.

In der altmodischen Halle gab es ein Geweih – einen Zwölfender – und eine Art Schirmständer aus einem Elefantenfuß mit Messingbeschlägen. Ein Alpenstock stand darin. An der Wand hing ein Ölgemälde von Landseer, das einen weise dreinblickenden Neufundländer zeigte, der seine Pfote auf ein Kätzchen gelegt hatte; eine Plakette darunter lautete: *Stallgefährten.* An einem Kleiderständer aus Mahagoni mit gebogenen Armen hingen ein Jagdhut und ein Ulster mit Schottenmuster. Ja, und auf der geschnitzten Truhe unter dem Geweih lag das silberne Tablett für die Visitenkarten mit einem Stapel brauner Kärtchen darauf, die mit der Zeit tabakfarben geworden waren. Auf der obersten stand: *Mr. and Mrs. Charles Darwin.*

Aus dieser Halle führten keine Türen hinaus.

Sie gingen eine mit einem abgetretenen Axminster-Teppich belegte Treppe hinauf und fanden sich vor einer weiteren Tür mit aufgemalten Riesenbinsen. An den Binsen klebten einige Abziehbilder von Eisvögeln.

Die zweite Tür öffnete sich, und sie gingen hinein.

Der Raum wurde von Paraffin-Lampen erleuchtet – gespeist von Kerosin. Sie hatten rosafarbene Seidenschirme mit Schleifchen und Volants. Die Tapete zeigte ein kompliziertes Muster aus Madonnenlilien und tropischen Vögeln, die auf einem Spalier umherkletterten. An den Wänden hingen japanische Fächer und etliche Gemälde in schweren vergoldeten Rahmen – Profildarstellungen von Damen mit kupferfarbenem Haar und langen dicken Hälsen, meist an Sonnenblumen riechend oder geharnischte Ritter küssend. Aquarelle in leichteren Rahmen zeigten Ansichten von Zermatt. Weiterhin fand sich eine Sepia-Photographie des Colosseums in geflammter Eiche. In einer Ecke stand ein Behälter in Form eines Abflußrohrs aus Pappmâché, der voller Pfauenfedern war; und ein gleicher Behälter in einer anderen Ecke enthielt Pampasgras.

Der herausragende Gegenstand in diesem Raum war eine Phono-Truhe, fabrikneu, spezialgefertigt.

Das Mobiliar fiel ihnen nicht auf.

Der Chinese stand im Zimmer, stumm, in seinem Drachengewand, einen halben Schritt rechts von einer anderen Gestalt und einen halben Schritt dahinter. Sein Gesicht trug den undurchschaubaren Ausdruck, wie er Chinesen zu eigen ist. Die Kinder sahen ihn nicht.

Es war der andere.

Er trug ein Norfolk-Jackett mit Radfahrer-Breeches und schwarze

Strümpfe, die unterhalb der Knie zu einer Art Wulst aufgerollt waren. Die hohen Stiefel wurden von weißen Gamaschen geschützt. Er war kahl.
Er war glatzköpfig wie ein Ei – schlimmer: wie ein Porzellan-Ei – schlimmer noch: wie rissiges Porzellan. Denn Schädel und Kinnbacken und Nase – sogar die dünnen gelben Ohren, durch die man fast hindurchsehen konnte – waren mit dünnen Linien oder Runzeln durchfurcht, wie verschrumpeltes Millimeterpapier, das sich den Konturen der Knochen angeglichen hatte. Wenn man seine Hände lange genug ins Badewasser hält, werden die Finger gefältet und runzlig. Das Gesicht dieses Mannes jedoch hatte keine Runzeln. Die zahllosen Linien waren wie eingraviert in Elfenbein. Sie lagen dicht nebeneinander wie Poren, wie die kleinen Einbuchtungen und Mulden einer Orangenschale. Die Oberfläche war hier und da mit braunen Flecken bedeckt, ähnlich Sommersprossen. Alte Billardkugeln bekommen manchmal ein solches Aussehen.
Die Hände waren gesprenkelt.
Steif streckte er seinen rechten Arm aus, im rechten Winkel, ohne sich umzudrehen, und der Chinese gab ihm ein volles Glas puren Whisky in die Klaue.
Er trank den Whisky in drei aufeinanderfolgenden Schlucken, streckte die Eidechsenpfote wieder aus – wie der Tonarm eines Grammophons mit automatischem Plattenwechsler – und ließ das Glas fallen, das indessen nicht zerbrach.
Der Chinese hob es auf, füllte es erneut und reichte es dem Tonabnehmer, der es ohne abzusetzen leertrank.
Dann gab er Judy einen Wink.
Wie betäubt ging sie auf den Herrscher zu. Er hatte blaue Augen, blau wie ein Saphir, und mit diesen sah er, leicht vorgebeugt, Judy an. Bemerkenswert war, daß er trotz seines Alters keine Brille trug. Zwei Minuten lang blickte er sie an. Dann trat Judy, ohne daß irgend jemand etwas gesagt hatte, drei oder vier Schritte zurück, so, als entferne sie sich von einem gekrönten Haupt, und der Alte wandte sich an die Drachen-Robe. Er und der Chinese steckten stumm die Köpfe zusammen, fast hautnah, und verharrten so eine Minute lang. Dann verließ der Chinese den Raum. Nicky

nahm allen Mut zusammen und sagte: »Was machen Sie mit meiner Schwester?« Zumindest hatte er dies sagen wollen, doch der letzte Teil des Satzes verlor sich. Es kam keine Antwort.
Als der Chinese zurückkam, standen sie still – mit Ausnahme von Nicky. Er pirschte sich an seine Schwester heran und beobachtete sie wie eine Gruppe Wachsfiguren, bereit, sogleich zu erstarren, falls sie sich bewegen sollten. Er flüsterte: »Judy?« Sie antwortete nicht. Es gelang ihm, ihr in die Augen zu sehen. Sie waren starr. Die Pupillen waren vergrößert: wie die braunen Augen eines Pferdes.
»Judy!«
Fünf Minuten später gab's ein Kratzen an der Tür. Bonios zittrige Hand öffnete sie von außen.
Dann brach die Hölle los.
Es war Jokey, beschmiert mit Dieselöl, völlig aus dem Häuschen; wie eine Furie wirbelte sie zwischen Pfauenfedern und Pampasgras umher. Nicky ging in die Knie, um sie zu knuddeln, aber sie war viel zu beschäftigt, um sich einer Einzelperson angemessen zu widmen. Sie gab ihm ein paar Zungenstriche quer übers Gesicht, als wollte sie sagen: »Ja doch, ja doch, schon gut, aber ich hab' so viel gleichzeitig zu tun.« Dann hatte sie sich freigekämpft und war in Judys Armen, die von der Überraschung aufgewacht war. Alsdann lief sie im Raum umher wie ein eine Wilde, immer im Kreis herum. Aus Judys Armen tobte sie in Nickys, aus Nickys in Judys. Sie hatte keine Zeit, ihre Nasen zu lecken, ehe sie nicht ihre Ohren geleckt hatte. Sie keuchte, während sie leckte, und japste, während sie keuchte. Sogar der Chinese, der diese Begrüßungszeremonie beobachtete, mußte lächeln.
Der Herrscher machte dem Zirkus ein Ende, indem er den Kopf von der Brust hob – woraufhin sogar Jokey, die die Atmosphäre spürte, zu schaudern schien. Diesmal war's Nicky, der zur Audienz herbeigewunken wurde.
Er ging grollend, eingeschüchtert, mit schlurfenden Schritten und hob die Augen gegen seinen Willen zu den blauen auf.
Der Herrscher seufzte. Er schien die Luft tief in sein Norfolk-Jackett einzusaugen, in seine Radfahrerhose, seine Gamaschen. Er

schnippte mit den Fingern, so daß der Chinese zusammenschreckte, als habe man auf ihn geschossen. Er streckte seinen Arm aus und wurde sogleich mit einem neuen Whisky versorgt. Das leere Glas warf er auf den Teppich.
Er holte tief Luft, sagte dann mit außergewöhnlich sanfter Stimmte zu Nicky: »*Non omnis moriar.*«
Dies waren die einzigen Worte – ausgenommen Nickys –, die während der Unterredung gesprochen wurden.

5. Hypnotisiert

Draußen, vor der schwarzen Tür, bibberte Bonio. Auch seine Sprache bibberte.
»Was hattern zu euch jesacht? Was hattern mit euch vor?«
»Er hat was auf Latein gesagt.«
»Habtern verstanne?«
»Es ging um *non omnis* pi-pa-po.«
»Latein? Ta-ta. Das heißt, dasser mit euch zufrieden is. Wenner in Stimmung is, sprichter ausländisch.«
Und plötzlich, auf dem Weg durch den Korridor, hörte Bonio mit seinem Kauderwelsch auf und sprach von nun an, bis sie ihn zum letztenmal sahen, in der salbungsvollen Redeweise eines Bühnen-Geistlichen, seiner ihm gemäßen Ausdrucksart. Sie kamen nie genau dahinter, weshalb er zuerst so komisch dahergeredet hatte. Es konnte sich um eine Art Verstellung handeln, weil er möglicherweise ein Betrüger war; vielleicht hatte er sie auch nur foppen wollen. Jetzt jedoch, da sie vor den Augen des Herrschers Gnade gefunden hatten und vielleicht auf dem besten Wege waren, wichtige Mitglieder dieser absonderlichen Gruppe zu werden, beeilte sich Bonio, sie mit christlicher Nächstenliebe einzulullen.
»Meine lieben jungen Freunde«, sagte er, »gestattet mir, euch zu eurem Erfolg bei unserem Anführer zu gratulieren. Eine glanzvolle Zukunft liegt vor euch, daran gibt es keinen Zweifel – eine glanzvolle Zukunft als Mitglieder unserer glücklichen Gruppe! Unserer glücklichen Gemeinschaft von Brüdern, darf ich wohl sagen, auf diesem Felsen in der silbernen See usw. Laßt euren ersten Freund als ersten an eurem Triumph teilhaben. Nichts, ich wiederhole: nichts kann mir für unsere jungen Gefährten zuviel sein, soweit es nur in meiner Macht liegt. Bei irgendeiner Schwierigkeit wendet euch ruhig an Dr. McTurk. Totty McTurk werde ich genannt, auf dem Unterdeck – eine Art Spitzname, versteht ihr, unter Seeleuten durchaus verbreitet. Ihr müßt mich als Freund betrachten, o nein! als euren Diener. Sagen wir so: als den Diener der

Diener Gottes, ha-ha. Auf Totty könnt ihr euch absolut verlassen. Obgleich ich nicht das Privileg genieße, von unserem Herrscher ins Vertrauen gezogen zu werden wie ihr – denn, verlaßt euch drauf: wenn er euch nicht nur empfangen, sondern auch lateinisch zu euch gesprochen hat, dann dient es einem Zweck, jawohl, gar einem großmächtigen – obwohl nicht auserwählt wie ihr – so bin ich doch nicht ganz nutzlos, sogar ich. Ein Zahnrad, meine Lieben, ein kleines Teilchen im machtvollen Werk. Ja, sogar der arme alte Dr. McTurk wird noch einmal gebraucht. Er ist euer Freund. Vertraut ihm. Ihr könnt ihn alles fragen, absolut alles.«

Während sie diesem Sermon lauschten, erwachte in Nicky der Wunsch, ihm eins auszuwischen.

»Alles?«

»Alles.«

»Was ist also die Quadratwurzel von neunundvierzig Millionen zweiundvierzig Tausend und neun?«

Ohne mit der Wimper zu zucken, erwiderte Dr. McTurk sogleich: »Sieben Tausend und drei.«

Judy lag zusammengerollt auf dem Hospitalbett, das ölverschmierte Hundevieh im Arm, und sagte: »War er nicht *phantastisch?*«

Um wen es ging, brauchte nicht erwähnt zu werden.

»Ich seh' nicht ein, wieso.«

»Aber Nicky, er war so nett. Er war an allem interessiert, was ich ihm erzählt habe. Er hat gesagt, er kennt Daddys Urgroßvater. Meine Güte: da muß er ja uralt sein! Das war, nachdem ich erzählt hatte, wer wir waren und wie wir auf Onkel Pierrepoints Yacht gekommen sind, nur um zu sagen, wir wären hiergewesen, und...«

»Wovon red'st du Ju?«

»Vom Herrscher, natürlich. Er hätte nicht netter sein können. Und wie ich ihm dann erzählte, daß sie uns unsere Jokey weggenommen hätten, und daß die uns vermissen würde, da hat er den Chinamann weggeschickt, um sie zu holen, und dann hat er erzählt, wie er selber einen Skye-Terrier gehabt hätte, ein Geschenk von der Königin Victoria; geheißen hat er Rabbie, und...«

»Aber Judy: Er hat kein einziges Wort zu dir gesagt!«

»Sei doch nicht albern. Wir haben uns ewig lange unterhalten.«

Hilflos starrte er sie an; er zweifelte an seinem Verstand.

»Was hast du ihm erzählt?«

»Alles. Ich hab' ihm erzählt, wie reich Onkel Pierrepoint ist und daß er ein Senator in Amerika wär', und er hat gesagt, er hätte mal einen jungen Mann namens Rockefeller gekannt, der Golf-Caddies oder so Leuten Groschen gegeben hätte, und er hat gesagt, es wäre nett, Onkel Pierrepoint kennenzulernen, und ich hab' ihm von Mummy erzählt, und er hat gesagt, er würde ihr eine Nachricht zukommen lassen, daß wir in Sicherheit seien, und er hat erklärt, weshalb wir im Augenblick grad nicht auf die Yacht zurück könnten...«

»Weshalb nicht?«

»Hab' ich vergessen.«

»Warum können wir nicht auf die Yacht zurück?«

»Hat er mir erklärt, Nicky. Würd'st du nicht verstehn. Aber er hat's mir wunderschön erklärt, und wir bleiben für lange Ferien hier, bis er die Sache geschafft hat...«

»Was für eine Sache?«

»Die Sache, die er macht. Und dann können wir ihm vielleicht durch Daddy helfen – ja, das hat er ganz klar gesagt, wegen Daddys Verbindungen oder so –, und da ist dann Jokey gekommen, und danach hat er mit dir gesprochen.«

»Kein Wort hat er mit mir gesprochen.«

»Aber ich hab' doch zugeguckt. Du hast mindestens fünf Minuten drauflos geplappert.«

»Ich hab' kein einziges Wort gesagt.«

»Nicky!«

»Hab' ich nicht. Hab' ich nicht. Hab' ich *nicht*.«

»Na ja, ich habe nicht zugehört, weil ich mit Jokey gespielt habe. Aber er mußt dir doch eine Menge erzählt haben.«

»Er hat genau drei Worte auf Latein gesagt, und die hab' ich nicht verstanden.«
»Mit der ganzen Unterhaltung drumrum...«
Nicky setzte sich im Bett auf und schrie: »Ist doch nicht wahr! Bildest du dir doch bloß ein! Du bist verrückt! Du bist *hypnotisiert!*«

6. Eine fehlende Zunge

Die Yacht verließ das Gewässer am zweiten Morgen. Die Zwillinge wurden aus dem Hospital entlassen, als das Schiff verschwunden war.

Es wäre verkehrt, sie für hilflose Gefangene zu halten, die des Mitleids bedurft hätten.

Einmal hatten sie nicht lange genug in der Welt gelebt, um sicher zu sein, was normal war und was nicht. Es fiel ihnen leichter als älteren Menschen, Gegebenheiten zu akzeptieren, und wie die meisten Kinder waren sie schlauer, als es den Anschein hatte. Auch starben sie nicht an gebrochenem Herzen, weil sie von ihren Eltern getrennt waren, wie Eltern gerne glauben möchten. Judy hatte die Tatsache akzeptiert, daß sie auf Ferien hier waren, und sogar Nicky – das muß leider festgestellt werden – war mehr Jokeys wegen besorgt, die auf ihn angewiesen war, als wegen seines Vaters, auf den er angewiesen war. Sie verfügten über die Elastizität der Jugend. Sie waren umgeben von neuen Dingen. Sie hatten Rätsel zu lösen. Die Herausforderung an ihre Anpassungsfähigkeit war ein Elixier.

Sie waren nicht wie Hamlet, der die Zeit damit zubrachte, sein Inneres zu erforschen. Sie blickten nach draußen, nahmen Fakten als gegeben hin und neigten dazu, die Dinge erst anzupacken und hinterher darüber nachzudenken. Kurzum: Sie warfen kaum einen Blick auf das entschwindende Schiff.

Judy jedenfalls tat's nicht. Sie hatte es sich in den Kopf gesetzt, das Rätsel des Felsens zu ergründen.

Bei Nicky war's etwas anderes. Der war schwerblütiger als sie und hatte mehr zu enträtseln. Was auch immer er beim Frühstück sagen mochte: Nichts vermochte sie davon zu überzeugen, daß sie keine lange Unterhaltung mit dem Hexenmeister gehabt habe, und hierdurch entstand zum erstenmal in ihrem Leben eine Kluft zwischen ihnen. Andererseits: und wenn doch?

Es war unbestreitbar, daß der Alte Jokey hatte holen lassen, ob sie nun über den Hund gesprochen hatten oder nicht.

Dann gab's noch andere Probleme. Wie konnte Dr. McTurk die richtige Quadratwurzel einer Zahl in Millionenhöhe angeben (Nicky hatte nachgerechnet), und weshalb hielten sich diese Leute überhaupt in Rockall auf? Welche Beziehung bestand zwischen den verschiedenen Männern, die sie kennengelernt hatten? Was bedeuteten die lateinischen Worte?
Er war kein Narr. Wenn es stimmte, daß der Herrscher mit Judy gesprochen hatte, so oder so, mittels außersinnlicher Wahrnehmung oder sonst was – und da war ja diese sonderbare Art und Weise, in der er seine Stirn an die des Chinesen gelegt hatte –, dann mochte die »Unterhaltung« tatsächlich stattgefunden haben. In diesem Fall hatte der Alte erwähnt, daß Mr. Pierrepoint und der Herzog für einen Plan von Nutzen sein könnten. War das vielleicht der Grund dafür, daß sie festgehalten wurden?
Andererseits hatte er selbst gesehen, daß kein Wort zwischen dem Herrscher und Judy gewechselt worden war. Er erinnerte sich des seltsamen Blicks in ihren Pupillen. Was war Hypnotismus überhaupt? Wie funktionierte das? Und wenn sich da irgendeine Art von Gedankenübertragung abgespielt haben sollte – weshalb nicht bei ihm?
Das Schlimmste von allem war, daß er keins dieser Probleme mit seiner Schwester diskutieren konnte. Was auch immer die Saphir-Augen gemacht hatten –: es lag nun trennend zwischen ihnen. Sie war auf der Stelle eingeschnappt, sobald irgend etwas gegen ihren neuen Freund gesagt wurde.
Nicky war von ihnen beiden der Mann – er hatte die Logik-Sorgen und die Beschützer-Pflichten.
Vor allem jedoch: Was oder wer *war* der Herrscher überhaupt? Wie alt war er, zum Beispiel? Und weshalb schien Dr. McTurk derart verängstigt und verschreckt?
Nun ja, jedenfalls waren sie »frei«. Man hatte ihnen gesagt, sie könnten gehen, wohin immer sie wollten; und Forschen und Erkunden war wenigstens etwas, das sie noch gemeinsam unternehmen konnten.
Judy sagte: »Ich denke, wir sollten mal nach draußen; Jokey muß vielleicht ein Geschäftchen machen.«

Der Aufzug war geräumig genug, um einen kleinen Lastwagen zu befördern, und das Obergeschoß (oder wie man es nennen mochte) war eine hell erleuchtete Werkstatt. Der große Raum war in der Mitte leer, so, als ob etwas fehlte, was eigentlich dort hingehörte, und längs der Wände waren Werkbänke mit Maschinen und Geräten, wie sie in eine gut geführte Werkstatt gehörten: Drehbänke und Elektro-Schweißgeräte und Hobelmaschinen. Ersatzteile für Tragflächen; Treibstofftanks, Schmiermittelbehälter; Regale mit Schraubenschlüsseln und Schraubenziehern und Zangen und Bohrern und Klemmen jeder denkbaren Größe, säuberlich geordnet. Ein Kran war da, eine Talje, wie ein riesiger Mist- oder Maikäfer auf kleinen Rädern. Der Beton in der Mitte war mit Ölflecken übersät wie eine Bus-Station. An der hinteren Wand lief auf einer Schiene, orangefarben angestrichen, ein schwerer Kran. Hinter dem Kran (oder der »Laufkatze«) waren die Türen, die sie von draußen gesehen hatten. Es war so konstruiert, daß er nach draußen laufen konnte.
Die Türen waren austariert. Waren sie entriegelt, öffneten sie sich auf leichten Druck.
Das Wetter hatte sich verschlechtert: einer der Gründe dafür, weshalb die Yacht gezwungen gewesen war, die Suche abzubrechen.
Die Stille und das Kunstlicht im Innern wichen einem irrwitzigen Schwall von Lärm und Licht, sobald sie auf die Kliffkante hinaustraten, von der man sie herabgestoßen hatte. Die Seevögel stoben auf: mit Flügelgeflatter und heiserem Stimmengewirr. Der Wind packte ihre Nachthemden – nun ihre einzige Kleidung –, in denen sie aussahen wie ein kleines Druiden-Pärchen. Die Wellen hoben sich, hielten inne, sammelten sich zu einem Sog und donnerten und dröhnten und droschen ans Kliff. Ihre Wogenkämme gischteten gewaltig in der sonnigen Luft, zerstoben im Zenith und tosten in strömenden Katarakten weißer Schaumkronen, zerfetzten am granitenen Fels. An diesem Abend verkündete eine gebildete Stimme in den warmen Räumen einer Radiostation die üblichen Formulierungen: »Rockall, Malin, Hebriden« mit der Vorhersage: »Bisweilen Sturmstärke erreichend«. Für die gefangengehaltenen Zwillinge war's in jedem Sinne eine ferne Stimme.

Sie zogen sich in die Werkstatt zurück, sobald der Hund fertig war; sie hatten Angst, er könnte fortgepustet werden. Jokey, deren Haare über den Kopf geblasen waren wie die der Weißen Königin in »Alice«, kratzte eifrig mit den Hinterläufen, um zu sagen, daß es erledigt sei.
Der Lift brachte sie zum nächsten Stockwerk, das ebenso leer war wie das oberste. Es war ein Freizeitraum, genauso groß wie der darüber. Hier waren zwei Billardtische, Dart Boards, ein perfekt poliertes Shuffle Board ohne Bierglas-Ringe darauf, und eine Kegelbahn – die englische Art, bei der hölzerne Käsekugeln geworfen werden, nicht gerollt. Ledersessel standen längs der Wände, mit Knöpfen in der Polsterung, ähnlich den Knöpfen in einem altmodischen Eisenbahnwaggon. An den Wänden war allerlei rührender Krimskrams, wie ihn Seeleute und Kasernierte zu sammeln scheinen – Photos von Diana Dors, aus Zeitschriften ausgeschnitten, detaillierte Umschlag-Illustrationen aus der *Saturday Evening Post* von Rockwell oder Hughes, Ansichten berühmter Gebäude wie dem Eiffelturm, Erheiterndes von Patience Strong aus dem *Daily Mirror* – wie

Wenn auch der Kummer des Verlustes den Geist zerstört,
Hat doch die Erinnerung an dich den Freund betört.

– und Photographien von Pferden, die mit Kätzchen oder Hunden schmusten und mit Kanarienvögeln ihren Futtertrog teilten. Dazwischen hingen Anschläge, Feuer-Alarm und Rettungswesten betreffend. An einem Anschlagbrett verkündete eine Notiz, daß am vergangenen Freitag ein Konzert mit Rauch-Erlaubnis stattfände. Dazu die üblichen Billard-Anzeiger und ein paar Schiefertafeln mit Kreide-Zahlen darauf. Auf einer war am unteren Ende eine Scheuerbürste grob aufgemalt.
Das nächste, niedere Stockwerk war größer. Es war in Schlafkammern unterteilt, mit aufgereihten Kojen und einem Waschraum mit Meerwasser-Duschen und Becken am einen Ende. Es waren Kojen für mindestens fünfzig Personen vorhanden, doch nur sechs Schlafkammern schienen in Gebrauch zu sein. Die Decken auf den leeren Lagern lagen zusammengefaltet. An den Wänden hingen

keine Pin-ups. Die zu den Betten gehörenden Stühle standen umgekehrt auf den Decken.
In den bewohnten Kammern standen neben den Kojen Tische mit Basteleien: ein Schiff wurde in eine Flasche montiert, ein Hummertopf wurde gewebt, eine Anzahl von Einkaufsnetzen wurde aus Schnüren geknüpft – dazu ein Pfeifenregal aus Laubsäge-Arbeit, ein mit Kolibris wunderhübsch bestickter Kissenbezug, ein Dutzend Zigarrenkisten, die mit phantasievollen Ornamenten aus Vogelfedern beklebt waren.
»Wo *sind* die bloß alle?« fragte Judy.
Im nächsten Stock liefen die üblichen gefliesten Gänge in alle vier Himmelsrichtungen. Je tiefer es mit dem Aufzug nach unten ging, desto weiträumiger wurde alles, weil der Fels sich nach oben verjüngte. Etliche Räumlichkeiten mußten sich unter dem Meeresspiegel befinden.
Die Gänge hatten beschriftete Türen. Neben ihrer eigenen Tür (HOSPITAL) kamen: CHEF-INGENIEUR, STEWARD, DUNKELKAMMER, S/LDR. FRINTON, OP-SAAL, BUCHHALTUNG. Einer der Gänge wurde von LAGER, KÜCHE, MESSE eingenommen, und ein anderer war diversen Büros vorbehalten. Der vierte Gang führte zur Ebenholz-Tür. Hinter ihr verbargen sich namenlos die Räume des Herrschers.
Im untersten und größten Stockwerk endlich waren Menschen. Auf der einen Seite des Aufzugs führte ebenfalls ein Gang zu dieser Ebenholz-Tür, auf der anderen lag die Öffnung, durch die sie hereingekommen waren – doch die gegenüberliegende Seite stellte einen gewaltigen Maschinenraum dar, ähnlich dem eines Ozeandampfers, und hier gingen die Männer in Overalls ihrer Tätigkeit nach. Es bedürfte eines qualifizierten Ingenieurs oder Technikers, um dies alles zu erklären: die Wunder dieser Werkstatt, die Mengen von Maschinen – das Kraftwerk, das Heizungs-System, die Lüftung, die Beleuchtung und was dazugehört.
Aber alles war für den Hausgebrauch. Soweit sie das beurteilen konnten, wurde hier nichts hergestellt – abgesehen von der Dekkung des lebensnotwendigen Eigenbedarfs. Die Männer in Jeans freuten sich über den Besuch der Zwillinge und streichelten Jokey

liebevoll. Stolz zeigten sie ihre Instrumente und Apparaturen vor – wobei sie den Hund von allen in Bewegung befindlichen Teilen fernhielten – und beantworteten bereitwillig Nickys technische Fragen.

Ja, sagten sie: Trinkwasser stelle das Hauptproblem dar; es müsse vom Trawler übers Meer herangeschafft und dann in diese Tanks hier unter dem Boden gepumpt werden. Sie bestanden darauf, den Deckel zu heben und ihnen das Wasser-Reservoire zu zeigen – die finstere Feuchte lichtlosen Wassers unter ihren Füßen. Doch, ja: die Zwillinge würden den Trawler in ein oder zwei Tagen zu sehen bekommen, wenn er die Insel zu seinem nächsten Besuch anlaufe. Nein, erklärten sie, außer ihnen lebe sonst niemand auf dem Felsen. Manchmal schlafe die Besatzung des Trawlers ein oder zwei Nächte hier – oder zumindest täten dies einige Besatzungsmitglieder – indes: die zahlreichen Kojen im Logis seien noch Überbleibsel aus der Zeit, da der Fels ausgehöhlt worden sei, was allerdings lange zurück liege. Jetzt waren die Arbeiter fort; niemand wußte, wo oder wohin. Es habe sich hauptsächlich um Italiener gehandelt.

Nein, sagten sie lachend: sie stellten keine Wasserstoffbomben her – ihre Aufgabe bestehe lediglich in der Wartung der Anlage.

Was sie warteten? Nun ja, sie hülfen halt dem Herrscher. Nicky konstatierte, daß sie zwar bereitwillig alle Fragen beantworteten, die ihre Maschinen betrafen, ansonsten jedoch eher ausweichend und abwesend reagierten. Ihre Augen wurden pferde-ähnlich, so, wie's Judy die Nacht zuvor ergangen war, und die Antworten wurden immer nichtssagender, bis schließlich bloß noch blankes Schweigen blieb. Die Männer verbargen nichts, hielten mit nichts hinter dem Berg. Sie wußten einfach nichts, hatten keine Ahnung – auch kein Interesse – und schienen sogar die Fragen zu vergessen, während sie noch gestellt wurden. Sie liefen an ihnen ab wie Wassertropfen an einer Ente. Alles, was er sich zusammenreimen konnte, war dies: daß der Chinese und Dr. McTurk und der Neger – der Pinkie hieß – und der Squadron-Leader, dessen Namen sie an einer Tür gesehen hatten, die Experten bei der Ausarbeitung des »Planes« seien. Welches Plans? Die Antwort war verständnisloses Starren.

Abgesehen von diesen Leerstellen in ihren Hirnen, die wie von Novocain betäubt wirkten, waren die Männer in den Jeans normal – wie Leuchtturmwärter, denen sie denn auch ähnelten. (Leuchtturmwärter neigen dazu, einander nicht zu mögen – zusammengepfercht aufeinanderhockend –, so daß sie verstummen und sich ihren privaten Hobbies widmen.) Doch abgesehen von der leichten Spannung, hervorgerufen durch die Tatsache, daß sie einander zu gut kannten, waren die Techniker friedlich. Sie waren sogar wohlgelaunt, da Jokey und die Zwillinge eine erfreuliche Abwechslung darstellten, die ihre Gedanken beschäftigte. Einer der Männer hatte tatsächlich einen Knochen für Jokey aufgehoben, den er ihr mit Zurückhaltung darbot und den Jokey zwar höflich entgegennahm, jedoch heimlich hinter einem Transformator versteckte.
»Wer hat Jokey gestohlen?« fragte Judy, als ihr das einfiel. Sie wußten es nicht.
Sie vernahmen mit Bedauern, daß sie gestohlen worden war.
Sie hätten sie nur gesehen, als sie aus dem Meer gerettet worden sei.
Sie führten eine etwas übertriebene Wiedergutmachungs-Zeremonie auf und beneideten den, der die Idee mit dem Knochen gehabt hatte. Vielleicht brauchen alle Männer etwas, um das sie sich kümmern können, und sei es nur eine Ehefrau, und dies mag der Grund dafür sein, weshalb Seeleute so oft auf Papageien in Vogelbauern verfallen, oder Schiffskatzen, oder grünfellige Nonnen-Äffchen, die auf See gewöhnlich eingehen.
Judys Interesse an Manometern war mäßig, und die meisten von Nickys Fragen paßten nicht in ihre Gedankengänge. Sie dröhnten ihr in den Ohren. Judy wußte, welchen Plan der Herrscher hatte – obgleich ihr alle Einzelheiten entfallen waren, so daß sie keine genauen Erklärungen abgeben konnte. Die Fragen kamen ihr verdächtig vor, schienen ihr gar ungezogen. Nach einer Weile rief sie ungeduldig: »Komm, wir gucken uns mal die Küche an.« Als sie im Aufzug nach oben fuhren, machte Nicky einen letzten Versuch.
»Was *ist* das für ein Plan, Judy?«
»Du warst ungehobelt«, lautete ihre Antwort.

»Aber wieso wissen die nix davon?«
»Ich glaub', die waren hypnotisiert«, sagte sie sarkastisch, »wie ich.«
»Bitte, Judy.«
»Ach, sei still. Sei still, sei still, sei still!«
Und sie fing an, im Käfig des Aufzugs umherzutanzen, wobei sie die Worte mit Absicht so betonte, daß er wütend wurde.
Die Küche war beinah genauso technisiert wie der Maschinenraum. Die Tiefkühltruhen und Kühlschränke und elektrischen Mixer und Spülmaschinen und Kartoffelschäler und Büchsenöffner mit Kurbeln waren in England nicht leicht zu finden, nicht einmal im herzoglichen Herrschaftshaus, das für zwei Shillings und Sixpence der Öffentlichkeit zugänglich war – Führer extra.
Die Hausfrau in Judy war entzückt. »Oh!« rief sie aus. »Sieh nur: Papptassen zum Wegwerfen!«
Der Herr in der Küche war Pinkie, der Neger, und er war genauso entzückt wie Judy, nämlich über seinen Besuch. Die Männer hatten zwar gesagt, daß er zu den höheren Technikern gehöre, aber er war auch der Koch. Er führte sie in einer köstlichen Duftwolke umher: Gemüsesuppe mit zugedeckt dünstenden Zwiebeln.
Jokey bekam ein Steak, zwei Minuten mittels Ultraschall gebraten, das sie gierig verschlang, während der riesige schwarze Mann über das ganze Gesicht strahlte und vergnügt mit den Fingern schnippte.
Als Nicky sah, daß seine Schwester sich mit den Backöfen beschäftigte, versuchte er, Fragen anzubringen.
Der Mann lächelte und nickte und zwinkerte mit seinen sirupfarbenen Augen, gab indes keine Antwort.
Schließlich machte er den Mund auf – wie ein kapitaler Kabeljau, oder wie der Deckel eines Klaviers – und hielt ihn offen, so daß Nicky hineinsehen konnte.
Es war keine Zunge drin.

7. Vollzählig

Der Trawler kreuzte drei Tage später auf. Es war ein gewöhnlicher Fischdampfer mit einem Schleppnetz, das er über die unter Wasser liegenden Bänke zog, auf denen Rockall stand. Er fischte und fing wirklich. Jedesmal, wenn er nach Nord-Irland zurückkehrte, war sein Laderaum voll Fisch. Niemand hegte Argwohn oder fragte, was mit der an Bord genommenen Ladung geschehen sei. Die Mannschaft stellte sich, gleich den Technikern, taub. Die Leute betrachteten sich als Fischer. Ihre Augen bekamen einen pferdeähnlichen Ausdruck, sobald von etwas anderem als von Fischfang die Rede war. Sie hatten nichts zu verbergen. Sie wußten von nichts.

Dies gab Nicky ein Gefühl der Erleichterung. Er hatte – weil Judy sich weigerte, das Thema zu diskutieren – nächtelang über das Schicksal der Italiener nachgegrübelt, die den Felsen ausgehöhlt hatten.

Er hatte davon gehört, daß gewisse Leute, die Schätze in geheimen Räumen mit Hilfe von Maurern oder Tischlern verschwinden lassen, ihre Handlanger hinterher exekutierten, damit sie nichts ausplaudern konnten. Er wußte, daß orientalische Potentaten, böse Barone im frühen Mittelalter und alle erfolgreichen Borgias überhaupt – wie auch Piraten – dieses taten. Er teilte seiner Schwester Ehrfurcht vor dem Herrscher nicht, mit der alle ihm zu begegnen schienen (außer Dr. McTurk und vielleicht Pinkie) und in der aufgezwungenen Dunkelheit des Krankenzimmers hatte er sich nächtelang sorgenvoll Fragen nach jenen fünfzig Männern gestellt. Seiner eigenen Meinung nach war der Herrscher fähig, sie allesamt umzubringen, ja, und auch dazu in der Lage, denn ganz offensichtlich besaß er Macht.

Es war eine Erleichterung, sich vorzustellen, daß man sie vielleicht mit entleertem Hirn (ähnlich den Trawler-Leuten und Ingenieuren) nach Italien zurückverfrachtet hatte.

Nach dem Besuch des Trawlers endlich lernten sie noch jemanden kennen. Er kam in einem Sturzregen nieder – mit dem unglaub-

lichen Radau, wie ihn nur Hubschrauber machen –, und seine Flugmaschine wurde von dem Kran in den obersten Gang gehievt, der sich als Hangar entpuppte. Der Helikopter war mit zylindrischen Schwimmern ausgestattet, etwa metallenen Bettwürsten vergleichbar. Seine Rotorblätter mußten abgenommen werden, ehe man ihn hochhieven konnte. S/Ldr. Frinton, eine nasse Melone auf dem Kopf, sich den Regen vom Jackett schüttelnd, beaufsichtigte das Unternehmen.
Er war ein kräftiger, untersetzter Mann mittlerer Größe mit einem Bart à la Lenin. Er mochte um die fünfunddreißig sein, neigte aber schon zur Glatze. Wenn er die Melone abnahm, stülpte er sich eine Zipfelmütze auf, um seinen Kopf warmzuhalten. Er hatte rote Lippen und wirkte, wenn unbewegt, wütend. Wenn er jedoch lächelte, geschah dies mit einer gewissen Sanftheit, ähnlich der Stimme seines Herrn. Und er lächelte, denn Pinkie begrüßte ihn freudig, klatschte in die Hände. Er sagte: »Hej, Pinkie! Wie geht's denn unserm Neger-Mohr?« Er war freundlich zum Personal, das den Hubschrauber versorgte. Er hatte jene überlegene Höflichkeit, die einst zur Royal Air Force gehörte. Er bemerkte die Zwillinge mit Erstaunen, ließ sie jedoch, mit einem nicht unfreundlichen Nicken, links liegen, weil er beschäftigt war – oder vielleicht aus der Fassung gebracht. Als der Helikopter versorgt war, fuhr er mit dem Aufzug abwärts, mit anderen Dingen beschäftigt. Er wirkte dynamisch, gedankenverloren. Nicky konnte ihn vom ersten Augenblick an nicht ausstehn.

Dergestalt war die Bewohnerschaft von Rockall vollzählig und den Blicken der Gefangenen preisgegeben, obwohl Judy nicht anerkennen wollte, daß sie eine Gefangene war.
Alles zusammen ergab dies ein Rätsel – ein offenkundig gefährliches Rätsel, wenn man den Felsen und die Pistole bedenkt –, das der Junge zu lösen hatte.
Am Abend lag Nicky im Hospitalbett, die Augen auf die Glühbirne gerichtet. Zur Nacht brannte eine bläßliche blaue, die erst um zwölf ausgemacht wurde. Sie waren nicht mehr eingeschlossen.
In dieser umheimlichen Beleuchtung lag er auf dem Rücken, über-

legte hin und her, knabberte an einem Knopf, der sich von seinem Nachthemd gelöst hatte. Wie ärgerlich, dachte er, daß es nichts anderes anzuziehen gab; und noch ärgerlicher, kein Schuhwerk zu haben. Beide Kinder hatten ihre Schuhe beim Aufprall aufs Meer verloren, so daß sie barfuß herumlaufen mußten. Das Kostüm war im Sommer wohl praktisch – was aber, wenn man sie über die warme Jahreszeit hinaus hierbehielt? In der Insel gab es nichts Passendes für sie. Möglicherweise brachte der Hubschrauber was mit. Zum Glück waren reichlich Zahnbürsten und Kämme auf Lager. Er müßte um ein paar Bluejeans bitten und sie kürzen lassen. Vielleicht konnte Judy sie abnähen. Vielleicht...
Im kalten Glühn der Lampe schimmerten seine hellen Haare grünlich, und seine dünnen, sonnenverbrannten Hände, die grau aussahen, fummelten fortwährend an der Stelle, wo der Knopf gesessen hatte.
Andernorts gingen die Insulaner ihren eigenen geheimnisvollen Geschäften nach.
Die Techniker verteilten sich auf den Maschinenraum, die Freizeithalle und den Schlafsaal. Die beiden Diensthabenden bewegten sich im sanften Gesumm der Generatoren, wischten sich abwesend die Hände an öligen Lumpen und verfolgten die Zeiger der Druckmesser, die hin und wieder kaum wahrnehmbar vibrierten, ansonsten aber still verharrten wie Krokodile auf einer Sandbank, in verschiedene Richtungen weisend – oder vielleicht wie verträumte Elritzen in einem stillen Tümpel, denn sie zitterten wie Elritzen. Zwei andere spielten oben ›*Shove-ha'penny*‹ in feierlichem Schweigen. Als routinierte Spieler hielten sie sich streng an die Regeln, und es wäre ihnen nicht im Traum eingefallen, eine Münze zu beanspruchen, solange sie nicht genau in der Mitte eines Bettes lag. Auch wenn sie nur eine Spur näher an der einen als an der anderen Linie lag, ohne anzustoßen, gingen sie hochherzig darüber hinweg. Sie hatten keinen Zähler und zählten selber auch nicht. Der Spieler notierte seine Punkte oder ließ es bleiben: Proteste oder Streitigkeiten gab es ohnehin keine. Die letzten beiden waren im Schlafsaal und teilten sich einen Topf Leim. Der Leim, der auf dem Kocher erwärmt werden mußte, stellte ein Bin-

deglied zwischen ihnen dar, so daß sie gelegentlich ein Wort miteinander wechselten. Der mit dem Flaschenschiff zog dessen bereits aufgetakelte Masten hoch, und der Feder-Mann klebte behend und akkurat ein Mosaik aus abgestimmten Seetaucher-Gefieder – ein ziemlich dunkles Braun wie das der Flecken auf ihren Eiern. Er hantierte dabei mit spitzen Elektriker-Zangen. Auch Pinkie, allein in seiner eigenen Werkstatt, die einst die Dunkelkammer gewesen war, bastelte minutiös. Seine langen, spatelförmigen schwarzen Finger, innen fast rosig, bewegten sich behend im Lichtkreis einer Leselampe von einem Uhrmacherwerkzeug zum anderen. Er trug einen Augenschirm und hatte sich, wie ein Juwelier, eine Lupe ins Auge geklemmt. Vor ihm war eine Blaupause an die Wand geheftet, von der nur die untere Hälfte in den Licht-Bereich ragte. Sein Mund stand offen. Wäre er ein Kind gewesen und hätte er eine Zunge gehabt, sie hätte jetzt zwischen den Lippen gesteckt. Er werkelte an einem Maschinchen oder Instrument, nicht unähnlich einer winzigen Radar-Antenne, nur daß das Innere außen war. Ein fertiges Gerät lag vor ihm auf dem Tisch.

Dr. McTurk war in seiner Kabine. Über seinem Stehpult, wie Architekten es benutzen, hing eine Leselampe, die der Pinkies ähnelte. Auf dem Pult lag ein großes Blatt Löschpapier, mit dem das Geschriebene abgedeckt werden konnte. Das Löschpapier war bereits mit etlichen Berechnungen übersät, mit denen er beschäftigt schien, indes: die wirklichen Berechnungen sähe man erst, wenn er das Löschpapier fortzöge. Sein rundes Gesicht wirkte verstohlen, gierig und müde – nicht mehr wohlwollend –, und er mühte sich mit etwas Albernem ab. Er versuchte, auf einem gewöhnlichen Schulatlas aus der Insel-Bibliothek akkurate Großkreis-Messungen durchzuführen. Von dieser seiner speziellen Tätigkeit abgesehn, schien er kein sonderlich intelligenter Mensch zu sein. Während er rechnete, hielt er, fast sichtbarlich, die Ohren gespitzt.

Als die Tür ohne ein Anklopfen aufging und der Chinese flink in die Kabine kam, wurde ebenso flink das Löschblatt über den Atlas gezogen –, ja, noch flinker. Es glitt mit der Fixigkeit eines Zaubertricks oder eines Kartenmischers darüber, und Dr. McTurk war eitel

Höflichkeit und Zuvorkommenheit. Er nahm seinem stummen Besucher die Liste mit Gleichungen ab, überflog sie lässig und gab die Antworten. Der Chinese schrieb sie nieder und verbeugte sich. Der Doktor verbeugte sich. Die Tür schloß sich hinter dem Chinesen, und McTurk wandte sich wieder seinem Architekten-Pult zu, als er bemerkte, daß die rechte Seite seiner Oberlippe über dem Eckzahn zuckte. Er konnte ihr nicht Einhalt gebieten. Sie flatterte.
S/Ldr. Frinton war ein weiterer dieser Einzelgänger unter einer einzigen Lampe. Er schrieb mit großen runden Schriftzügen, sehr schnell, mit schlechter Interpunktion. Er war im Zweiten Weltkrieg nicht zur Schule gegangen. Er schrieb sein Testament nieder.
Der Chinese hob seinen Arm hoch und packte das Hirschgeweih. Er zog es abwärts. Die Wand – samt Geweih und Pult und der Schale mit Visitenkarte – schwang herum wie der Boden-Block eines Schiffsgeschützes und offenbarte hinter sich ein Laboratorium, in gleißendes Licht getaucht.
Der große Raum war steril wie eine Leichenhalle, doch nicht so leer und nicht so still. Er hatte Geräusche und Licht und Bewegung. Ein Summen bildete die Kulisse zu einem Sirren: Generatoren und Transformatoren. Die Kathoden-Röhren glommen fluoreszierend grün, während der Gleichrichter einen roten Schein verstrahlte: des Quecksilbers wegen. Oszillatoren funkelten auf, wenn das Licht sie traf, und machten klick-klack wie ein schnelles Metronom. Das Ionoskop stand massig und mächtig da, wie zur Betonung des geheimnisvollen Gewebes aus Klang und Bewegung, das seinerseits wieder, infolge seiner Gleichförmigkeit, eine Art von Stille war – wie das Pochen des Blutes im Ohr. Absolute Stille kann man hören und sehen.
Die hintere Wand des Laboratoriums war mit Plänen und Landkarten behangen, mit denen die des armen McTurk nicht konkurieren konnten. Auch Luftkarten waren da, in Aufsicht und Querschnitt, mit Heaviside-Layers (den ionisierten Schichten der Atmosphäre) und Strömungen hoher Winde. An den anderen Wänden befanden sich Tausende von Büchern.
Etwas Unerwartetes zeigte sich im Hintergrund: Auf einer Art

Operations-Tisch standen Schachfiguren auf einem Brett, mitten im Spiel. Der Herrscher stand daneben, genauso reglos wie sie. Der Chinese spießte McTurks Zahlenliste auf einen Dorn wie eine Bon-Ablage und ging zum Tisch. Er zog einen Läufer diagonal über sechs Felder. Des Herrschers Tonabnehmer-Arm kam glatt heraus und rochierte den schwarzen König.

8. Verschwörer

»Judy?«

»Ja?«

»Vielleicht hat er wirklich mit dir geredet«, sagte er mit einem Schlucken, da er's nicht gewohnt war, unrecht zu haben.

»Weißt du... vielleicht hat er... vielleicht war's Gedankenlesen?«

»Er hat geredet«, sagte sie schroff.

»Du könntest ruhig ein bißchen nachgeben.«

Sie hatte ihre Schmoll-Phase fast überwunden, also sagte sie behutsam: »Tu ich ja – wenn du's auch tust.«

»Dann hat er also geredet.«

»Ehrlich?«

»Ehrlich.«

»Oh, Nicky, dann hat er's vielleicht doch getan.«

»Getan? Was?«

»Gedanken gelesen. Aber das spielt ja auch keine Rolle. Solange wir uns gegenseitig verständlich machen können, spielt's doch keine Rolle, *wie*. Oder? Ich begreife nicht, wieso du solchen Wirbel machst, Nicky. Weshalb bist du so ekelig zu ihm?«

»Wenn er sich verständlich gemacht hat – wie hat er das dann zuweggebracht?«

»Ist schwierig.«

»Hat er gesagt, was sie herstellen oder planen oder was sonst?«

»Ja.«

»Na? Was?«

»Er hat gesagt, es wäre in Ordnung.«

»Judy, *was?*«

Vielleicht stand er ihr – weil sie Zwillinge waren – geistig näher und hatte mehr Einfluß auf sie als andere. Vielleicht war sie, infolge des Kontakts mit ihrem Bruder, weit weniger hoffnungslos als die Seeleute und Ingenieure. Nervös band sie die Kordel um ihre Taille auf und zu und blickte bekümmert drein. Im blauen Licht ging er zu ihrem Bett hinüber und setzte sich, Jokey kraulend, auf die Kante.

»Bitte, liebe Judy'«

Mit einiger Schwierigkeit sagte sie: »Ich weiß nicht, was er erklärt hat.«

»Begreifst du denn nicht, daß da was nicht stimmen kann, wenn sie auf Menschen schießen?«

»Vielleicht war's ein Irrtum. Ja, bestimmt. Hat er gesagt.«

»Solche Irrtümer macht keiner. Und wenn's ein Ferien-Aufenthalt sein soll: Wieso haben uns da Mummy und Daddy nicht Wiedersehen gesagt? Warum hat man uns eingesperrt?«

Sie fing an zu weinen.

»Nimm's nicht so schwer, Judy. Wir denken ein andermal drüber nach.«

»Nein.«

»Nein was?«

»Ich will jetzt nachdenken.«

Er saß mucksmäuschenstill und hielt den Atem an. Jemineh, dachte er, ich glaube, ich hab' sie zur Besinnung gebracht. Wart's ab.

Sie sagte: »Ich weiß nicht, was er gesagt hat. Es ist so verschwommen. Ich glaube... Warst du schläfrig?«

»Bei mir hat's überhaupt nicht funktioniert.«

»Was?«

»Was er mit seinen Augen oder mit seinen Gedanken oder sonst was gemacht hat.«

»Aber geredet hat er mit dir?«

»Er hat Latein mit mir geredet, weil's ihn gefreut hat, daß ich nicht funktionieren wollte. Ja, und bevor er's sagen konnte, mußte er erst noch einen Whisky trinken. Ich glaube, er *kann* überhaupt nicht ohne Whisky reden, wie wir. Er redet mit den Augen oder mit der Stirn oder sonstwas.«

»Ameisen machen's so«, sagte sie beiläufig, mit normaler Stimme. »Sie legen ihre Antennen-Fühler aneinander. Haben wir in Biologie gehabt.«

»Und das hat er bei dir gemacht?«

»Nick, wie aufregend! Das bedeutet, daß ich wie eine Ameise reden kann, und du nicht.«

»Es bedeutet ebenfalls, daß er lesen kann, was du denkst, und daß er dich denken lassen kann, was er will.«
»Das ist ja *das*, was er mit den Technikern gemacht hat.«
»Eben.«
»Wie entsetzlich!«
»Er könnt' machen, daß du dich für ein Würstchen hältst«, sagte Nicky, seinen Vorteil ausnutzend.
»Könnt' er nicht.«
»Könnt' er wohl.«
»Aber Würstchen können nicht denken.«
Er machte den Mund auf und machte ihn wieder zu.
»Wenn...«
»Nicky, würd' er wissen, wenn ich mal... wenn ich mal muß?«
»Klar.«
»Ekelhaft! Er würde... Ich glaube, er hat mich *tatsächlich* hypnotisiert; und das ist das allergemeinste.«
»Gut, daß du's einsiehst.«
Sie sah es ein – das heißt: Sie hätte es gern eingesehen.
»Wenn dieser Mann...«
Er brach ab. Er wollte ihn »diesen Mann« nennen, wollte es von ganzem herzoglichen Herzen. Aber er konnte es nicht. Es war falsch, war verkehrt, stimmte nicht. Er erinnerte sich an die Augen, während er sprach.
»Wenn der Herrscher«, sagte er, und beide blickten zur Tür.
»Wenn der Herrscher...«
Sie verstummten in der theaterhaften Beleuchtung und beobachteten die Türklinke.
Als sie weitersprachen, taten sie's flüsternd.
»Wir *müssen* was tun. Wir *müssen* dahinterkommen. Wenn wir's nicht rauskriegen, kommen wir nie zu Daddy zurück. Der Flieger und der Doktor und Pinkie – die arbeiten doch offensichtlich für ›ihn‹ und den Chinesen, meine ich, und wir müssen rauskriegen, um was es geht. Es ist was ganz Entsetzliches, Judy; etwas Böses.«
»Wie kriegen wir das aber raus?«
»Wir werden Nachforschungen anstellen müssen.«

Diese Formulierung stimmte ihn heiter, und er fügte hinzu: »Wir werden sie durchleuchten müssen.«
»Du, ich glaube, das lassen wir lieber sein.«
»Das ist doch das, was das F. B. I. mit Verdächtigen macht.«
»Ach so.«
Da sie nicht sicher war, worum es sich beim F. B. I. handelte, mußte sie klein beigeben.
»Die Sache ist bloß *die:* solange wir nicht wissen, *was* es ist und wer sie *sind* – solange können wir gar nichts machen.«
»Nein.«
»Also müssen wir ihnen nachspionieren.«
»Meinst du, das könntest du?« fragte sie zweifelnd. Sie kannte Nicky besser als er wußte.
»Was soll das heißen?«
»Na ja...«
Nach einigem Überlegen formulierte sie es so behutsam wie möglich.
»Ich glaube nicht, daß Spione wie Indianer sind.«
Die darin versteckte Kritik ärgerte ihn.
»Ich...«
»Es ist nicht so, als ob man jemandem verspricht, nichts weiterzuerzählen oder nicht an Schlüssellöchern zu lauschen, Nicky. Ich glaube, es ist mehr, als ob man selbst nicht weiß, was man tut.«
»Wir könnten an Schlüssellöchern lauschen.«
»Na ja«, sagte sie, erleichtert, daß es nichts Ernstes war, mehr ein Spiel, »ich denk' schon.«
»Wir könnten ihnen nachgehn.«
»Sie beschatten.«
»Genau.«
»Wird nicht ganz einfach sein, sie in einem gekachelten Korridor zu beschatten.«
»Wir könnten ihre Zimmer durchsuchen«, sagte er zögerlich, »wenn sie nicht da sind.«
Je praktikabler ihre Bemerkungen wurden, desto mehr senkten sie ihre Stimmen.
»Und wenn sie uns schnappen?«

Er wußte nicht, was dann passieren mochte, denn derlei Dinge lagen außerhalb seines Erfahrungsbereichs. Jedenfalls wurden Spione nicht übers Knie gelegt oder zu Bett geschickt – nicht in einer Welt, wo man mit Pistolen schoß. Ihm wurde klar, und Judy ebenso, daß es ziemlich albern war, wenn zwei Zwölfjährige sich daran machten, eine große Verschwörung aufdecken zu wollen.

Gleichzeitig wußte er, daß, trotz allem, hierin ihre Aufgabe bestand.

Zum einen befanden sie sich in einer Situation, die sie dazu zwang, von sich aus auf eine bestimmte Weise vorzugehen. Zum anderen hielt er sich für fähig, jemanden zu überlisten, falls er nur wollte. Kinder sind ausgekochte Lügner – wenn es ihnen einfällt, die Wahrheit zu vergessen. Außerdem wußte er, daß er Erwachsenen an Behendigkeit überlegen war. Und schließlich bot ihnen der Umstand, daß sie Kinder waren, eine gewisse Sicherheit. Es hat seine Vorteile (was er allerdings nicht wußte), für kindlich und einfältig gehalten zu werden, wenn man sich anschickt, ein Spion zu sein.

Sie wurden ganz vernünftig und sagten, ohne einander anzusehen, kaum hörbar:

»Vielleicht ist in dem Zimmer eine Abhöranlage.«

»Vielleicht in allen Zimmern.«

»Zuerst müssen wir den Leuten auf die Schliche kommen.«

»Wir können umherspazieren.«

»Lies alles, was du finden kannst.«

»Stell Fragen.«

»Kombiniere.«

Er lag auf dem Bett, hielt ihr seinen Mund ans Ohr und flüsterte wie zu sich selbst: »Nicht mit dem Herrscher anfangen. Erstmal die leichteren vornehmen.«

Sie wandte verstohlen den Kopf, als würden sie beobachtet, bis ihr Mund an seinem Ohr lag.

»Fangen wir mit Pinkie an.«

»Warum?«

»Ich glaub', der ist nett.«

»Wie?«
»Indem wir uns mit ihm anfreunden.«

Als Nicky wieder in seinem eigenen Bett lag, war er über die Maßen glücklich, seine Schwester zurückgewonnen zu haben. Ehe er jedoch einschlief, durchfuhr ihn ein schrecklicher Gedanke. Gesetzt den Fall, der Herrscher war imstande, das... das... nochmal zu machen, wenn er sie kommen ließ?

9. Der Doktor

»Was hat's für einen Sinn, mit Pinkie zu reden, wenn er stumm ist?«

»Vielleicht kann er schreiben.«

»Bravo!«

Es stellte sich jedoch heraus, daß der Neger ziemlich einfältig war. Er hatte allerhand Ahnung von Feinmechanik – möglicherweise war er einer der besten Uhrmacher der Welt, und das mochte der Grund dafür sein, weshalb er auf Rockall gehalten wurde –, doch schien er über einen recht beschränkten Horizont zu verfügen. Judy hatte recht, er war nett.

»Pinkie, warum hast du keine Zunge?«

Er schrieb in wunderbar altmodischer Schönschrift auf eine Schiefertafel: »Weg.«

Es widerstrebte ihnen zu fragen, ob ihm das jemand angetan habe.

»Was machst du da?«

Stolz zeigte er ihnen die kleinen, konvexen Radarantennen, aber er hatte keine Ahnung, wozu sie nütze waren.

»Wer ist Squadron-Leader Frinton?«

Irgendeine Scheu hinderte sie daran, wichtigere Fragen an ihn zu richten.

Er schrieb: »Gut.«

Aus einer plötzlichen Eingebung heraus fragte Judy: »Wer hat Jokey gestohlen?«

Er wußte es, weil der Dieb in der Küche etwas für sie zu fressen hatte holen müssen. Mit der kratzenden Kreide schrieb er: »Doktor.«

Und herein kam, wie auf sein Stichwort, der Doktor.

»Aha?« sagte er mit einem Blick auf die Schiefertafel, ehe er jemanden ansah: »Wenn man vom Teufel spricht, ist er nicht fern! Guten Morgen, guten Morgen, guten Morgen. Und weshalb haben unsere Detektive den medizinischen Namen unnötiglich im Munde geführt? Nein, nein, ihr braucht nicht zu antworten. War nur ein Scherz. Keine Kritik beabsichtigt. Jedem Freunde von Totty McTurk ist es unbenommen, nach Herzenslust über ihn zu reden, ja, er rechnet es sich zur Ehre an – sensibel, wie er nun einmal ist. Oder heißt es sensitiv? Und wie könnte die schmeichelhafte Frage wohl gelautet haben?«

Nicky sagte ohne Umschweife: »Wir haben gefragt, weshalb Sie Jokey gestohlen haben.«

Er war entsetzt. Er war verletzt. Er sah sich suchend um, mit ausgebreiteten Händen, ob er irgendwo Linderung für seine Schmerzen fände.

»Meine Lieben, ich muß euch was erklären. Wir müssen uns unterhalten. Unter Freunden darf es keine Mißverständnisse geben.«

»Also: weshalb?«

»Es ist so ein schöner Tag«, sagte der Doktor. »Kommt in des Herrn allerliebsten Sonnenschein, wir bereinigen diese mißliche Angelegenheit ein-für-allemal.«

Es war kein schöner Tag. Aus den Hangar-Toren traten sie in dichten Nebel. Es war, als habe man Perlen in Magermilch gelöst, die sich nun, verdunstend, am granitenen Felsen niederschlug. So dicht war er, daß er wie etwas Massives wirkte, ihre Stimmen zurückwarf und ihre Schritte höhlenhaft hohl klingen ließ. Sogar bloße Füße riefen einen Widerhall hervor. Die Vögel auf dem Felsgipfel flogen nicht auf, als sich die Tore öffneten. Sie konnten es sich nicht leisten: Sie blieben auf ihren Plätzen hocken, wie gezähmt oder gelähmt vom Dunst-Dickicht.

Wo keine Hoffnung ist, ist keine Angst, und an Fliegen war einfach nicht zu denken.

»Wozu sollen wir denn hier raus? Wir werden doch bloß naß.«

»Oder stürzen ab.«

»Halt Jokey fest.«

»Jokey! Jokey! Komm her, Herzchen. Fällst sonst runter.«

»Ich *hasse* es, wenn Jokey auf Klippen rumturnt«, fügte Judy hinzu. »Ich weiß, sie sollen trittsicher sein und sonstwas – aber weiß man's? Außerdem ist sie nun mal ein kleines Doofchen, stimmt's nicht, Hunde-Herz?«

»Liebes Hundchen«, sagte der Doktor. »Armes Hundchen.« Damit war er für sie erledigt. Niemand nennt Hunde Hundchen.

»Also?«

»Wie deine kleine Schwester hier klug bemerkt hat, gehen wir besser wieder hinein, ehe wir durchnäßt sind.«

Ratlos stand er mit ihnen im Hangar; er wußte nicht, wohin er mit ihnen gehen sollte. Er hatte sie ins Freie gezogen, weil er sich, wie sie, vor Mikrophonen fürchtete. Das Abhörsystem war ein Geheimnis, das er nicht ergründet hatte. Aber er wollte reden.

»Mein Behandlungszimmer?«

Der Raum war nicht so gut eingerichtet und ausgestattet wie die anderen technischen Räumlichkeiten. Es herrschte ein tolles Tohuwabohu. Ein Abstell-Tisch war voller Phiolen und Ampullen und Fläschchen mit falschen Stöpseln; Diphterie-Serum mit Penicillin vertauscht; dazu gesellten sich abgebrochene Injektionsnadeln; und die Spachtel, mit dem einem die Zunge runtergehalten wird, war verrostet. Die Zwillinge setzten sich nebeneinander auf die schwarze Leder-Couch, und Judy stellte schaudernd fest, daß sich in einem Email-Behälter, vermischt mit Zigarettenkippen, Abfallstücke blutiger Scharpien befanden.

»Also?«

Er begann mit einem tiefen Atemzug.

»Es war unumgänglich notwendig, euch von dem Neger fortzubringen, Kinder. Ich mußte euch dort herausholen.«

Diese Feststellung nahmen sie ohne Überzeugung entgegen.

»Er ist krank«, erklärte der Doktor. »Verrückt.«

Judy dachte: Naja, ein bißchen einfältig kam er mir schon vor. Führen sich Verrückte so auf? Der Doktor sah, was sie dachte.

»Nein, nein, er ist schlimmer als einfältig. Er macht diesen Eindruck vermöge seiner Gutmütigkeit. Aber das täuscht. Er ist wahnsinnig. Ihr müßt aufpassen, daß ihr mit ihm nicht allein zusammentrefft, und vor allem dürft ihr euch auf nichts verlassen, was er sagt. Oder sagen wir: schreibt. Man nennt's fachlich Wahn-Psychose. Ihr müßt den Worten eines Arztes glauben, Kinder – glaubt mir, ihr müßt –, sonst begebt ihr euch in große Gefahr.

Armer Teufel, deshalb halten wir ihn hier auf dem Felsen – eine Art Sanatorium für ihn. Meist friedlich und lammfromm, gefällig, eine Seele von Mensch – obzwar seine Gedanken völlig derangiert sind. Und dann, ganz plötzlich: Puff! Manisch-depressiv. Ihr dürft kein Wort von dem glauben, was er sagt.«
»Er hat gesagt, Sie hätten Jokey weggenommen.«
»Genau. Ich mußte euch fortholen. Widersetzt ihr euch nur einen Augenblick, widersprecht ihr ihm nur einmal, dann seid ihr mitten in einer Krise. Es wäre gefährlich gewesen, das vor Pinkie abzustreiten.«
»Haben Sie Jokey weggenommen?«
Der Doktor schmunzelte über sein ganzes fettes Gesicht. »Wirklich!«
Wenn man's recht bedachte, schien er keinen Grund dafür gehabt zu haben.
»Weshalb haben Sie immer so ein Kauderwelsch geredet, als wir eingesperrt waren?«
Sein gekränkter Gesichtsausdruck war fast würdevoll.
»Meine Art von Humor«, sagte er, sich die Nase schneuzend. »Wir hier auf der Insel sind keine Kinder gewöhnt. Ihr müßt mir vergeben. Einem reuigen Freund.«
»Warum sind wir hier?«
»Und was«, setzte Judy hinzu, »tun Sie alle? Solange Sie uns das nicht sagen, können wir nichts glauben – nicht so ganz richtig.«
»Darüber wollte ich ja mit euch reden. Einen Augenblick. Ich glaube, ich hab' ein paar Bongchens.«
Er fuhrwerkte in einer Schublade herum und förderte ein paar Hustendrops oder Pastillen aus einer verschmutzten Tüte zutage, die die Zwillinge zögernd annahmen. Sie waren schwarz und schmeckten wie eine Mischung aus Lakritz und Johannisbeeren.
»Ich werde ganz von vorne anfangen. Wir müssen leise sprechen. Zieht die Couch hin in die Ecke, da ist sie weiter von der Tür weg. –
So, Kinder«, begann der Doktor. »Zweifellos habt ihr von Staatsgeheimnissen gehört. Ihr wißt schon: streng vertrauliche Sachen, die nur im Kabinett erörtert werden dürfen, wenn über-

haupt. Sogar Sir Winston Churchill konnte sowas nur über ein Zerhacker-Telephon diskutieren. Nun ja, daran arbeiten wir auf Rockall. Eigentlich dürfte ich niemandem etwas sagen, nicht einmal euch.«

»Wenn's ein Geheimnis ist«, sagte Nicky, »dann sagen Sie nichts.«

»Die Umstände zwingen mich dazu – das ist es: die Umstände zwingen mich dazu. Eure Ankunft hier – der Umstand eurer rein zufälligen Ankunft, möchte ich sagen, zwingt mich, die Wahrheit zu enthüllen.«

Er bedachte dies und fügte hinzu: »Ist euch doch klar, daß wir versucht haben, euch zu vernichten? Eine scheußliche Entscheidung, Kinderchens, aber wir mußten sie treffen. Wenn das Leben von Millionen auf dem Spiele steht, fällt das Leben von zweien nicht in die Waagschale. Das ist die wissenschaftlich-statistische Einstellung.«

»Ist uns ziemlich klar, daß wir nicht selbst auf uns geschossen haben.«

»Ja. Ja. Achem! Nun, ihr sollt die Wahrheit erfahren, die ganze Wahrheit und nichts als die Wahrheit. Dann könnt ihr das Dilemma abwägen.«

Seine Stimme senkte sich zu einem unhörbaren Krächzen, erholte sich und wurde zu einem Flüstern Er beugte sich vor und sagte: »Wir arbeiten gegen die H-Bombe.«

Sie warteten.

»Abschreckung«, sagte der Doktor, »oder Verteidigung. Die Argumente werden euch geläufig sein. Entweder kann man den Feind abschrecken, indem man mehr und bessere Bomben baut; oder man kann eine Gegen-Waffe erfinden, die sie harmlos macht. Die Bomben, meine ich. Das tun wir hier.«

In der eindrucksvollen Pause, die hierauf folgte, fragte Nicky: »Verstehen *Sie* was von Atomen?«

»Nein. Nun ja: nein. Ich bin der Arzt, der dienstbare Geist, der die Größeren Geister – ich möchte sagen, die unersetzlichen Seelen – bei Gesundheit und Laune hält. Davon werde ich euch etwas erzählen müssen.«

Wieder warteten sie.
Dr. McTurk transferierte ein staubiges Thermometer aus einer Nierenschale in ein Glas Wasser, in dem ein Reserve-Gebiß lag.
»Meine Aufgabe ist schwierig.«
Er bemerkte, ohne diesen Umstand zu registrieren, daß die Kugel des Thermometers abgebrochen war.
»Der Geist!« rief er aus. »Der menschliche Geist – das ist die Schwierigkeit. Diese ungeheuren Denker, deren gewaltige Hirnleistungen das Begriffsvermögen simpler Zeitgenossen übersteigen, die neigen dazu – neigen unausweichlich dazu –, abnorm zu sein, neurotisch. Es ist die *geistige* Gesundheit des Herrschers, die ich, als Mediziner, zu schützen habe, nicht so sehr ein körperliches Wohlbefinden. Das eine wirkt aufs andere.
Meine lieben Kinder, ihr könnt euch kaum die Schwierigkeiten vorstellen, mit denen ich konfrontiert werde. Euch fehlt die Erfahrung in medizinaler Psychologie.«
Er nahm das Thermometer aus dem Glas und warf's in den Abfallbehälter zu den gebrauchten Scharpien.
»Ich will versuchen, es euch mit einfachen Worten zu erklären. Wenn der Herrscher krank ist, denkt er ungut. Wenn er ungut denkt, wird er krank. Versteht ihr?«
Sie nickten.
»Und wenn er ungut denkt, traut er nicht mal seinem eigenen Arzt.«
Nachdem er dies geraume Zeit hatte wirken lassen fuhr er fort: »Für einen Arzt ist es unabdingbar, den Regungen des Hirns zu folgen. –
Eine Diagnose«, rief er und versetzte dem Tisch einen ziemlichen Hieb, »ist unmöglich, wenn die Symptome verheimlicht werden. Der Herrscher ist ein kranker Mann. Er vertraut mir nicht. Er weigert sich, meine Medikamente einzunehmen. Ich bin machtlos. Ich kann nicht helfen, nein, ich kann das wichtigste Geheimnis der Welt nicht schützen!«
Die Faust, die auf den Tisch niedergefahren war, löste sich, streckte sich, wurde zu einer flachen Hand auf der Platte. Die Röte verschwand aus seinem Gesicht, auf dem sich allsogleich ein schmei-

chelndes Lächeln zeigte. Er sah so unschuldig aus wie ein satter Säugling.
»Ihr könntet mir helfen.«
»Wie?«
»Indem ihr mir von eurer Unterredung erzählt.«
Ihre Bereitwilligkeit schien nicht groß, also fuhr er mit seinen Erläuterungen fort.
»Alles, was der Herrscher sagt oder tut, jede Handlung des Patienten und seine geistigen Prozesse, alles ist für seinen Gesundheitszustand relevant – einen Gesundheitszustand, der das allerkostbarste Gut der leidenden Menschheit bedeutet.«
»Wer ist der Herrscher?«
»Der größte lebende Wissenschaftler.«
»Wenn...«, begann Nicky, doch Judy trat ihm auf den Zeh.
Sie sagte: »Na ja, eigentlich haben wir bloß über persönliche Dinge gesprochen. Er hat mich mesmerisiert, aber bei Nicky hat er's nicht geschafft.«
Einen kurzen Augenblick lang leuchtete das Gesicht des Doktors auf, wie ein Licht, das man ein- und gleich wieder abschaltet.
»Wieviel hat er getrunken?«
»Drei!«
»Und mit Nicky hat er reden müssen, weil er seine Gedanken nicht lesen konnte.«
»Wußt' ich's doch! Wußt' ich's doch! Das ist jetzt das vierte Mal, daß das passiert.«
»Das vierte von was?«
»Schon gut«, sagte er – dann, sich seiner Freundlichkeit erinnernd: »Berufsgeheimnis, meine Lieben. Der hippokratische Eid. Ärzte dürfen nichts über ihre Patienten sagen; das wißt ihr bestimmt auch schon, wie?«
Er überlegte ein wenig, blickte zu Boden. Als er aufsah, wirkte sein Gesicht müde.
»Wollt ihr dem alten Totty nicht helfen?«
Auf ihr Schweigen hin verkündete er voller Pathos: »Es geht um das Geschick der Welt«
»Na schön«, sagte Judy, ehe Nicky etwas sagen konnte.

»Ich möchte, daß ihr zwei Dinge tut. Hört gut zu und denkt daran. Ach ja, wie heißt ihr überhaupt?«

»Nicky und Judy.«

»Ich möchte, daß du, Nicky, den Herrscher so oft wie möglich siehst. Schließe Freundschaft mit ihm. Er wird jetzt mit der Ausbildung anfangen, also wirst du ihn häufiger sehn. Präg dir ein, was er sagt und tut, und berichte es mir. Und du, Judy, du wirst ihn überhaupt nicht sehen – wenn es sich einrichten läßt. Dich wird er nicht ausbilden wollen, also dürfte das nicht schwierig sein. Euch ist doch klar, daß alles im Interesse des Patienten geschieht?«

»Ja.«

»Um einen Kontakt mit dem Geist des Patienten herzustellen?«

»Ja.«

»Ihr seid kluge Kinder! Ihr tut's, Totty zuliebe und für die Sicherheit der Welt?«

»Wir werden unser Bestes tun«, sagte Judy mit tiefer Überzeugung, »um das Rechte zu tun.«

»Das sind die Worte eines wahrhaften Briten!«

Sie verabscheuten diese Bezeichnung. Er wechselte das Thema.

»So, so. Gut, gut. Das wäre dies. Und jetzt muß ich mich wieder meinen Arzneien widmen.«

Fröhlich, ja geradezu forsch blinzelte er den Kindern zu. »Medizin«, erklärte er, »segenswerter Engel, du! Kuren, Tinkturen, Rezepturen. Ein Fläschchen hier, ein Fläschchen da. Wer weiß – vielleicht gar ein Sedativum für unseren verehrten Herrscher?«

Sie wollten gerade die Tür zumachen, als er sie zurückrief. »Von der *Official Secrets Act* habt ihr doch schon gehört, dem absoluten Schweige-Gebot?«

»Ja.«

»Kein einziges Wort zu keiner einzigen Menschenseele – habt ihr das verstanden?«

»Ja.«

»Nicht zu Pinkie, nicht zu Frinton, nicht zu dem Chinesen, nicht einmal zum Herrscher?«

»Nein.«

»Vergeßt das nicht«, sagte er. »Dies ist kein Spiel, dies ist voller Ernst.«

Als sie wieder sicher in ihrem Zimmer waren, fragte Nicky freundlich: »Glaubst du irgend was davon?«
»Nicht viel. Er macht sich nicht mal die Fingernägel sauber.«

10. Judy denkt konstruktiv

Aber mit der Ausbildung hatte er recht gehabt. Ehe sie Frinton oder sonst jemanden unter die Lupe nehmen konnten, öffnete der Chinese selbigen Tages nach dem Mittagessen die Tür des Krankenzimmers und nickte Nicky zu. Beim Hinausgehen verbeugte er sich vor Judy und sagte: »Sie entschuldigen uns?«

Angeblich können die meisten Chinesen kein »r« aussprechen, so daß sie »Flöhliche Leise« statt »Fröhliche Reise« sagen. Bei diesem war's anders. Seine Aussprache war makellos. Er sprach regelrechtes altmodisches Englisch – das Edwardische. Er hätte »Umor« statt »Humor« gesagt, wie es in der Oberschicht zu jener Zeit üblich war, wenn er ein solches Wort überhaupt angewendet hätte.

Nicky folgte ihm den Gang entlang.

Sie kamen an der schwarzen Tür und dem Geweih vorüber, am Axminster-Teppich und an der Tür mit den Riesenbinsen.

Im »Boudoir« des Herrschers – denn dieses Wort beschreibt noch am besten die grünlich-gelbig-gallertige Ornamentik – oder vielleicht ähnelte der Raum auch mehr der Junggesellen-Wohnung von Sherlock Holmes in der nebligen Baker Street mit ihren zweirädrigen Droschken? – im Boudoir des Herrschers also stand ein mit Intarsien verziertes Schreibpult, fein säuberlich versehen mit sauberem Löschpapier, einem Tintenfäßchen und einer Stahlfeder mit geschwungener Spitze. Auf dem Löschblatt lag ein maschinengeschriebener Fragebogen.

Herr im Himmel, dachte Nicky: genau wie die Eignungs- und Aufnahmeprüfung für Eton!

So war es. Alles vorhanden – das ganze widerwärtige Zeugs: Gesetzmäßigkeit von Gleichungen, Diagramme von rechtwinkligen Dreiecken usw., mit den nichtswürdigen Spitzen A, B, C und D, Fragen nach den Erzeugnissen von Chicago oder nach der Hauptstadt von Siam, Daten der Französischen Revolution, und ein bißchen *De Bello Gallico* zum Übersetzen –: der ganze koddrige Kram. Caesar! Und was die Geschichte noch unwirklicher machte – oder, für Nicky, vielleicht wirklicher; denn in seinem bisherigen

Leben hatte er's weiß-Gott mehr mit Prüfungen als mit Gangstern zu tun gehabt –: der Chinese fungierte als Aufsicht.
Niedergeschlagen setzte er sich ans Schreibpult, während der fahlfarbene Mann, die Hände in den weiten Ärmeln verborgen, stehend in Trance fiel.
Weshalb spricht denn niemand? dachte der Junge verärgert, als er die Feder zur Hand nahm. Wozu dies mysteriöse Schweigen? Wozu die ganze Groteske? Man sollte meinen, sie hätten doch wenigstens Guten Morgen sagen können, oder so was. Und aus Trotz schrieb er als Jahreszahl für die Entdeckung Amerikas 1066 hin.
Es war eine Art Fragebogen-für-Allgemeinwissen.
Wie *kamen* die bloß auf derart abstruse Ideen? Eben haben sie noch auf einen geschossen, und gleich drauf geben sie einem so'n Allgemeinwissen-Test? Das war doch eine absolut hirnrissige Karnevals-Veranstaltung!

Judy saß allein auf ihrem Spital-Bett, hielt eine Strähne von Struppi-Jokey in der allzu fest geballten Wüte-Faust (Jokey ertrug's geduldig, wohl wissend, daß dies in Krisenzeiten hilfreich war) und haderte mit der himmelschreienden Ungerechtigkeit, die der Frau auf dieser Welt widerfuhr.
Erstens: Der Bruder erbte den Titel. Zweitens: Auf Parties mußte man Röcke tragen. Drittens: Man durfte nicht auf Bäume klettern. Viertens: Man wurde mesmerisiert. Fünftens: Er kriegte Bildung. Immer nur *er*. Ach, diese ewige verdammte verfluchte Bevorzugung und Biestigkeit und Boshaftigkeit und Belämmertheit und... und... und... Aber ich werde nicht schmollen, sagte sie zu sich, und ich werd's keinen merken lassen, daß ich mir was draus mache, und statt bockig zu sein und Trübsal zu blasen, werde ich die ganze Situation scharfsinnig überdenken. Wenn Nicky dann zurückkommt, wird ihnen allen endlich klar, daß ich kein Spielzeug bin, das man aus der Schublade holt und wieder weglegt, wenn man's leid ist, sondern eine Persönlichkeit, mit der es zu rechnen gilt, die Entdeckungen macht, jawohl.
Seltsamerweise – und im Gegensatz zur üblichen Erfahrung von

rachelüsternen Menschen – machte sie tatsächlich, wie nach Plan, eine Entdeckung.

»Ist ja nicht, weil Nicky ein Junge ist«, sagte sie plötzlich laut. »Ist ja bloß, weil man bei ihm nicht Gedanken lesen kann, bei mir aber doch. Deshalb wollte Dr. McTurk ja auch, daß *er* dem Herrscher nachspionieren sollte, und nicht *ich*. Weil der Herrscher bei mir sofort wüßte, daß ich spioniere und für wen. Sieh an. Alles klar.

Sie haben uns hierbehalten, um Daddy und Onkel Pierrepoint zu erpressen, aber als sie entdeckten, daß Nicky nicht mesmerisierbar ist, da war's ihnen sehr recht, weil so jemand nämlich für das Dings-da brauchbar sein könnte. Und dafür wird er ausgebildet.

Wofür?

Und Dr. McTurk mit seinem Gebrabbel von wegen Atombomben und Geisteskrankheiten und wir dürften's keinem erzählen, der wollte Nicky benutzen, um an den Herrscher ranzukommen, weil der Herrscher nicht sehen kann, was Nicky denkt, aber wahrscheinlich sieht er, was der Doktor denkt, und der Doktor hat furchtbare Angst vor dem Herrscher, was heißen will, daß er was gegen ihn im Schilde führt, also muß er seinen Plan durch Nicky verwirklichen, der nicht durchschaubar ist. Klar?«

Klar. Die Medizin.

Er hat was von Medizin gesagt.

Wenn Dr. McTurk den Herrscher vergiften wollte, dann könnte er's nicht, weil der Alte gleich dahinterkäme, was er im Schilde führt.

Kein Wunder, daß er's mit der Angst kriegt, wenn er ihm begegnet. Er kann durchschaut werden.

Er mußte beiseite bleiben.

Bei jedem Zusammentreffen konnte er jeden Augenblick durchschaut werden. Ist genauso, wie wenn man ICH WERD DICH VERGIFTEN auf der Stirn geschrieben trüge, in Großbuchstaben, und so rumlaufen müßte, daß es jeder lesen könnte.

Natürlich will er ihn vergiften. Das liegt doch auf der Hand. Er wird Nicky sagen, daß der Herrscher die Medizin nicht nimmt, die für ihn gut ist, und er wird Nicky auffordern, sie ihm insgeheim zu geben, damit's der Herrscher nicht merkt.

Und der Grund, weshalb er's nicht gleich tut, ist dieser: Er weiß nicht, ob der Herrscher mit dem Dings-da fertig ist, und deshalb braucht er Nicky als Informanten, und vergiften muß er ihn, um dies Dings-da in die Finger zu kriegen!

In der Ekstase dieser prachtvollen Folgerung überkam Judy plötzlich ein flaues Gefühl. Sie dachte: Gift? So was gibt's doch nicht, jedenfalls nicht bei so kleinen Dickerchen wie unserem Nikolaus. Ich glaube, ich dramatisiere ein bißchen.

Andererseits aber dachte sie auch: Na, auf uns geschossen haben sie!

Und bescheiden schloß sie: Jedenfalls ist Nicky vielleicht daran interessiert, was ich mir da so ausgedacht habe.

Er war daran interessiert, als er abends von der Prüfung kam, und zwar sehr.

»Judy, du bist eine Hexenmeisterin! Du hast's. Man stolpert ja geradezu drüber. Erinnerst du dich, wie er was von einem ›Sedativum für unseren verehrten Herrscher‹ gesagt hat? Natürlich will er ihn umbringen: so was Mieses ist genau seine Kragenweite. Er tut's aus Gier. Er will dies Dings-da.«

»Was ist es denn?«

»Weiß der Himmel.«

»Könnt's eine Geheimwaffe sein?«

»Könnt' alles möglich sein, Judy. Würd' mich nicht mal wundern, wenn's das Hypotenusen-Quadrat wär'!«

Er berichtete ihr von den Freuden der Bildung.

»Wie kommen die denn darauf, die Jahreszahl von Kolumbus wissen zu wollen?«

»Vielleicht ging's bloß um eine Art I. Q.«

»Haben sie was mit Mesmerisieren gemacht?«

»Der Herrscher war nich' mal da.«

»Wie war's denn mit dem Chinamann?«

»Der stand bloß rum.«

»Möcht' wissen, wer er ist.«

»Naja, jedenfalls kann er ohne Worte reden. Haben wir ja gesehn. Weißt du: über Jokey.«

»Was meinst du: Könnt' er so alt wie der Herrscher sein?«
»Könnt' er schon.«
»Wie alt ist der Herrscher?«
»Unter dem Geweih steht auf einer Plakette das Datum, an dem es geschossen wurde. Das war 1879.«
»Vielleicht hat's sein Vater geschossen.«
»Ja. Oder er war selber schon ziemlich alt, als er ihn geschossen hat. Das beweist gar nichts.«
»Aussehn tut er, als wär' er an die hundert.«
»Oder zweihundert.«
»Aber Nicky, das gibt's doch nicht!«
»Ohne Worte reden können, das gibt's auch nicht. Oder Millionen von Arbeitern mesmerisieren. Oder mitten im Atlantik eine Felsen-Insel aushöhlen. Oder praktisch alles, was die hier tun.«
Unglücklich dachte er hierüber nach und fügte eine Frage an.
»Ist es überhaupt *möglich*, Judy, daß wir diesen Leuten hinter die Schliche kommen?«
»Naja«, sagte sie, nachdem sie eine Weile überlegt hatte, »mir will scheinen, daß Kinder nicht so viel Erfahrung haben wie Ältere, aber dafür sind sie manchmal ein schönes Stück pfiffiger. Sieh dir doch zum Beispiel den armen alten Totty an. Der ganze Kram da mit den Super-Geheimnissen – da wär' doch nicht mal'n Voll-Idiot drauf reingefallen.«

11. Tottys Ende

Wenn sie Totty hätten sehen können, hätten sie weggeschaut.
Es war Nacht, und der dunkle Atlantik draußen, friedlich nach dem Nebel, wogte machtvoll unter dem Sommer-Mond. Die gewaltigen Wellen, deren ungebrochene Kämme mindestens zweihundert Fuß auseinander lagen, schienen sich im glitzrigen Mondstrahl kaum zu heben oder zu senken – in Wirklichkeit jedoch hoben sie sich bis zu zwanzig oder dreißig Fuß. Ein Wasserflugzeug hätte es für eine ruhige See halten können und wäre beim Wassern in eine äußerst mißliche Lage geraten. Der Nebel war vor Sonnenuntergang zu Regen geworden. Es hatte jetzt aufgeklart, und das feuchte Wetter hatte ein paar Manx-Sturmtaucher munter gemacht, die häufig bei Nacht aktiv werden. Sie flogen pfeilschnell, in der Dunkelheit unsichtbar. Als sie den Mond-Teppich überquerten, wurden sie sichtbar: wie sie über die Wogen glitten und mit ihnen stiegen und fielen, als schwämmen sie auf dem Meer, obwohl sie darüber flogen, jetzt die rechte Schwinge hoch, jetzt die linke, meist mit wenigen Schlägen auf ausgestreckten Flügeln segelnd, wobei sie ihre Rufe ausstießen. Sie riefen: »Is'-*deine*-Schuld« und »Is'-ja-knorke.«
Die schwarze Masse von Rockall stand als Silhouette vor dem Samt und Silber, wie eine umgefallene Käse-Ecke. Die Sterne waren – trotz des Mondscheins – funkelnd klar, weil alles zu reingewaschen war. Sogar die Tordalks und die Lummen, die auf dem Insel-Gipfel standen, erschienen im Umriß wie eine Fransenkante: Die Letzteren standen aufrecht wie Posten auf Wacht, die Ersteren hockten nieder wie zum Brüten.
Die Insel hatte Radar, um vor ungebetenen Gästen zu warnen.
Da solche nicht zu erwarten waren, stand das Fenster im Wohnraum des Herrschers offen: eine der drei Öffnungen in der Felswand. Sein weiches Lampenlicht schien heraus und lag gleich goldenem Syrup auf dem Meer, mit dem Mondglanz konkurrierend, stumm und einsam in der Wüste des Wassers – zweihundertfünfzig Meilen vom nächsten Nachbarn entfernt.

In einem Film würde es jetzt einen Schwenk zum Fenster geben, hinein in den Fels, wo der greise Wissenschaftler in seinem Morris-Sessel sitzt. Beim Näherkommen läßt die Stille nach. Lampenschein und Musik dringen in die Nacht hinaus. Die Radiotruhe läuft auf halber Lautstärke. Es ertönt, von einer Langspielplatte, Bachs Fugen-Mathematik.
Aber der Herrscher hörte nicht zu.
Er saß in dem altmodischen Sessel, reglos wie eine Cobra, die Augen auf die Tür gerichtet. Das weiche Paraffin-Licht leuchtete auf seinen elfenbeinernen Schädel.
Die Tür ging auf, während er hinsah, und Dr. McTurk kam herein.
Es war ein unheimliches Hereinkommen – haarsträubend unheilvoll. Zum einen ging's langsam und lautlos vor sich. Kaninchen, vom Hermelin fasziniert, erstarren und schreien; des Doktors Zögern indes war stumm und gleitend. Er bewegte sich im Schneckentempo, setzte einen Fuß vor den andern, die Schuhspitzen vorgestreckt wie ein Badender, der das Wasser testet; er hob die Füße nicht, er schob sie vor, verstohlen und unter Zwang. Die Tür hatte sich so langsam wie die Schritte geöffnet. Der Mann, der hereinkam, erschien wie ein Geschöpf, das sich in der Nähe einer drohenden Gefahr auf Zehenspitzen bewegen muß, nicht abgelenkt werden kann – ein Frosch oder eine Kröte, angesichts einer grünen Mamba, mit weichgewordenen Knochen willenlos vorwärts gezogen vom unwiderstehlichen Blick.
Er war gerufen worden.
In geisterhaftem Zeitlupentempo kam er auf den Herrscher zu, Auge in Auge, und als er zu ihm kam, stand der Alte auf.
Sie starrten einander an, reglos, wortlos.
Die Sequenz lief jetzt umgekehrt ab – wie ein Brecher sich zurückzieht, nachdem er auf dem Sand aufgeschlagen ist – und der Doktor, rückwärts gehend, zog sich aus dem Boudoir zurück, gefolgt von dem Schädel. Sie gingen so langsam wie nur möglich, Schritt für Schritt, Aug' in Aug', hielten exakten Abstand voneinander. Der Doktor streckte seine Hand hinter sich und fand die Türklinke, als könne er sehen. Beim Axminster-Teppich wandten sie sich

nach links, die Treppe ging es hinab, Stufe für Stufe, sachte bewegte der eine seinen linken Fuß abwärts, wenn der andere einen vorwärts setzte.

Im engen Korridor fühlte das Opfer die hölzerne Truhe gegen seine Kniekehlen stoßen. Er hob seine Hand über den Kopf und ergriff das Geweih – das er noch nie zuvor berührt hatte.

Der Wandausschnitt schwang nach vorne.

Sie bewegten sich Schritt für Schritt ins Laboratorium, langsam, wie ein Leichenzug, im Rhythmus der blutleeren Bach-Fugen.

Der Doktor legte einen Finger auf einen Schaltknopf, von dessen Existenz er bisher nicht einmal gewußt hatte. Er drückte ihn, und die von ihm betätigte Maschine begann zu winseln. Die blanke gekachelte Mauer davor begann zu schimmern.

Sie blieben stehen.

Dann – mit einem erstickten Kreischen, das einem den Magen in Eis verwandelt hätte – riß Dr. McTurk beide Hände über seinen Kopf und hüpfte – hüpfte buchstäblich ! –, um der dünnen, hohen Musik der Vibrator-Einheit zu trotzen.

12. Polonius

Sie vermißten ihn sofort, aber seltsamerweise erwähnten sie es nicht. Indem sie es nicht in Worte faßten, konnten sie irgendwie verhindern, daß das Faktum Wirklichkeit wurde.
Die glitzernden Sterne, die in der Nacht seines Verschwindens geschienen hatten, waren eine Folge des Regens gewesen, kein Vorgeschmack auf ihn. Das Wetter kehrte wieder zu den Hundstagen zurück, die schon bei Ankunft der Yacht geherrscht hatten.
Abgesehen von den Nachmittagen (da bekam Nicky seinen Unterricht), verbrachten sie ihre Zeit auf der Inselspitze wie auf einem Grill. Sie beobachteten die geschäftige Jokey, die bei einer Auseinandersetzung mit einem Eissturmvogel die schlechteren Argumente vorbrachte. Sie sprachen über ihre Eltern; über die schönen Gegenden in England, die jetzt – so weit weg von ihnen – im vollen Grün standen; über ihre Ponys, die im heimischen Park grasten; über alles – nur nicht den Doktor.
Fast eine Woche verstrich, bevor sie es überhaupt fertig brachten, über ihre eigenes Problem zu reden.
»Wann kommt denn der Hubschrauber zurück?«
»Mr. Frinton hat gesagt, er bleibt bis Samstag weg.«
»Er scheint nicht grade viel hier zu sein.«
»Vielleicht will er's nicht.«
»Wenn wir doch bloß wie er von hier weg könnten!«
Er starrte ohne zu antworten auf den Horizont, lag, in voller Länge ausgestreckt, auf seinen Ellbogen gestützt. Die See unter ihnen war schon unglaubwürdig blau, als wollte sie Reklame für Florida machen. Ein Papageientaucher schwirrte schnurgerade wer-weiß-wohin, ganz dicht an ihnen vorbei, so daß sie den karminroten Ring um sein Auge und das stahlfarbene Dreieck darüber sehen konnten. Was für komische Vögel Papageitaucher doch sind, dachte er, wie traurige Clowns. Muß an den clownshaften Augdreiecken liegen. Deswegen gibt man ihnen Spitznamen, »Schnapsnase« oder »Tom Tölpel«. Ja, 's ist wohl mehr das Augenmal als der Regenbogen-Schnabel.

»Judy, guck doch mal! Er hat die Händchen gefaltet!«
»Was?«
»Der Papageientaucher! Los. Kuck!«
»Na also wirklich!«
»Unter seinem Frackschoß. Wie ein Ratsherr.«
»Würd' man doch nie für möglich...!«
Er kramte ein wenig in seinem Gedächtnis und fügte hinzu: »Irgendwo hab' ich mal gelesen, daß einer ihrer Spitznamen ›Papst‹ ist.«
»Dann betet er bestimmt beim Fliegen. Waren seine Handflächen aneinandergelegt?«
»So 'n richtiger netter, molliger Papst – mit Schnapsnase und Cirkus-Schminke!«
»Und an Land watschelt er.«
»Mehr wie 'n Seemanns-Gang.«
»Weißt du, Nicky, man kann ruhig mit *Bello Gallico* nicht klarkommen, aber es ist schon schön, wenn man über Vögel Bescheid weiß. Schön, wenn man da nicht blöd ist.« Als der Papageitaucher sich in eine Kurve legte, entfaltete er seine roten »Hände« und spreizte sie weit zu beiden Seiten des Schwanzes: Er benutzte sie wie ein Flugzeug sein Höhenruder.
Nicky akzeptierte ihr Kompliment und erklärte: »Im Buch steht, daß Papageitaucher mit ›unctuösen‹ Fußsohlen fliegen. Was heißt unctuös?«
Dabei beließen sie es.
»Judy?«
»Ja?«
»Wir kommen hier nur mit dem Trawler oder dem Helikopter weg.«
»Können wir nicht Mr. Frinton bitten, uns mitzunehmen?«
»Du Affe!«
»Er scheint nicht so schlimm zu sein, wie... wie andere waren.«
»Du kannst ihn doch nicht bitten, wenn er für den Herrscher arbeitet; ist doch logisch. Was stellst du dir denn vor?«
»Für Blinde Passagiere ist aber nicht genug Platz drin, jedenfalls nicht, ohne entdeckt zu werden.«

»Also was das betrifft, wird's auch 'ne haarige Sache, sich auf dem Trawler zu verstecken, besonders mit Jokey.«
»Jokey können wir nicht hier lassen.«
»Natürlich nicht.«

»Nicky?«
»Hm-m?«
»Diese widerlichen Nachthemden. Ob wir nicht irgendwie anständige Kleider bekommen können, durch Kürzermachen oder so? Es reicht mir langsam, wie ein Engel rumzulaufen. Mr. Frinton könnte doch welche in Irland bestellen. Wir könnten ihm unsere Maße mitgeben.«
»Ich frage mich«, überlegte er, »ob wir nicht im Hubschrauber einen Zettel verstecken könnten. Nicht wegen Kleider, sondern daß man uns befreien soll. Irgendjemand muß doch drüben den Hubschrauber warten, und der würde die Nachricht finden, wenn wir sie am Motor irgendwo versteckten...«
»Wir sollten lieber eine Flaschenpost abschicken.«
Er legte seinen Kopf seitlich auf den braunen Ellbogen und sah sie mit tadelndem Blick an. In ähnlichem Schweigen examinieren Admirale ihre Unterleutnants.
»Naja, sie *könnte* doch gefunden werden.«
Schweigen.
»Könnt' sie doch, oder?«
Er hörte auf, sie anzuschauen. Ihre Dummheit spottete jeder Beschreibung.
»Delphine!« rief sie plötzlich.
Im Nu stand er senkrecht. Delphine waren ihre Lieblingsfische, vielmehr -säugetiere.
»Wo?«
Sie waren fast eine halbe Meile entfernt, aber näherten sich der Insel. Ihre großen, glänzenden Rücken stiegen einer nach dem anderen auf: vielleicht in der Jagd auf Fische dicht unter der Wasserfläche, vielleicht in purer Wonne und Munterkeit. Ihre glitschigen, stromlinienförmigen, gleißenden Schultern teilten im Näherkommen nacheinander die See – oder war es manchmal

derselbe? Sie durchschnitten, durchschlitterten, durchschwebten die Elemente, Wasser und Luft, Luft und Wasser, kurvten langsame Purzelbäume, spielten Schaukelpferd oder Wippe, kopfüber, kopfunter. Doch immer blieb ein Teil – Kopf oder Schwanz – ein wenig im Wasser. Eine ganze Delphin-Schule! Wären sie badende Schul-Kinder gewesen, sie wären wohl vom Himmel in die See getaucht. Die Ozean-Schüler aber tauchten aus der See in den Himmel. Es war aufregend, auf jedes Erscheinen zu warten, die Delphine zu zählen und zu beten, daß sie noch näher kämen.
»Sie jagen nicht«, sagte Nicky. »Wenn sie hinter einem Schwarm Fische her wären, würden ein paar Tölpel mitfliegen. Sie machen's einfach so aus Spaß.«
Und sie kamen wirklich näher. Die Kiellinie sich biegender U-Boote glitt bei jeder Sprungfolge dichter heran, bis sie auf den ersten Rücken einen Keks hätten fallen lassen können. Der Rükken tauchte direkt unter den Zwillingen auf; ein freundliches Auge hob sich mit einer Art Heiterkeit aus der Wasserfläche, fixierte die beiden mit der Andeutung eines Zwinkerns und – das selbstzufriedene Schmunzeln pfiffiger Intelligenz zur Schau stellend – sank hinunter wie der Theater-Teufel auf der Falltür. Das humorvolle Auge wurde zum Drehpunkt der Wippe.
»Es muß herrlich sein, die zu streicheln!« sagte Judy.
»Weißt du«, sagte er mit gedämpfter Stimme und schaute auf den heißen Fels zwischen seinen Armen, zwei Zentimeter vor seiner Nase, »wenn wir von hier entkommen, dann ist das sowas wie Davonlaufen.«
»Wir könnten Hilfe holen.«
»Ja.«
»Alleine können wir doch überhaupt nichts machen.«
»Wenn wir fliehen *können*, dann *müssen* wir das auch, glaub' ich. Wir müssen das doch den Leuten erzählen.«
»Sie könnten die Navy schicken.«
»Was meinst du, ob die Leute uns wohl glauben würden?«
»Warum denn nicht?«
»Wir müßten irgendwas als Beweis mitnehmen. Eine von Pinkies Drehantennen klauen oder so.«

»Das Schwierigste ist, auf den Trawler zu kommen, ohne gesehen zu werden.«
»Können wir Jokey nicht einfach in einen Koffer stecken?«
»Erst mal einen haben!«
»Ohne Jokey geh' ich nicht!«
»Hat auch niemand von dir verlangt!«
»Aber sie *muß* nun mal bellen«, fügte sie unglücklich hinzu.
Nach einer Pause kam er wieder auf das ursprüngliche Thema zurück.
»Es wär' nun aber mal Davonlaufen, Ju. Und das ist mir unangenehm.«
»Wer kämpft und weiß zu rechten Zeit zu geh'n, wird leben und noch andere Kämpfe seh'n. Doch wer gefallen...«
»Jaja, Goldsmith, ich weiß. Aber was können wir denn groß erzählen? Wir können doch niemandem sagen, was hier vorgeht, wenn wir's selber nicht wissen.«
»Wir könnten was über... über den Doktor erzählen.«
»Das ist wohl wahr.«
»Ja.«
»Oder haben sie ihn nur irgendwo eingesperrt?«
»Wo denn?«
»Eine... Leiche haben wir auch nicht gesehen.«
»Kuck mal da, die Möwen!«
Eine adrette Dreizehenmöwe, die gerade einen Fisch gefangen hatte, wurde von einer Raubmöwe quer über den Himmel gescheucht. Sie hatte den Mund zu voll, um irgendwas zu sagen, aber die Raubmöwe gellte wie ein Ausbund der Hölle – *skirr, skirr* –, wenn die Gejagte (Zick!) flink im Äther auswich (Zack!); ein flatterndes Durcheinander boxender Schwingen und täuschender Klauen, Schreie von furchterregender Wildheit. Die Dreizehenmöwe verschluckte den Fisch und kreischte *kit, kit,* in Furcht oder Empörung, doch die Verfolgung war erbarmungslos. Sie erbrach den Fisch wieder, der sich, ein dunkles Ding, fallend von den anderen beiden in der Luft wegbewegte. Und augenblicklich fegte die Raubmöwe nach einer halben Rolle im Sturzflug hinterdrein, stieß hernieder wie ein Falke mit Zusatzmotor – aber sie flog, sie

fiel nicht – und da war sie auch schon wieder, die Beute im sicheln-den Schnabel (dem baumscherenförmigen), bevor der Fisch nur das Wasser berührt hatte. Der Pirat machte sich mit allen Zeichen der Befriedigung davon, während die Dreizehenmöwe mürrisch nach Hause segelte, nicht ohne eine Bemerkung über »unlauteren Wettbewerb« gemurmelt zu haben.

»Liquidiert«, sagte Nicky bedrückt, doch dachte er weder an Raub- noch an Dreizehenmöwen.

Das Sich-nicht-unterkriegen-Lassen der Kinder, das weithin aus Ignoranz und Optimismus bestand, hatte etwas von starker Sturheit in den Momenten, da sie einmal flüchtig ihre Lage betrachteten.

»Nick...«

Eigentlich wollte sie sagen, daß sie Angst hatte, aber sie ließ es. Tatsächlich war es so, daß sie Angst hatte, es zu sagen.

»... wie geht denn deine Ausbildung so voran?«

»Is' ganz schön dusslig.«

»Was mußt du da machen?«

»Nichts.«

»Nichts?«

»Naja, ich muß nichts Bestimmtes lernen. Nur Bücher lesen.« Etwas verschämt fügte er hinzu: »Und mir gefallen sie. Tatsache.«

»Was für Bücher denn?«

»H. G. Wells und Julian Huxley und sowas in der Art; mit Bildern von prähistorischen Tieren und Diagrammen von der Abstammung des Menschen – sieht aus wie'n mexikanischer Kaktus. G. Elliot Smith, Dr. Lorenz. Sie haben auch 'ne mehrbändige Ausgabe von Witherby. Und das Buch über Schwalbenmöwen und wie die Tabakdosen statt Eier ausbrüten wollen.«

»Ich versteh' nicht, was Vögel-Bücher mit Gangster-Sein zu tun haben sollen.«

»Es hat mit der Herrschaft im Tierreich zu tun.«

»Sind sie nett zu dir?«

»Weiß nich'.« Er erklärte es ihr: »Sieh mal, sie lassen mich meistens allein. Der Chinese bringt mir von irgendwo Bücher, und

der Alte hat mich erst zwei Mal angeschaut.« Er überdachte die Sache sorgfältig und fügte hinzu: »Das ist so, als wenn man ein Hund wäre.«
»Wie meinst du das?«
»Wenn du mit Jokey sprichst, dann mußt du ›Platz‹ oder ›Körbchen‹ oder ›Gassi-gehn‹ sagen. Es wär' Quatsch, zu ihr zu sagen: ›Sein oder Nichtsein, das ist die Frage‹.«
Sie verstand noch immer nicht.
Er bemühte sich, genauer nachzudenken und suchte nach Worten: »Schau. Ich glaube, er hat einfach vergessen, wie man spricht. Wenn er mit dem Chinesen spricht, dann geschieht das in einer Art Sprache, die zu hoch für uns ist, wie Shakespeare-Zitate zu hoch für Jokey sind. Wenn er mir also etwas verständlich machen will, dann ist das für ihn eine Anstrengung. Es fällt ihm schwer, alles so zusammenzupressen – all das, was er meint – als wenn man ›Wollen wir nicht einen kleinen Bummel über die Felder machen‹ mit ›Gassi-gehn‹ ausdrückt. Und deswegen benutzt er, wenn er mal was sagt, meistens ein Motto oder Sprichwort oder sonstwas, was bereits 'ne Menge Bedeutung in sich trägt. Verstehst du?«
»Und was hat er gesagt?«
»Eigentlich nichts. Aber er hat zwei Sachen aufgeschrieben.«
Nicky rollte sich auf den Rücken und produzierte zwei zerknüllte Zettelchen aus den Taschen seines Nachthemdes, etwa ein Viertel so groß wie eine Postkarte. Auf ihnen stand in exquisiter, ziemlich griechischer Handschrift: *Ham.* III, iv. 29« und »Nescis, mi fili, quantillâ prudentiâ mundus regatur«. Die Akzente waren mit sorgfältiger Artigkeit gesetzt.
»Warum muß er ausgerechnet Latein reden?« fragte Judy empfindlich.
»Ich denke nicht, daß er das mit Absicht tut. Wenn das treffendste Zitat lateinisch ist, dann nimmt er es. Aber wenn es in Arabisch oder Kauderwelsch wäre oder was er sonst noch kann, dann würde er es auch nehmen. Nein wirklich, ich glaube, er hätte es am liebsten auf Englisch, so wie er ›Verschwende nicht, verlange nichts‹ sagte. Aber manchmal gibt's kein passendes englisches.«

»Was heißt das hier?«

»Ich hab's rausbekommen, mit dem Latein-Wörterbuch, das für meinen Allgemeinwissen-Test da war. Es heißt so ähnlich wie: ›Nicht weißt du, mein Sohn, mit welch' geringem Vorrat an Weisheit die Welt regieret wird‹«

»Und was soll *das* heißen?«

»Keine Ahnung. Ich las grad, wie blöd die Möwen sind, die auf Tabakdosen sitzen, da kam er rein, stellte sich mir gegenüber auf und guckte einfach nur. Judy, wenn die so still sind, das müssen die nicht extra *machen*, verstehst du, die sind einfach so. Er versuchte irgendwie zu sehen, was ich denke – so wie wir rauskriegen wollen, was Jokey denkt. Und dann versuchte er, mir eine Mitteilung zu machen – so wie wir ›Such‹ zu Jokey sagen. Er schaute aufs Möwen-Buch, und er schaute auf mich, und dann schrieb er's auf. Glaubst du, er hat gemeint, daß Menschen wie Möwen sind?«

Aber Judy war an Sprichworten nicht interessiert. »Was ist mit dem anderen?«

»Das war am Tag, nachdem der Doktor... na du weißt.« Er holte einmal tief Luft: »Also um die Wahrheit zu sagen – ich hab' ihn gefragt.«

»Nick!«

»Naja, er kam rein, während ich grad beim Lesen war, und musterte mich – etwa so wie 'ne Briefmarke, wie man 'ne Lupe auf die richtet und... ach ja, da fällt mir ein, er hat unheimlich viel Whisky getrunken beide Male, bevor er überhaupt nur etwas schrieb. Und... tja, und dann hab' ich ganz plötzlich gesagt, ›Was haben Sie mit dem Doktor angestellt?‹«

»Mensch, Nick, bist du mutig!«

»Er zog seinen Füller und schrieb.«

Sie las den Zettel mit Sorgfalt.

»Ich glaube, er schrieb es wie das Lateinische auf, weil er wußte, daß ich's erst rauskriegen muß. Wenn's so leicht gewesen wäre wie ›Verschwende nicht, verlange nicht‹, hätte er es nur gesagt, nicht wahr, aber er hat es aufgeschrieben, damit ich es nachschlagen kann.«

»Weißt du, was das ist?« fragte sie triumphierend.
»Na was denn?«
»Ein Shakespeare-Zitat!«
»Ju!«
»*Hamlet.*«
»In der Bord-Bibliothek gibt's einen Shakespeare. Los, gucken wir mal nach.«
Sie liefen Hals über Kopf zu den Hangar-Toren und dem Lift, vertauschten das Sonnenlicht mit dem künstlichen Tag. Hinter ihnen, im Scheitel des Mittags, durchmaßen die in den Fels versenkbaren Radar-Antennen unablässig ihren schweigsamen Kreis, durchstreiften den leeren Himmel.
Sie durchflogen die schmuddligen Seiten eines vielgelesenen Exemplares und fanden die Zeilen sofort.
Diese lauteten:
»Du armer, naseweiser Narr, fahr wohl! Ich hielt dich für 'nen Größern.«

13. Ein Geschenk aus China

Als die Kinder sich nachmittags – (Nicky mußte zu seinem Unterricht) – trennten, dachten beide über ihre Flucht nach. Es war nun nicht so, daß sie sich hinsetzten und streng logisch alle Eventualitäten erwogen, ihre Gedanken trippelten vielmehr und huschten herum wie Mäuse in einem großen Käfig, stibitzten hier und da eine Krume, gnibbelten daran, verschluckten sie oder spuckten sie aus, sausten schon wieder in eine andere Ecke. Nicky saß allein im Boudoir, achtete nicht im geringsten auf die prächtigen Illustrationen in Forels Buch über die Ameise, das er auf den Knien hielt.

Die Einwände gegen ein Davon-Stehlen mit dem Trawler waren praktischer Natur. Es mag ziemlich einfach sein, sich auf einem großen Ozeandampfer bei all dem Kommen und Gehen eines geschäftigten Hafens als Blinder Passagier einzuschleichen, aber bei den Umständen auf Rockall war das unmöglich. Auf der Insel waren ganze elf Mann, was hieß, daß man – unter ihnen fehlend – schnell und leicht würde vermißt werden. Auch hatte man ihnen nicht erlaubt, an Bord des Schiffes zu gehen. Das hieß, daß man sie sofort erblicken würde, wenn sie versuchten, aufs Schiff zu gelangen – und außerdem: Wie sollten sie's überhaupt anstellen, wo doch weder Pier noch Gangway vorhanden waren? Sie konnten ja wohl kaum darum betteln, im Beiboot mitgenommen zu werden, und sie hätten auch gar nicht gewußt, wo sie sich – noch dazu mit dem Hund! – verstecken sollten. Sie hatten keine Vorstellung, wie es im Inneren des Trawlers aussah, und wären eiserne Leitern und Gänge entlang geirrt, auf der Suche nach wer-weiß-was für einem Refugium; und an jeder Ecke wären sie Gefahr gelaufen, auf einen der Seeleute zu stoßen.

Verbuddelt man sich, so überlegte er, unten im Kohlenbunker (unter Kohlen) oder etwa, noch schlimmer, unter den Fischen? Liegen die Fische da einfach lose herum, wie die Kohlen, oder sind sie vielleicht eingesalzen oder in Kühltruhen oder sonstwas, und hatten Trawler auch Rettungsboote, unter deren Planen man sich als anständiger Blinder Passagier zu verstecken hatte?

Nein. Er war ein Junge mit gesundem Menschenverstand und sah ein, daß es im wirklichen Leben schwer ist, sich auf fremden Schiffen zu verbergen, wie leicht es auch immer in den Abenteuergeschichten sein mochte. Seine Schwester und er waren Landratten aus Somerset, keine Seeleute, und so wußten sie noch nicht mal, ob der Trawler mit Kohle oder Diesel fuhr. Eine Schote war für sie etwas zum Essen, und nicht – wie Matrosen es wunderbarerweise haben wollen – eine Segelleine. Nein, er war anständig genug, vorauszusehen, daß sie in Schwierigkeiten geraten würden bei dem Versuch, in einer ihnen gänzlich fremden Welt Versteck zu spielen.

Der Helikopter stand noch viel mehr außer Frage. Da konnte man sich genau so gut in einem Schaufenster verstecken wollen. Mit dem war Flucht nur möglich, wenn er ihn selber flöge.

Im ganzen gesehen neigen die Menschen wohl eher dazu, bei ihrem Tun zu bleiben, als die Anstrengung auf sich zu nehmen, etwas anderes zu probieren. Sie ziehen die Bratpfanne dem offenen Feuer vor. Sie geben sich dem Moment der Trägheit hin. Auf jeden Fall gab Nicky ohne große Anstrengung den Gedanken an diese beiden Fluchtwege auf.

Er hatte auch die Möglichkeit vergessen, im Hubschrauber eine Nachricht zu verstecken – was doch als allererstes hätte versucht werden müssen –, weil Schwesterchens Gefrage nach den Flaschen ihn ganz konfus gemacht hatte. Er dachte: Na gut, warten wir doch mal ab, was passiert. Das hätte schwächlich von ihm sein können, aber es war klug. »Wenn man sich für eins von beidem entscheidet, ist meist das andere richtig.) Andererseits war es eine hübsche Vorstellung, daß die Zwillinge eher ihre Freiheit opfern als Jokey im Stich lassen wollten.

Seine Gedanken sausten zu einer anderen Ecke des Wirrwarrs.

Squadron-Leader Frinton war selten auf der Insel. Er schien Proviant oder Ausrüstung oder was auch immer abzuliefern – als Laufbursche sozusagen – und dann so schnell wie möglich wieder fortzufliegen. Abgesehen von seinem schwarzen Bart und dem piratischen, wenn nicht gar grausamen Eindruck, den er hinterließ: Es schien doch beinah so, als ginge er dem Herrscher aus dem

Wege, wie es der unglückselige Totty getan hatte. Genausowenig war der Neger von Nutzen. Es blieben nur die beiden Hauptfiguren.

Es ist ja ganz gut und ganz schön, dachte Nicky, so herumzuschnüffeln und eine Person über eine andere auszufragen. Wir haben aber noch nicht versucht, die Leute über sich selbst zu befragen. Wir können doch einfach verlangen, daß man uns was sagt!

Die Vorstellung, vom Herrscher irgendwas zu verlangen, verbat sich von selbst. Das wäre wie Atmen unter Wasser – unmöglich!

Blieb nur der Chinese.

Mal angenommen – dachte er –, ich versuchte, aus ihm was rauszukriegen? Sie können einen ja wohl nicht fürs Fragen bestrafen. Und es gibt 'ne Menge Fragen um den Chinesen, die helfen könnten, unsre Rätsel zu lösen. Aber wie anfangen?

Zur Teestunde kam die leidenschaftslose Gestalt, um den Forel-Band abzuholen, und Nicky wußte immer noch nicht, womit er beginnen sollte. Er holte tief Luft und begann tapfer in der Mitte.

»Wie alt sind Sie?«

»Achtundfünfzig.«

»Wie alt ist der Herrscher?«

»Dieses mußt du ihn fragen.«

»Was macht Ihr hier?«

»Auch dieses.«

»Können wir bald nach Hause?«

»Nein.«

»Weshalb nicht?«

Eine Mühe und Arbeit sparende Antwort auf diese Frage wäre das abgedroschene »Deshalb nicht« der Kindermädchen gewesen. Der Chinese war noch ökonomischer – er gab überhaupt keine Antwort.

Es war dennoch eine vollständige Antwort, denn sie bewirkte, daß der Junge sie sich selbst geben mußte.

»Werden wir jemals frei gelassen werden?«

»Ja.«

»Wann?« Schweigen.
Es war kein rüdes Schweigen, es war ein »Nein danke«-Schweigen – als wenn ein Pokerspieler keine Karten mehr haben will, oder als wenn jemand in einer Auseinandersetzung sich entschließt, keine Bemerkung mehr zu machen, die nur weitere Erklärungen nach sich ziehen würde.
Etwa bei diesem Stand des Gesprächs wurde Nicky der Anfang desselben erst so richtig klar. Hätt' ich ihn bloß nicht, dachte er, zuerst nach seinem Alter gefragt. Er wird denken, daß ich unhöflich zu ihm war, weil er ein Chinese ist; dabei hab' ich's nur gefragt, weil mir vor lauter Angst nichts andres einfiel. Ob ich mich entschuldigen sollte? Nein, das würd's nur schlimmer machen. Sowas kann man nicht erklären.
Wie sollte er die nächste Frage stellen? Er probierte es so: »Mögen Sie den Herrscher?«
»Nein.«
Diese Antwort verwirrte ihn. Er mußte noch einmal beginnen.
»Stört es Sie, wenn ich Fragen stelle? Ich will nicht unhöflich erscheinen.«
»Geduldig warst du bisher und höflich.«
Auf dem unbewegten Gesicht erschien plötzlich ein Lächeln von wahrer Freundlichkeit, und mit einem Zwinkern fügte er hinzu: »Ich muß mich entschuldigen, auf euch geschossen zu haben.«
»Aber nicht im geringsten.«
Er fühlte, daß das eine dumme Antwort war. Mit einer rasch gestellten neuen Frage überspielte er sie: »Wenn Sie den Herrscher gar nicht mögen, warum arbeiten Sie für ihn?«
»Ich mag niemanden.«
»Sind Sie mesmerisiert, wie die anderen?«
»Nein.«
»Sind die überhaupt mesmerisiert?«
Der Chinese griff in einen seiner langen Ärmel, die auch der Aufbewahrung von Pistolen dienen konnten, und zog drei zierliche Schälchen hervor – etwa von Eierbecher-Größe, doch eleganter als diese – sowie einen dazu passenden kleinen Krug oder eine Karaffe. Sie waren aus Satsuma-Porzellan, und der Krug war schon

mit Wasser gefüllt. Er reichte Nicky die Schalen, damit er sie untersuchen konnte.
Das dünne Porzellan hatte im Boden einer jeden Schale eine runde, gläserne Blase oder Linse, eine Art Glasauge. Der Chinese neigte den Krug, um die Schalen mit Wasser zu füllen, und während das Wasser floß, sang der Krug wie eine Nachtigall. Er vollführte tatsächlich musikalische Triller mit den wohlklingenden Tönen dieses Vogels, und dazu ziemlich laut. Dann deutete der Chinese auf die Schälchen. In jedem der Glasaugen war die altmodische Photographie einer Geisha erschienen – fast im Stil einer Daguerrotypie –, und die Mädchen spähten scheu hinter ihren Fächern hervor.
Nicky war baff.
»Was haben Sie da gemacht?«
»Tu es selbst einmal.«
Er leerte die Schalen in die Vase mit Pampasgras und überreichte sie ihm. Im Krug war noch Wasser, und er sang auch noch, sogar für Nicky, und die Mädchen – die beim Leeren unsichtbar geworden waren – kamen zurück.
»!«
»Es ist ein Geschenk für deine Schwester!«
Nicky probierte es noch zweimal, verbrauchte das ganze Wasser – und der Chinese war verschwunden.

In der Zwischenzeit hatte sich auch Judy mit dem Problem beschäftigt. Es war ja schön und gut, daß Nicky die Nase rümpfte über ihr Flaschenprojekt, aber sie wollte gefälligst wissen, *warum*. Die Flasche könnte doch wirklich gefunden werden, und abschikken kost' ja nichts. Wenn es eine Möglichkeit gab, warum sollten sie sie nicht probieren? Mochte Nicky nun wissen oder nicht, ob Rockall im Golfstrom lag und wohin der Golf strömte – allein die Tatsache, daß Flaschen kein Porto kosteten, übte eine starke Anziehungskraft auf Judy aus, die hausfraulich veranlagt war. Außerdem meinte sie, halsstarrig sein zu müssen. Jaja, Männer konnten natürlich ihre Zeit damit zubringen, sich gegenseitig zu erziehen, und den Frauen überließen sie die weniger wichtigen

Jobs – wenn sie überhaupt welche abbekamen. Aber sie hatte etwas von einer Suffragette an sich. Sie wollte nicht einfach ignoriert werden oder sich anschnauzen lassen. Warum denn sollte eine Flasche *nicht* gefunden werden??? Und dann – während der Herr Bruder abwesend war, hatte sie auch nichts weiter zu tun. Es wär' doch ganz toll – ein unheimliches Austricksen –, wenn sie so ganz allein, verspottet und auf sich gestellt, eine Nachricht ans Festland schicken könnte!

Sie organisierte eine Flasche aus Pinkies Küche und klaute etwas Papier von einem Rezept-Block im leeren Behandlungszimmer, wo sie auch einen Kugelschreiber fand.

Sie schrieb:

»Bitte schicken Sie diese Botschaft an Major-General Herzog von Lancaster, M. F. H., The Stables, Gaunt's Godstone, Somerset, und bitten Sie Mrs. Henderson, sie bitte mit der Milch zuzustellen, bitteschön.«

Wenn sie schreiben würde, daß eine internationale Verschwörung sie gekidnappt habe und im ausgehöhlten Inneren einer massiven Insel gefangen hielte – würde man dem Brief Glauben schenken oder würde man ihn für einen Jux halten? Andererseits hatte es auch keinen Sinn, einfach nur zu schreiben, sie befänden sich hier, denn die Yacht hatte ja bestimmt nach ihnen gesucht. Sie entschloß sich zu einem Kompromiß und fuhr fort:

»Bitte kommt und holt uns ab, weil wir immer noch auf Rockall sind, weil wir hineingespült wurden, und Ihr werdet in Wasserhöhe eine viereckige Art Fenster sehen und dies hier ist mein Haar als Beweis, Ju.«

Mit Mühe brachte Judy es fertig, sich ein paar Haare auszureißen – keine Schere da –, dann erinnerte sie sich an die im Krankenzimmer und schnitt eine schöne Locke ab. Den Brief entfaltete sie noch einmal, um »Liebe Grüße an Alle« drunterzuschreiben, verkorkte die Flasche so dicht sie konnte und begab sich auf den Felsvorsprung vor dem Hangar-Tor. Mit einem schwachen »Plop« tauchte die Flasche unter und schoß sofort wieder an die Oberfläche – wegen der Luft, die in ihr war. Dann begann sie, gemächlich am Fuß der Klippe herumzubummeln, mal hierin, mal dorthin, machte

aber keinerlei Anstalten, die Richtung nach England einzuschlagen.
Judy und Jokey schauten im Sonnenlicht um sich. Die weiten Horizonte waren leer. Das Luft-Radar arbeitete stetig und verschwiegen, wie das Gehirn eines prähistorischen Monsters. Die Halbkugeln des Anemometers jagten einander im endlosen Kreis, und der Arm des Windrichtungsanzeigers für den Helikopter zeigte Südwest.

Als Nicky ihr das Zaubergeschenk des Chinesen brachte, war sie entzückt.
»Es ist gar nicht so sehr das Geschenk als solches«, sagte sie geziert, »sondern der Gedanke dahinter.«
Aber auch das Geschenk war prima. Sie verbrachten den ganzen Abend damit, planschten mit Wasser, und Jokey geriet in Verzükkung über die Nachtigall. Mit schiefem Kopf lauschte sie und wartete, lippenleckend, daß der Vogel herauskäme. Bisweilen gab sie ein kurzes »Kläff!« von sich, um ihn zu ermutigen, und ab und zu versetzte sie dem Krug einen Klaps – wie ein Boxer, der so tut, als ob er zuschlagen wolle und mit Absicht daneben haut.
Nicky sagte: »Es hat was zu tun mit – (wie heißt das bloß) – also so wie ein Stock im Wasser krumm aussieht. Wenn die Schalen leer sind, kann man die Mädchen nicht sehen, weil die gekrümmten Lichtstrahlen das verhindern, aber das Wasser korrigiert die Glaslinsen irgendwie, und dann kannst du sie sehen. Aber wie kommt es, daß der Krug singt?«
Er hatte einen engen Hals, durch den sie nicht hineinsehen konnten. Sie kamen nie hinter das Geheimnis.

14. Die Tagebücher

»Nicky.«
»?«
»Wo kommen eigentlich diese Bücher her?«
»Wie meinst du das?«
»Im Boudoir ist doch nur ein Regal.«
»Wahrscheinlich wird's irgendwo 'ne Bibliothek geben.«
»Wir sollten mal die Privaträume erkunden.«
»Warum?«
»Naja, es muß doch mehr Zimmer geben. Wo schlafen die, zum Beispiel? Der Chinamann lebt da mit ihm, also muß es mindestens zwei Schlafzimmer geben. Und was immer die fabrizieren – das Ding wird sich wohl auch darin befinden.«
»Ich kann aber nicht auf Erkundung gehen, wenn sie mich hinbestellt haben. Sie stopfen mich in einen Sessel neben der Musiktruhe und laufen ständig rein und raus.«
»Was meinst du, könnten wir uns nachts reinschleichen, wenn sie schlafen?«
»Du bist ja plötzlich so auf Abenteuer aus.«
»Ob die wohl ein Badezimmer haben?« überlegte Judy. Ihr Interesse war häuslicher Natur. Sie fragte sich, ob da ordentlich installierte Armaturen wären oder ein Geysir. Nickys augenblickliches Interesse war ähnlich häuslich. »Judy, wenn wir unsere Overalls zurückbekämen – könntest du die Nähte zusammennähen?«
»Na klar!«
»Schön.«
»Und wir können aufhören, zu schreien und zu wimmern in den Straßen Roms!«
»?«
»Ein Zitat aus *Julius Caesar* – und dies sind unsere Togas.« Sie spreizte ein wenig den Rock ihres verhaßten Nachthemdes und begann, in dem leeren Hangar mit ghoulischen Bewegungen herumzupirouettieren, in Nachahmung der römischen Gespenster, die der Barde erwähnt. »Wenn wir nachts reinkämen«, sagte

Nicky, »könnten wir seine Tagebücher lesen.« Jetzt war es an ihr, ein Fragezeichen zu machen.
»Das Regal im Boudoir ist voller Tagebücher.«
»Woher weißt du das?«
»In die Rücken sind Jahreszahlen in Gold eingeprägt.«
»Könnten ja auch Kalender oder sowas sein.«
»Ja.«
»Was für Jahreszahlen?«
»Die erste ist 1849.«
»Wie soll er denn 1849 ein Tagebuch geschrieben haben?«
Sie zählte es an ihren Fingern ab, für je zehn Jahre einen Finger, bis sie 1949 erreichte. Danach hätte sie heimlich die Zehen nehmen müssen, für die Einer. Beim zehnten Finger fiel ihr leider ein, daß man das Jahr Null zum ersten Jahrhundert rechnet – was die Sache arg durcheinander brachte.
»Vielleicht sind's auch Gezeitentafeln oder so«, sagte Nicky, »aber auch dann verstehe ich nicht, was er mit welchen von 1849 will. Kann auch was Astronomisches sein.«
»Zum Anfertigen von Schlüsseln nimmt man Seife.«
»Ach nee!«
»Doch, wirklich. Man stiehlt den Schlüssel, drückt ihn in ein Stück Seife, und dann hat man den Abdruck des Schlüssels und dann...«
»Das weiß ich auch, du Dummi, aber du kannst doch den *Schlüssel* nicht aus Seife machen. Du hast dann nix weiter als den Abdruck.«
»Wir könnten Pinkie bitten, uns einen zu machen.«
Er hielt inne.
»Die Frage ist, ob er was verraten würde.«
»Wenn sie ihm die Zunge herausgeschnitten haben, damit er nicht mit *uns* redet, kann er auch nicht mit *denen* reden.«
»Meinst du, die haben das wirklich gemacht?«
»Vielleicht hat er von Anfang an keine gehabt.«
Sie fügte hinzu: »Nicky, kann das alles denn überhaupt wahr sein? Ich meine, wenn der Chinamann so nett ist und uns so hübsch beschenkt – wie kann er da Pinkies Zunge rausschneiden?«

»Ist bestimmt schon 'ne Weile her.«
»Das ist immer schrecklich; egal wann.«
»Und warum haben sie sie nicht jedem rausgeschnitten?«
»Vielleicht hat er sie sich abgebissen«, sagte Judy mit einem Anflug von Hoffnung. »Bei einem Unfall.«
»Na egal, ich wüßte schon mal nicht, wie ich den Schlüssel klauen sollte.«
»Gibt's denn einen?«
»Keine Ahnung.«
»Wenn du das nächste Mal hingehst, guck an der Tür nach.«
»Die Tür geht von allein auf, erinnerst du dich nicht?«
»Meine Güte!«
»Bestimmt so'n fauler Trick mit unsichtbaren Strahlen.«
»Oder man muß auf eine Matte treten.«
»Es gibt keine Matte.«
»Unter dem Filzteppich könnte was sein, so wie wenn Mummy beim Mittagessen nach den nächsten Gang klingelt.«
»Das wär' möglich.«
»Nicky, ich will da nicht hingehen.«
»Es war doch deine Idee.«
»Türen, die von allein aufgehen, und all so was.«
Er sagte: »*Falls* ich eine Gelegenheit kriege – ich mein', falls ich sicher sein kann, daß beide beschäftigt sind –: Kann ja sein, daß ich dann einen Blick in die Tagebücher werfen tu.«

Genau das tat er; und es *waren* Tagebücher, wie er vermutet hatte.
Das erste begann in schräggeneigter Handschrift mit Gedankenstrichen an Stelle von Punkten: »24. März 1849 – Um ewig zu leben, muß man einen Grund dafür finden –« In diesem Moment kam der Chinese herein.
Dem Jungen sprang das Herz in die Kehle, blieb dort einen Augenblick lang stecken, erstickte ihn fast, drehte dann wieder um und tauchte unter. Etwas oberhalb seiner Knie verharrte es. Er schob das Buch zurück zwischen die anderen.
Keine Bemerkung fiel.

15. Ein Schimmer vom Mount Everest

An Samstagabenden überkam die Insel eine andere Stimmung. Bei schönem Wetter saßen sie manchmal bis zur Schlafenszeit auf der Fels-Spitze, schauten die aus ihrem expandierenden Universum ausgestochenen Sterne und das schwindelerregende Bogenband der Milchstraße, das einem das Gefühl gibt, als würde man sich rückwärts über sich selbst beugen. Was für ein Anblick war dieser Nebeldunst! – der silbrige Holzrauch in der Leere des Alls.

Sie waren Kinder, aufgezogen auf dem Lande. Obwohl sie nicht besonders viel Ahnung etwa von unregelmäßigen Verben hatten, erkannten sie doch Vögel an ihren Liedern, Bäume an ihrem Aussehen und gewöhnliche Tiere aus dem Instinkt heraus. So schauten sie zum Beispiel nie nach den Farben eines Vogels, wenn man sie fragte, was das für einer wäre. Sie nannten einfach sofort seinen Namen, ohne erklären zu können, woher sie ihn wußten. Zwänge man sie dazu, antworteten sie vielleicht ratlos: Naja, er fliegt halt so – oder: Achgott, es ist eben einer.

Auch mit Sternen kannten sie sich ganz gut aus. Von denen, die ihnen die liebsten waren, hatten sie das Wissen eines Landmanns – nicht das eines Seemanns. Sie kannten Orion, denn er war ein Jäger; und Sirius besonders, denn er war ein Hund; und natürlich kannten sie Kassiopeia, denn durch sie findet man den Polarstern, indem man ihren größten Winkel halbiert. Arcturus war für sie – wenn sichtbar – ganz real, denn es war ihnen erzählt worden, daß er den selben Namen trage wie König Arthur bei Sir Thomas Malory; und so gab es noch verschiedene, mehr oder minder zufällige, die ihre Phantasie angeregt hatten. Nicky hatte andere Vorlieben als Judy. Mit das Beste an den Sternbildern war, daß kein einziges einen Katzennamen trug.

In den meisten Nächten – sie saßen zwischen ruhenden Vögeln, die sie ohne Protest akzeptierten – in den meisten Nächten stieg Musik von unten zu ihnen herauf. Die drei Fensterflügel von Rockall waren in die Vertikale geschnitten worden, einer unter

dem anderen. Wenn kein Flugzeug oder keine Schiffe in Sicht oder zu erwarten waren, wurde das mittlere Fenster nach dem Abendessen geöffnet, und mit dem Lampenschein entströmte ihm der Kontrapunkt der Musiktruhe – manchmal Haydn oder Palestrina, aber fast immer Bach: in halber Lautstärke.
An Samstagen wechselte das Programm; ein Wandel von Mathematik zu Emotion.
So saßen sie, gefesselt-verzaubert, bis weit in die Nacht hinein, und der gewaltige Apparat schleuderte regelrecht sein Gedonnre mit voller Lautstärke ins Dunkel, daß der granitene Horst unter ihren Füßen zu wanken und zu schwanken schien wie ein Glockenturm. Bisweilen gab es sogar richtige Glocken. Das Getöse am Ende der *Ouvertüre 1812*, Geläute und Geflatter, Kanonen und Nationalhymnen in sämtliche Richtungen – sicherlich steht dabei ein sehr kleiner und zurückhaltender Zar in weißer Uniform an der Spitze einer weiten Flucht von Treppen und Stufen, während Schwärme von Tauben, Schneeflocken, Confetti und was das Herz sonst noch begehrt mit den Glocken und dem Siegesruhm umherwirbeln – dieser Krawall kam meist am frühen Abend, mit Sicherheit gefolgt vom Ersten Klavierkonzert desselben Komponisten. Im Laufe der immer wilder werdenden Nacht kamen dann noch *Boleros* und *Danses Macabres*, Stückchen von Rachmaninow und Mussorgskij und Dohnanyi, bis die Orgie schließlich zum Schluß- und Höhepunkt gelangte mit Rimskij-Korssakow und *Fürst Igor* – dem ohrenbetäubenden Tumult der Polowetzer Tänze aus dem zweiten Akt. Es war ungeheuerlich!
Der Herrscher spielte so gut wie nie Beethoven, Händel oder Mozart, abgesehen von Fugen. Er war kein Prinz des Lichts wie diese drei.
Am Samstag, nachdem der Helikopter zurückgekommen war, saßen die Zwillinge im Sternenschein und hatten das Gefühl, sich irgendwo festhalten zu müssen, um nicht von Ravel hinweggefegt zu werden, der unter ihnen tobte. Sie konnten kaum miteinander reden, ohne zu brüllen.
»Ich würd' ja gern sehen, was er grad macht.«
»Hört sich an, als ob er betrunken ist.«

»Glaubst du, daß er überhaupt betrunken werden kann?«
»Na guck dir mal den Whisky an, den er trinkt, bevor er irgendwas sagt.«
»Der scheint aber nicht viel Wirkung zu haben.«
»Die Wirkung ist, daß er spricht.«
»Wenn Daddy soviel intus hätte, würde er anfangen, das *Segelschiffchen* zu singen – oder den Spargel-Trick versuchen.«
»Oder einfach umfallen.«
»Nicky!«
»Naja egal, jedenfalls würde er plötzlich so einen verschwommenen Ausdruck kriegen und ohne was zu sagen ins Bett abmarschieren. – Drei volle Becher – das muß fast 'ne ganze Flasche sein.«
»Glaubst du wirklich, daß er...?«
»Vielleicht betrinkt er sich an Samstagabenden mit Absicht, aus ganz bestimmten Gründen. So wie andere Leute baden.«
»Warum?«
»Judy, woher soll ich das wissen? Aber er macht nichts grundlos. Er ist nicht verrückt.«
Dieser Gedanke kam ihr zum ersten Mal.
»Bist du sicher, daß er das nicht ist?«
»Ziemlich.«
»Wenn er wirklich betrunken ist, könnten wir es schaffen, reinzukommen, wir könnten die anderen Zimmer durchsuchen – oder die Tagebücher lesen.«
»Oder erschossen werden. Woher weißt du denn, daß er nicht mit der Pistole des Chinesen dasitzt und *God save the Queen* in die Decke schießt – wie Sherlock Holmes?«
»Überhaupt«, sagte sie voll Zweifel, »da ist ja noch die schwarze Tür, und wir haben keinen Schlüssel.«
»Ich sag' dir doch, die hat keinen Schlüssel.«
»Hör dir *das* mal an!«
Es war das Scherzo aus Brahms' f-moll Quintett, arrangiert für zwei Pianos.
Nachdenklich sagte Nicky: »Die drei Fenster sind genau eins über dem anderen. Wenn wir ein Seil hätten, könnten wir von der Han-

gar-Tür aus runterklettern und reinschauen. Wenigstens könnten wir sehen, was er macht.«
»Könnten wir uns nicht mit dem Kran herunterlassen?«
»Das würde zuviel Krach machen. Außerdem weiß ich gar nicht, wie man ihn bedient.«
»Kannst du das nicht rauskriegen, Nicky?«
»Ich glaub' nicht; nicht ohne Krach.«
»Gibt's denn kein Seil?«
»Im Lager-Raum müßten Seile sein, aber der ist abgeschlossen.«
»Und wenn wir ein paar Laken zusammenknoten? In so Fluchtgeschichten wird das immer gemacht.«
»Da wird es jedenfalls geschrieben.«
»Wieso denn nicht?«
»Na schau mal, Judy, ein Laken ist vielleicht zweieinhalb Meter lang, und wenn du in beide Enden einen dicken Knoten gemacht hast, wieviel bleibt dir da noch? Du brauchst bestimmt zwei Laken, um eine Menschenlänge klettern zu können.«
»Naja, es wär' bestimmt auch furchtbar gefährlich.«
»Genau.«
»Stell dir mal vor, er würde grad rausgucken!«
Ta-Ra-Ra-Ra, Tiddeldi-Tam-tam-tam, ging das Scherzo, Tiddeldi tam, tiddeldi tam tiddeldi tam.
»Aber als der Chinese mich erwischt hat, hat er überhaupt nichts gemacht.«
»Ich glaub', der ist ganz nett.«
»Jedenfalls hat er uns mit seiner Pistole verfehlt«, sagte ihr Bruder sarkastisch.
Sei unbesorgt, erklärte der arme Caliban einst im *Sturm*, die Insel ist voll Klang, sie tönt von süßen Weisen, die entzücken und doch nicht schaden. Sogar das Innere der Insel dröhnte wider vom Triumph der Klaviere, während die beiden im Lift ihren Betten entgegensanken. Das Geklimpere kam den Schacht herauf.
»Ob wir vielleicht durch die schwarze Tür was hören können?«
Sie sahen einander fragend an, und ihre Hände näherten sich gleichzeitig dem Knopf, der sie in die private Etage bringen würde.

Am Ende des schimmernden Korridors stand die Ebenholz-Tür offen.
Sie sah sehr weit entfernt aus.
Es gab keinerlei Rückzugsmöglichkeit, wenn sie sich erstmal in die Passage hinausgewagt hatten – keine seitlichen Abzweigungen oder Schlupfwinkel in dem geraden, weißen Tunnel, in die sie sich ducken, in denen sie sich verstecken konnten. Einmal losgelaufen, mußten sie weitergehen.
Sie flüsterten ganz automatisch.
»Und wenn er nun nicht betrunken ist, Nicky?«
»Warum sollte er denn?«
»Wir haben's uns schließlich nur vorgestellt.«
»Ich nicht.«
»Ob er das macht, was er mit dem Doktor gemacht hat?«
Tam tam tamti tam!
»Ju, du bleibst hier. Ich glaube, ich könnt' einfach hingehen, und wenn ich erwischt werde, sage ich, daß ich ein Buch vergessen habe oder sowas.«
»Laß mich bloß nicht allein.«
»Aber ich hab' mehr oder weniger die Erlaubnis, dahin zu gehen, und du nicht.«
»Ich bleib nicht allein.«
»Judy...«
Sie warf ihren Kopf zurück und begann, den Korridor hinunterzumarschieren. Das zwang ihn wenigstens dazu, sie nicht zu verlassen.
»Judy...« Er mußte rennen, um sie einzuholen.
»Du könntest wenigstens eine Minute warten. Wir müssen drüber nachdenken.«
Sie wartete.
»Was wollen wir eigentlich da?«
»Die Zimmer erkunden und die Tagebücher lesen.«
»Aber wir können doch wohl schlecht die Tagebücher lesen, wenn er direkt daneben seine Platten spielt. Und außerdem: Warum wollen wir sie eigentlich lesen?«
»Weil da drinstehen wird, was er erfindet«, sagte sie.

»Und wenn schon. Direkt neben ihm!«
»Vielleicht schläft er.«
»In dem Radau?«
Aus irgend einem Grund war sie plötzlich mutig wie ein Löwe – nein, wie eine Löwin.
»Ist doch egal. Er wird bestimmt nichts machen. Wir sind doch Kinder.«
»Aber...«
»Du hast Angst.«
Mit einem Ächzen trat der automatische Plattenwechsler in Aktion, einen Moment lang rumpelte es, und dann – Krach-Bumms! – ging es los mit den dramatischen Werken irgendeines Russen – vermutlich auf dem Sargdeckel gehämmert. Der Herrscher spielte die Platten in keiner besonderen Reihenfolge.
»Hab' ich nicht!«
»Dann komm mit.«
»Judy, spiel doch nicht verrückt. Wenn, dann müssen wir ganz sachte gehen. Wir dürfen einfach nicht erwischt werden.«
»Also Cowboy und Indianer.«
»Ja.«
»Wie die Fluchtszene in H. M. S. PINAFORE«, sagte Judy, deren musikalischer Geschmack mehr auf dieser Ebene lag. Ihr Vater war ein ausgesprochener Anhänger von Gilbert & Sullivan.
»Wenn du doch bloß nicht so leichtsinnig wärst! Das hier ist verdammt ernst!«
»Stille sei! Es war die Katz'!«
»Judy!«
»Ja, schon gut.«
Und plötzlich war sie wieder genauso eingeschüchtert wie er.
Auf Zehenspitzen trippelten sie den langen Filz-Boden hinunter, und jeden Moment fühlten sie, daß sie weiter und weiter von ihren Verbindungslinien abkamen. Nach der Hälfte wußten sie: Sie hatten den Rubicon überschritten.
»Tritt nicht neben die Tür«, hauchte Nicky, »falls eine Glocke oder sowas da ist. Geh um die Ecke rum.«
»Hör auf zu flüstern.«

»Warum?«
»Sag überhaupt nichts.«
Sie hätten laut rufen können, ohne daß es etwas ausgemacht hätte, doch die Furcht machte befangen und stumm. Gleichzeitig war da aber auch das Packende, Aufregende des Heimlich-Tuns, eine freudige Erregung wie prickelnde Limonade. Es war wunderbar, jung zu sein, lebendig, beweglich, agil, verschwiegen, beschäftigt, und in Gefahr.
Die Halle sah aus wie immer, die Visitenkarten unberührt. Wer hier wohl staubwischt, dachte Judy – ihr Geist arbeitete auf zwei verschiedenen Ebenen, wie manchmal in kritischen Situationen.
Am oberen Ende der Treppe stand die bemalte Tür halb offen und lenkte einen Lichtkeil über den Axminster.
Auf allen Vieren krochen sie hinauf, langsam wie Chamäleons auf ihren blattartigen Stielen im Zoo. Nicky hatte die Führung übernommen und wollte nicht in der üblichen Höhe um die Tür schauen. Knapp über dem Teppich würde seine Bewegung weniger leicht die Aufmerksamkeit eines Zuhörers drinnen erregen. In Fußbodennähe tauchte er seinen Kopf in das Lampenlicht, nicht schneller als der Minutenzeiger einer Uhr; etwa so: zuerst ein Ohr, dann den Backenknochen, dann ein Auge. Eins war genug. Mit seiner Linken griff er nach hinten und preßte Judys Hand, ihr damit Schweigen gebietend.
Man sagt, daß man eine muffige Atmosphäre mit dem Messer schneiden kann. Den massiven Lärm im Herrscher-Zimmer hätte man mittels eines Tortenmessers in handliche Biscuits zerlegen können. Aus der hellen Öffnung ergoß er sich wie eine Flutwelle, eine Springflut. Er verschlang die beiden und stürzte auf sie ein wie Wasser aus einem gebrochenen Damm. Eine neue Platte ließ den ganzen Raum taumeln und beben – die Polowetzer Tänze. Und inmitten dieses betäubenden Aufruhrs saß mit geschlossenen Augen der Herrscher, ein Fels in der Brandung, das Kinn auf der Brust. Er trug einen gesteppten Hausrock und eine runde Kappe, ähnlich einer Pillendose mit Quaste – grausig, wie ein Skelett mit Wangenrot und Lippenstift. Drei Flaschen Whisky standen neben

ihm auf der Musiktruhe, und die Gläser neben diesen klirrten und klingelten bei den tiefen Tönen. Sein rissiges, kraqueliertes Gesicht war unendlich weit entfernt in Zeit und Wissen; blind führte er den Vorsitz dieses Tumultes in einer Welt der Stille und des Schweigens – wie eine Ahnung, ein Schimmer vom ewigen Mount Everest.

Etwas ließ Nicky den Kopf wenden.
Zwei Stufen unter ihnen, auf dem dicken Teppich der Treppe, stand der Squadron-Leader mit einem altmodischen Armeerevolver, sein Gesicht vor Wut verzerrt.

16. Der Squadron-Leader

Mr. Frinton steckte die Waffe in die Tasche seines Dufflecoats, packte die Zwillinge an den Krägen ihrer Nachthemden – jeden mit einer starken Hand – und zog sie hoch auf ihre Füße. Ohne ein Wort zu sagen, begannen alle drei, rückwärts die Treppe hinunter zu gehen, dabei vorsichtig nach den Stufen tastend.

Am Fuß der Treppe blieb er stehen.

Dann drehte er sie, die immer noch kraftlos in seinem Griff waren, herum und marschierte mit ihnen aus der Halle, den Gang entlang, in den Lift. Aufwärts. Er knallte das Tor zu, führte sie den vertrauten Korridor entlang, stieß seine eigene Tür auf und schob die beiden hinein.

Er setzte sich aufs Bett, bedeckte sein Gesicht mit den Händen, als ob er weinen wollte, und sagte: »Verdammt!« Als er wieder aufsah, war der Zorn in seinem Gesicht jenem gewinnenden Lächeln gewichen, das sie schon früher an ihm gesehen hatten.

»Einfach ignorieren.«

»Ist denn was los?« fragte Judy freundlich. Sie war so weit wie Nicky gekommen, daß sie der Herrscher um die Tür herum gesehen hätte, und trotz ihrer Bestürzung merkte sie sofort, daß Mr. Frinton etwas Aufmunterung brauchte. Nicky war zu atemlos zum Reden oder Denken.

»Kann man wohl sagen.«

»Und was?«

»Kümmert euch nicht drum.«

»Wir müssen uns aber drum kümmern, wissen Sie«, erklärte Judy. »Wir sind nämlich gekidnappt worden.«

»Ich weiß.«

»Sie könnten's uns ruhig sagen.«

»O Gott!« sagte Mr. Frinton etwas ärgerlich und gereizt. »Ihr habt nur eben einen 1-A Mord vermasselt.«

»Wer sollte denn ermordet werden?«

»Der Herrscher natürlich.«

»Hätt' uns nichts ausgemacht.«

»Ja, schon«, sagte er langsam. »Aber ihm vielleicht?«
Dann stand er mit einem Ruck auf und setzte hinzu: »Ihr solltet jetzt wirklich ins Bett gehen. Und laßt euch dort nie wieder blikken. Nie wieder, hört ihr?! Ihr bringt nur alles durcheinander.«
Nicky fragte: »Hatten Sie vor, ihn zu erschießen?«
»Ja.«
»Hätten Sie das gekonnt?«
»Genau das wüßten wir wohl gerne, wie?«
»Aber ich dachte, Sie wären...«
»Hört mal, ihr Süßen, wollt ihr jetzt endlich ins Bett gehen?«
»Nein.«
Er schien plötzlich zu bemerken, daß die beiden ganz reizend waren, und auch sie bemerkten, daß er kein übler Kerl war. Er lachte und sagte: »Also ehrlich, Kinder haben dabei auf Dauer nichts zu suchen.« Wenn man sich erstmal an seinen schwarzen Bart gewöhnt hatte und den nicht immerfort anstarrte, waren die anderen Teile seines Gesichts voll Freundlichkeit und Intelligenz.
Judy sagte: »*Bitte* sagen Sie uns doch, was hier los ist. Als Erwachsener kann man bestimmt sehr schön darüber stehen, aber Sie glauben nicht, wie nervenaufreibend es für uns ist, herumgeschubst zu werden, ohne zu wissen, was hier passiert. Es ist *viel* schlimmer, beschirmt zu werden.«
»Also gut. Ich wollt' dem alten Hasen eins verpassen. Aber mit euch beiden auf der Schwelle konnt' ich's einfach nicht.«
Er schwieg.
»Tja...« Dann, in Verzweiflung: »Haach, geht endlich ins Bett!! – Unmöglich zu wissen, was hier vorgeht. Ich kann die Mühle nicht hochreißen mit 'nem halben Kindergarten am Fahrgestell.«
»Tut uns leid.«
»Einfach ignorieren.«
Für sie, die im thermonuklearen Zeitalter in eine Kindheit hineingeboren worden waren, die nur an fliegende Untertassen und interplanetare Waffen dachte, für sie waren seine Luftwaffenausdrücke reichlich antiquiert. Die »kalten Wäschen«, die mutige Männer früher abbekamen oder die »kalten Küchen«, durch die sie angriffen, waren für sie einfach Schwächen alter Männer. Wenn

er die Sprache längst vergangener Schlachten benutzte, fühlten sie sich peinlich berührt und irgendwie ein wenig, als müßten sie ihn in Schutz nehmen.

Er spürte dies und sagte abrupt: »Hört mal, ihr müßt jetzt in eure Zimmer. Ich hab' zu tun.«

»Warum?«

»Geht jetzt.«

Sie hatten die Tür schon erreicht, als er sich wieder hinsetzte, ein zweites Mal seinen Kopf in die Hände stützte und mit verzweifelter Stimme sagte: »Aber ich kann es nicht, nicht mit Kindern auf der Insel! Ich muß euch vorher hier rausholen.«

Sie warteten schweigend.

»Eure Namen sind Nicky und Judy, stimmt's?«

»Ja.«

»Ich muß mir einen Weg überlegen, euch auszuschiffen.«

»Können Sie uns nicht mit dem Hubschrauber mitnehmen?«

»Nein.«

»Warum nicht?«

»Weil er seinen Einfluß auf uns richten würde.«

»Sie meinen den Mesmerismus?«

»Nein, die Vibrator-Einheit.«

»Ich fürchte, wir haben keine Ahnung, was 'ne Vibrator-Einheit ist.«

»Da seid ihr in guter Gesellschaft.«

Judy setzte sich zu ihm aufs Bett und sagte: »Wenn Sie wollen, daß wir in unser Zimmer zurückgehen, damit Sie den Herrscher erschießen können, dann glaub' ich nicht, daß Sie das tun sollten. Das kann gefährlich sein.«

»Genau das dachte ich auch.«

»Er könnte *Sie* stattdessen umbringen.«

»Bist ein schlaues Mädchen, Judy.«

»Und was würde dann aus uns?«

»Genau.«

»Es wäre also vernünftiger, uns alles zu erklären.«

Er schien darüber ungehalten: »Was hat Reden denn für einen Sinn?«

»Wir sind nicht völlig blöd«, sagte Nicky.
Mr. Frinton lächelte abermals sein hinreißendes Lächeln, sein schwarz-blauer Bart spaltete sich und gab den Blick auf weiße, gleichmäßige, gerade Zähne frei.
»Ich führe mich auf wie ein Egoist«, entschuldigte er sich. »Was wollt ihr wissen?«
Ja, was eigentlich?
Der Junge dachte sich – aufs Geratewohl – die erste Frage aus.
»Wie alt ist der Herrscher?«
»Am vierundzwanzigsten März wird er 157. An seinem fünfzigsten Geburtstag hat er mit den Tagebüchern angefangen; und ich hab' sie gelesen – das heißt die Teile, die man lesen kann.«
»Wie alt?«
»Einhundert-und-sieben-und-fünfzig.«
Sie machten keinerlei Bemerkung – protestierten oder fragten nicht.
»Als der Herrscher etwa neunzig war«, fuhr Mr. Frinton fort, »experimentierte Dr. Moreau gerade auf seiner Insel, und der *Eiserne Pirat* fuhr zur See, und *Sie* lebte ihr unsterbliches Leben in Afrika. Stevenson schrieb die *Schatzinsel*, da war er fünfundachtzig. Captain Nemo fuhr in seiner *Nautilus*, da war er siebzig. Henry Russel Wallace dachte über die Entstehung der Arten nach, als er etwa sechzig war. Mary Shelley schrieb *Frankenstein*, als er volljährig wurde; und bei der Schlacht von Waterloo war er vier Jahre älter als ihr jetzt seid.«
»Wann war die Französische Revolution?« fragte Judy verwirrt.
»Kann ich mich nicht erinnern.«
»Warum?«
»Warum was?«
»Wie kann er so lange leben?«
»Sagt mir's, wenn ihr's raushabt.«
»Aber wenn ...«
»Ist es eine bestimmte Medizin?« fragte Nicky.
»Ich glaub' nicht.«
»Wird er ewig leben?«
»Nein.«

»Woher wissen Sie das?«
»Weil er einen Nachfolger sucht. Du bist einer von ihnen.«
»Ich?«
»Und ich auch.«
»Muß Nicky jetzt ewig leben?« fragte Judy.
»Nicht unter diesen Umständen.«
Aufmunternd sagte er. »Schaut mal, ich kann im Augenblick nichts machen. Ich muß erst nachdenken. Soll ich nicht jedem von uns einen Becher Kakao kochen? Und dann erzähl' ich euch, was ich weiß. Jetzt reden wir ja doch nur in Rätseln.«
Während er mit dem Schokoladenpulver hantierte, fragte Judy: »Ist das auch wahr? Dr. McTurk hat uns 'ne Menge dummes Zeug über Top Secrets erzählt, aber das waren Lügen. Sie lügen uns doch nicht an?«
»Möcht' ja wohl meinen, Kinnerchens, 's wär nur alles viel zu wahr – wie Totty selbst in seinem Kauderwelsch gesagt hätte.«
»Hieß er wirklich McTurk?«
»Nein. Er war ein Schiffsarzt namens Jones. Ich glaube, er war Waliser. Ich hielt ihn immer ein wenig für einen Schwindler.«
»Ist er tot?«
Der Flieger sah beiseite.
»Und wie?«
»Na eben tot.«
»War es die Vibrator-Einheit?«
Er kämpfte mit sich, ob er antworten solle, denn er wollte mit den Kindern nicht über Tottys Ende schwatzen – dann nickte er.
»Warum?«
»Man könnte sagen, er plante einen Betrug.«
»Wollte er Herrscher werden?«
»Das nehm' ich an.«
Judy brachte einen ihrer unerwarteten Wissensbrocken hervor: »Das nennt man einen *coup d'état*.«
Nickys Gedanken sprangen plötzlich in eine andere Richtung.
»Meinen Sie«, fragte er, »daß wir unsere Jeans wiederkriegen könnten?«
»Ich werd's mal probieren. – Hier ist euer Kakao.«

Sie setzten sich und verbrannten ihre Zungen an dem heißen Zeug, so daß sie es nicht weit hinten im Gaumen schmecken konnten, wie Schokolade geschmeckt werden sollte. Die brüh-heißen Becher nahmen sie von einer Hand in die andere.

»Könnten Sie nicht mit dem Anfang anfangen und ein bißchen was erklären?«

»Wieviel wißt ihr denn?«

»Wir wissen mehr oder weniger alles, nur nicht, was er tut.«

»Und was alle anderen tun«, setzte Nicky wahrheitsgemäß hinzu, »natürlich.«

Erst jetzt war das Alter des Herrschers in ihre Gehirne richtig eingesickert.

»Er kann doch nicht 157 sein!« rief Judy. »Oder?«

»Ist er aber.«

»Jemineh!«

»Wird auch 'ne ziemliche Quälerei sein.«

»War er betrunken?« fragte Nicky, der ihn gesehen hatte.

»Nein.«

»Nicky sagte, er kann ohne Whisky nicht reden.«

»Da hat Nicky völlig recht.«

»Wieso?«

»Er hat im Jahre 1900 aufgehört, Englisch zu sprechen – oder besser: zu schreiben, in diesem Fall. Danach sind seine Tagebücher zehn Jahre lang in Chinesisch, danach ist es eine Art Kurzschrift mit Bildern. Wenn er etwas in Englisch sagen will, muß er seine höheren Zentren – (oder wie immer die Ärzte die Dinger nennen) – paralysieren. Betrunkene fangen an zu lallen, das wißt ihr. Er fängt an zu reden. Englisch oder Lateinisch oder was-auch-immer. Egal, jedenfalls redet er mit Hilfe des Whiskys.«

»Zu mir hat er gesagt: ›Non omnis dingsbums‹.«

»Moriar. Das hat er mir auch einmal gesagt. Es heißt: ›Ich werd' nicht gänzlich schwinden‹.«

»Und was heißt das?«

»Nachfolger«, rief Judy und erzielte 10 von 10 möglichen Punkten im abendlichen I. Q.-Test.

»Ja. Er hat dich dafür ausgesucht, daß du sein Werk fortsetzen

sollst. Dafür wirst du erzogen. Genauso wie ich. Genauso wie die anderen. Und außerdem braucht er natürlich Leute, die ihm helfen – so 'ne Art Kommandostab.«
»Aber ich mach' doch nichts weiter als über Tiere nachlesen!«
»Biologie, Anthropologie, Vorgeschichte, Geschichte, Psychologie, politische Ökonomie. In der Reihenfolge. Schau dir *die* mal an.«
Auf dem Regal hinter dem einfachen Eisenbett stand eine Reihe Bücher, die von Spengler bis Ouspenski reichte.
Judy fragte: »Wie unterhält er sich denn tatsächlich?«
»Das ist eine Art Gedankenübertragung. Mit dem Chinesen jedenfalls. Ich kann es nicht. Wißt ihr, das ist schwer zu erklären. Er kann die Gedanken der meisten Leute lesen, als ob sie sprechen, und er kann sie auch zu Sachen veranlassen. Aber die Leute sind da unterschiedlich. Bei Judy ging's leicht – ihr merkt, ich bin über euch beide unterrichtet worden – , aber Nicky war eine steinerne Mauer. Genauso, wie ich eine war. Und wie der Chinese und Totty und besonders der arme alte Pinkie eine waren. Pinkie kann er immer noch nicht hypnotisieren.«
»Kann er Sie hypnotisieren?«
»Weiß ich nicht. Aber er kriegt raus, was ich denke.«
»Und was ist mit dem Chinamann ?«
»Es ist mit jedem anders. Die beiden können, wenn sie wollen, die Gedanken des anderen lesen, aber ich weiß nicht, ob er den Willen des Chinesen beeinflussen kann. Totty war der schwächste. Am Ende konnte er Totty wie jeden anderen auch benutzen, und der arme Teufel hat versucht, ihn hinters Licht zu führen. Zu Beginn waren alle steinerne Mauern wie Nick, und solche Art Leute braucht er.«
»Ich dachte immer, man kann Leute nicht gegen ihren Willen hypnotisieren?«
»Es ist nicht Hypnose, Judy, und es ist auch nicht Gedankenlesen. Es ist eine richtige Entdeckung wie... naja, wie die Relativität, stell' ich mir vor. Ihr wißt, wie Einstein entdeckt hat, daß der Raum gekrümmt ist. Naja, und die Zeit ist auch gekrümmt, und der Gedanke wohl auch, oder irgendso ähnlich. Normale Leute

können sowas gar nicht verstehen. Aber für ihn ist es ganz einfach, und es ist eine Tatsache. Um 1910 ist er dahinter gekommen. Es hat was damit zu tun, daß Zeit und Raum Teile ein und desselben Ganzen sind.«

»Und was sollen wir für ihn tun?«

»Ihm helfen, die Welt zu erobern.«

17. Freiheit der Wahl

Während sie sprachen, sah Mr. Frinton immer erschöpfter und ungeduldiger aus. Die Anstrengung, sich zu dem durchzuringen, was er hatte tun wollen, die Gefahr darin und die Frustration, und schließlich die Mühe, so viele Dinge Kindern erklären zu müssen – all dies hatte, trotz seiner Höflichkeit, an seinen Nerven gezerrt. Ein ärgerlicher, unfreundlicher Ausdruck stahl sich langsam in seine braunen Augen – nicht, weil er böse mit ihnen war, sondern weil er sich über sich selbst ärgerte. Er wollte nicht lieblos sein, fürchtete es aber zu werden. Er hatte nicht die geringste Vorstellung, wofür er die Zwillinge überhaupt hätte gebrauchen können – sie waren vielmehr eine ausgesprochene Plage! – und der schnelle Wechsel vom Meuchelmörder zum Kindermädchen füllte das kurz vor dem Überlaufen stehende Faß weiter auf. Seine bartblauen Wangen wirkten wie Hängebacken, und der zur Glatze neigende Kopf schien gelbsüchtig im elektrischen Licht. Es gab so viel zu erklären, und alles machte Mühe.

Er war ein netter, gewissenhafter Mann. Wenige Leute hätten sich zu solch einer Zeit um Nicky und Judy gekümmert oder geholfen, ihre Fragen und Rätsel zu lösen. Den Herrscher hatte er aus persönlichen Gründen töten wollen – eine Mission voller Gefahr, der Kräfte wegen, die da involviert waren. Und er hatte erkannt, daß diese Kräfte nicht wachgerufen werden dürften, solange die Kinder hier waren. Er war bereit gewesen, sein eigenes Leben aufs Spiel zu setzen – aber nicht das ihrige. Sie waren – und dies in Angelegenheiten, die weit wichtiger waren als die von Kindern – einfach ein Hemmschuh, und das verstimmte ihn. Er bemühte sich, daran zu denken, daß die Situation ihn verstimmte, nicht die Kinder.

Aber heute abend kann ich nicht im geringsten was tun, sagte er sich. Die armen, kleinen Teufel, die müssen sich doch zu Tode ängstigen.

Um die Wahrheit zu sagen: Sie waren eigentlich eher gefesselt.

»Warum will er das machen?«

»Hör mal, Nicky, ich kann das jetzt nicht in allen Einzelheiten ausbreiten. Ich bin müde. Das Ganze ist...«

Er ließ sein entschuldigendes Lächeln aufblitzen, allerdings mit Mühe. »Das Ganze ist, naja, eine Frage des Glaubens und der Moral.«

Judy brütete immer noch über der Hauptsache.

»Ich versteh' nicht, wie jemand 157 werden kann.«

»Naja, ich weiß nicht«, sagte Nicky. »Er ist nur ungefähr fünfzig Jahre älter als diese französische Revue-Sängerin.«

»Welche denn?«

»Die eine, über die Daddy immer spricht.«

»Oh.« Pause.

»Meinst du, die könnte mit ihm reden, ohne zu sprechen?«

»'ne ganz schön gräßliche Vorstellung«, sagte Nicky ernsthaft, »nicht wahr?«

Mr. Frinton stieß ein lautes Lachen aus und sagte: »Ja, wahrscheinlich über La Goulue und wie sie eins ihrer Lieder geklaut hat, um es König Edward dem Siebenten vorzusingen, als er noch Prince of Wales war. Die *Marseillaise*, möcht' ich meinen.«

Er hielt im Lachen inne und fügte trübsinnig hinzu: »Stellt euch doch mal vor, die *Marseillaise* war tatsächlich ein neues Lied, als er geboren wurde.«

»Und Sie sind sicher, daß das wahr ist?«

»Ihr braucht ihn euch doch nur anzuschauen.«

»In der Bibel gab's ganz schön alte Leute.«

»Nicht nur in der Bibel. Old Parr hielt man für 152, aber das kann man nicht nachweisen, weil's damals noch keine Geburtsurkunde gab. Ein anderer Bursche, Henry Jenkins genannt, behauptete, 169 zu sein. Und dann gab's die Gräfin von Desmond, von der erzählt wurde, sie sei mit 140 gestorben, als sie aus einem Apfelbaum purzelte – und an Geburtsdaten von Gräfinnen erinnern sich die Leute schon meist. Sicher ist, daß ihr Gemahl siebzig Jahre vor ihr starb.«

»Wie fühlt man sich bloß dabei?«

»Ich glaub' nicht, daß man überhaupt noch was fühlt.«

»Abgestorben?«

»Nicht in seinem Kopf.«
»Warum trinkt er samstags so viel?«
»Das weiß niemand. Ich dachte, es könnte was mit seinem geistigen Gesundheitszustand zu tun haben. Eine Art Medizin.«
»Wie Epsomer Bittersalz?«
»Warum nicht?«
»Und wer ist er überhaupt?«
»Halt ein alter Mann, der zehn Jahre vor Darwin geboren wurde. Früher war er ein Landedelmann, wie euer Vater auch. Nur daß er immer weiter gelebt und immer weiter gedacht hat. Muß ein einsames Leben sein.«
»Warum muß er umgebracht werden?«
»Er muß es.«
»Warum?«
»Die Menschen dürfen keine Diktatoren haben.«
»Warum nicht?«
»Weil man frei sein muß, zwischen richtig und falsch wählen zu können.«
»Auch wenn man das Falsche wählt?«
»Meiner Meinung nach ja.«
Judy hatte scharf nachgedacht und fragte: »Warum denn will er die Welt erobern?«
»Um sie zu lenken.«
»Und warum?«
»Sieh sie dir mal an.«
»Nicht weißt du, mein Sohn«, zitierte Nicky plötzlich, »mit welch geringem Vorrat an Weisheit die Welt regieret wird.«
»Genau.«
»Wenn *er* sie regieren würde, wäre sie dann besser?«
»Er behauptet es.«
»Und wär' sie es?«
»Nicky, im Moment haben wir Leute wie Präsident Eisenhower und Sir Anthony Eden und Herrn Chruschtschow, oder wer immer sie sein mögen, und alle mit Atombomben bewaffnet. Die meisten Politiker können kaum mit ihrem Namen unterschreiben oder einen Comic Strip lesen. Sie sind viel zu sehr damit beschäf-

tigt, Wahlen zu gewinnen, als daß sie sich selbst bilden oder erziehen könnten. Sie lärmen und schimpfen statt zu lesen oder erwachsen zu werden, und dabei haben sie dann diese Waffen. Würdet ihr nicht auch lieber Anordnungen von einem 150 Jahre alten Weisen empfangen und eben nur von einem einzigen, statt dieses Wettstreits zwischen denen, die uns vorgesetzt wurden?«

»Ja, würd' ich schon.«

»Und das hatte ich auch immer geglaubt. Erstens würde es die Welt vereinen.«

»Warum wollen wir ihn dann töten?«

Mr. Frinton sah müder aus denn je und massierte sich die Augen: »Er hat vierzig Jahre lang diese Insel ausgehöhlt.«

»Was meinen Sie damit?«

»Vor diesen Atombomben.«

»Wenn er sich schon davor bereit machte, Diktator zu werden«, erklärte Judy, »dann eben deshalb, weil er unbedingt einer sein wollte.«

»Er kann die Bombe auch vorhergesehen haben«, sagte Mr. Frinton voll Fairneß. »Wir sind wie Hunde, die über einen Menschen sprechen.«

»Das hat Nicky auch mal gesagt.«

»Bis vor ein paar Tagen hab' ich an ihn geglaubt.«

»Und wodurch haben Sie Ihre Ansicht geändert?«

»Durch nichts. Sie änderte sich sowieso ständig.«

Mit geballten Fäusten, seine Zuhörer vergessend, sprach er zu sich selbst: »Aber ich glaube – und ich muß dies glauben oder untergehen –, daß wir die Freiheit der Wahl haben *müssen*. Die Evolution hätte sonst ein Ende. Wenn Affen nicht die Wahl haben, Menschen zu werden, wenn die natürliche Selektion keine Mutation mehr zur Auswahl hat, dann stecken wir fest. Vor hunderttausend Jahren sind die Ameisen in der Diktatur stecken geblieben, und seitdem sind sie immer gleich geblieben. Ohne die Freie Wirtschaft und die Freiheit, sich falsch zu entscheiden, gibt es keinen Fortschritt.«

18. Die Konter-Antennen

»Wenn Sie ins Bett wollen«, sagte Judy liebenswürdig, »gehen wir.«
»Nein. Wir müssen das jetzt ausfechten. Morgen muß ich zum Festland fliegen.«
»Warum?«
»Um Sachen zu holen und ihm aus dem Weg zu gehen.«
»Ist er auch hinter Ihnen her, wie hinter Dr. McTurk?«
»Gut möglich.«
»Dann kommen Sie doch bitte nicht zurück.«
»Ich bin nur einsatzfähig, wenn ich hier bin. Außerdem, was soll aus euch werden? –
Macht euch mal keine Sorgen«, fügte er hinzu. »Ich halt' mich nur soweit wie möglich von ihm fern aus Angst vor einer Gehirnwäsche, weiter nichts. Hat gar nichts zu bedeuten. Nur 'ne ›kalte Wäsche‹.«
Er sah die Bedrohung. Und deswegen verfiel er in den Slang der alten Gefahr.
»Wie will er denn die Welt erobern?«
»Mit diesen Vibrator-Dingern.«
»Können Sie uns nicht bitte mehr von den Dingern erzählen?«
»Würd' ich gern – wenn ich's könnte. Ihr müßtet Radar-Experten sein, um's zu verstehen – sogar nur die Anfangsgründe.« Abgespannt fügte er hinzu: »Und ich nehme an, ihr müßtet hundertfünfzig sein, um das Ende zu verstehen.«
»Wie funktionieren die?«
»Es hat was mit Frequenzen zu tun. Jedes Ding hat seine eigenen Vibrationen – haben sie mir gesagt –, und die Vibrator-Einheiten können diese Vibrationen störend beeinflussen. Ihr kennt doch diese riesigen, tassenförmigen Dinger, die man in Alaska baut, die die Radar-Wellen empfangen sollen? Naja, diese kleinen hier machen das ganze rückwärts. Sie senden sie aus. Sozusagen Konter-Antennen.«
»Was passiert dann?«

»Bei der richtigen Abstimmung bringen sie die Vibrationen von Allem und Jedem zum Stillstand.«
»Was passiert, wenn man zu vibrieren aufhört?«
»Du hörst selber auf.«
Er spähte grimmig in seinen Kakao-Becher, ließ den kalten Bodensatz herumschwappen.
»Diese Insel«, sagte er, »ist ziemlich genau in der Mitte zwischen Rußland und Amerika. Er hat sie nicht nur wegen ihrer Einsamkeit ausgewählt. Wenn die Vibratoren ringförmig nach draußen zielen, kann er so eine Art Blase von Konter-Schwingungen um uns herum aufblasen. Er kann sie größer oder kleiner machen. Er kann sie um die ganze Welt herum ausdehnen. – Stellt euch eine Seifenblase vor, die bei euch hier im Bad schwebt. Mit einem Blasrohr in der Mitte könntet ihr sie immer höher und weiter aufblasen, immer um das Rohr herum. Schließlich würde sie das ganze Bad ausfüllen. Wenn das Bad jetzt die ganze Erde umspannte, würde die Blase sich auf der anderen Seite selbst berühren, gut 12000 Kilometer unter euren Füßen – bei den Midway Inseln oder sonstwo.«
»Was meinen Sie mit aufhören?«
»Aufhören zu sein.«
Und obwohl er sich fragte, ob es wohl gut sei, fügte er hinzu: »Von Totty ist nichts übriggeblieben, was man hätte beerdigen können.«
»Würde die Welt verschwinden?«
»Das weiß ich wirklich nicht. Sie wäre jedenfalls auf Eis gelegt. Was passiert, wenn die Dinge keine Frequenz mehr haben?«
»Das wäre ja das Ende von allem!«
»Er kann doch die Welt nicht regieren«, erklärte Judy, »wenn sie gar nicht mehr da ist.«
»Sicher, aber er muß die Vibratoren ja nicht exakt abstimmen. Wenn die Frequenz nur eine Idee daneben liegt, dann wird alles sozusagen festgezurrt. Außerdem braucht die Blase nicht ganz rumgeschickt zu werden. Denkt euch mal, was geschieht, wenn er eine leicht daneben liegende Blase soweit aufbläst, daß sie von Neufundland bis Moskau und von Spitzbergen bis Liberia reicht.«

»Und was würde passieren?«
»Ich nehme an, er könnte zu Präsident Eisenhower und zu Herrn Chruschtschow sagen: ›Sie sehen, jedermann in England und Frankreich und Spanien und Deutschland hat höllische Kopfschmerzen, und all ihre Maschinen haben sich festgefressen; wenn Sie sich mir nicht ergeben, dehne ich die Blase aus.‹«
»Und wie würde er ihnen das sagen?«
»Über Rundfunk, nehm' ich an.«
»Dann müßten die einpacken.«
»Oder die Kopfschmerzen aushalten. Schlimmre und schlimmre.«
»Aber angenommen, sie schicken ihm eine Atombombe – mit einer ferngelenkten Rakete oder so was?«
»Beim Erreichen der Blase würde sie einfach zerbröckeln.«
»Ach!«
»Wie bald«, fragte Nicky, »wird denn das alles passieren?«
»Jetzt.«
»Aber...«
»Alles ist fertig, von ein paar Details abgesehen. Nächste Woche könnt's soweit sein. Bei meinem nächsten Flug muß ich noch etwas Vanadium-Draht besorgen für einen weiteren Vibrator.«
»Und für diesen Mann haben Sie gearbeitet!«
»Ich hab's gemacht, Judy. Weißt du, ich glaube nämlich an die Idee einer einzigen Regierung für die ganze Welt.«
»Aber ich versteh' trotzdem nicht, wie ein halbes Dutzend Leute die Welt regieren können. Ich meine, da gibt's doch so viele Sachen, auf die man achten muß.«
»Er würde – wahrscheinlich – die gegenwärtigen Politiker behalten. Er hätte nur ihre Gehirne auf sich zu fixieren, wie die der Techniker und der Trawler-Besatzung.«
»Und wofür sind dann Sie und der Chinamann und Nicky da?«
Er strich sich wieder mit den Händen über die Augen, noch müder.
»Teils zum Herstellen der Dinger – Pinkie zum Beispiel und Totty und der Chinese. Teils für den Nachschub, ich zum Beispiel. Teils, glaub ich, als Leibwächter: Wenn die Zeit gekommen ist. Teils als

Sekretäre. Teils als nicht-suggestible Menschen, außer wenn er dran interessiert ist. Und teils sollen wir weitermachen, wenn er stirbt. Er wird sterben, das ist klar. Er ist nicht unsterblich oder übernatürlich. Er ist ein wirklicher Mensch, eben nur mit diesem Alter und diesem Gehirn. Ich darf nie vergessen, daß er nur ein wirklicher Mensch ist.«

Ruhig und fest setzte er hinzu: »Und beseitigt werden kann.«

Judy fragte nervös: »Werden Sie das Vanadium wirklich bringen?«

»Ich könnt's vielleicht verzögern. Ich könnt' sagen, daß es nicht geliefert worden ist.«

»Wenn Sie's ihm nicht früher oder später bringen – wird er dann das tun, was er mit dem Doktor gemacht hat?«

»Er könnte drauf aus sein.«

Während sie darüber nachdachten, erklärte er: »Darauf kommt's aber nicht an. Er kommt sicherlich schon mit dem aus, was er hat. Ich kann nicht wegbleiben oder die Menschen warnen oder mich weigern zu liefern.«

»Warum nicht?«

»So viele Fragen!«

»Tut uns leid.«

»Und es gibt so viele Antworten, meine Süßen. Er hat genug, um anzufangen, also ist es zu spät. Und wenn es noch nicht zu spät wäre, würde mir andererseits keiner glauben. Könnt ihr euch einen abgehalfterten Squadron-Leader vorstellen, der um eine Unterredung mit Präsident Eisenhower bittet, um ihm – ohne jeden Beweis! – unsere Story zu erzählen, noch dazu in dem späten Stadium? Außerdem hat er herausgefunden, wie er meine Gedanken lesen kann, wenn ich in Sichtweite bin – und ich glaube, er kann mir schon Dinge suggerieren. Ist euch klar, daß ich jedesmal, wenn ich ins Boudoir gerufen werde, mein Gehirn zu 'nem unbeschriebenen Blatt Papier machen muß – wenn ich's kann? Das ist die reinste Marter – wie beten. Und ich weiß noch nicht mal, ob ich Erfolg damit habe... oder ob er vielleicht einfach nicht drauf achtet. Wenn er nur einen Moment lang drauf achtete...!«

Zum dritten Mal barg er seinen Kopf in den Händen.

»O je!« rief Nicky. »Und hier gibt's überall Abhöranlagen!«
Mr. Frinton sagte, dem Fußboden zugewandt: »Nein, nein, gibt's nicht. Das sind nur Lautsprecher, die nehmen nichts auf.«
»Der Doktor dachte es.«
»Dieser Idiot.«
Nach einer Weile blickte er mit völlig erschöpftem Gesicht auf und sagte: »Warum sollte er sich die Mühe machen, Abhöranlagen zu installieren, wenn er uns nur anzuschauen braucht? Versteht ihr denn nicht: Er kann rauskriegen, was hier jeder denkt oder sagt oder gedacht hat oder gesagt hat – einfach, indem er irgendeinen außer Nicky ankuckt!«

19. Der Chinese

Glänzend wie eine Robbe entstieg Judy am nächsten Morgen dem Meer. Den Herrscher hatten sie völlig vergessen. Triumphierend brach es aus ihr heraus: »Supersoniquasilistischexploanalogisch! Und niemand ist hier, der einen Skandal draus macht!«
Sie hatten von den Ingenieuren ein Seil erschmeichelt. An der schrägen Seite der Insel, wo das Beiboot der Yacht zuerst angelegt hatte, konnte es befestigt werden. Indem sie sich daran festhielten oder nicht allzuweit von ihm wegschwammen, war es ihnen möglich, an ruhigen Tagen zu baden, ohne von den gefährlichen Strömungen um Rockall herum fortgespült zu werden.
Jokey, die um nichts besorgter war, als um ihr eigenes Wohlergehen, tappte beklommen die abschüssige Wasserlinie entlang, hob dann und wann eine Pfote und winselte, sie möchten doch herauskommen. Sie hatte wirklich nicht vor, noch einmal ein Bad zu nehmen. Sie hielt nichts von Hunden, die an den Gräbern ihrer Herrchen sitzen, bis sie verschmachten. Sie hielt was vom Überleben, nichts vom Baden im Meer oder vom Dahinschmachten, und wenn hier irgendwer ertränkt werden müßte, so hatte zumindest einer fest vor, zu überleben – Jokey.
Judys »Skandal« meinte die Tatsache, daß sie keine Kleider anhatte. Da man sie nicht gewarnt hatte, daß sie gekidnappt werden würden, hatten sie ihre lebenswichtigen Utensilien nicht bei sich gehabt – als da sind Schwimmflossen und Badehosen – und so mußten sie nackig schwimmen.
Mit Hilfe des Seils kletterten sie heraus, platschten und spritzten das Wasser auf den heißen Granit und legten sich, alle Viere von sich gestreckt, zum Trocknen. Von oben bis unten waren sie braun. Sie hatten sich sogar an ihren Unterseiten gepellt, etwa unter den Augenbrauen oder den Nasen, denn die Sonne prallte regelrecht ab von der polierten Oberfläche der See und hätte ihnen wohl – selbst unter Hüten – einen Sonnenstich versetzt, wenn sie nicht daran gewöhnt gewesen wären. Beim Lächeln rissen ihre kaffeebraunen Gesichter plötzlich auf – die Zähne ein Spalt von

gebleichten Melonen-Kernen. Das gab ihnen schon ein leicht irres Aussehen, wie Kannibalen. Nur ihre Augenbälle und ihre Zähne waren weiß. Die einen hätten sie jetzt noch rollen müssen, und mit den anderen an einem Menschenknochen nagen – und dazu *Negeraufstand ist in Kuba* singen, oder dergleichen.
Die seidige Haut der Kinder schmeckte nach Salz, was dem Sonnenbrand noch nachgeholfen hatte.
Die geschmolzene See erstreckte sich weit bis in die Unendlichkeit. Das Innere ihrer Augenlider, verschlossen vor dem Kupfergong der Sonne, war ein lachsfarbener Vorhang, in welchem Sonnensysteme kreiselten.
»Wenn«, sagte Nicky,»wenn wir unsere Overalls hätten, dann könntest du sie nähen.«
»Das könntest du auch.«
»Frauen erwarten von Männern, daß sie Autos reparieren. Warum sollten Männer nicht erwarten, daß Frauen Hosen reparieren?«
»Bla-bla-bla!«
»Das ist keine Antwort.«
»Erfrag von den Winden, die ausstreu'n ihr Dingsbums auf dem Dingsbums.«
»Soll das ein Zitat sein?«
»Ja.«
»Woraus?«
»Kann ich mich nicht erinnern. – Außerdem ist's wahrscheinlich falsch. Es kann auch ›Wellen‹ heißen.«
»Erfrag von den Dingsbums die ausstreu'n ihr Dingsbums auf dem Dingsbums. Ja, das ist viel klarer.«
»Rostich-frostich saß im Mostrich...«
»Und was, bitteschön, soll *das* wieder heißen?«
»Das war extemporiert.«
»Ex was?«
»Haha!«, sagte Judy.»Unser kleiner Dozent weiß was nicht.«
»Wir haben vergessen, ihn nach Pinkies Zunge zu fragen.«
»Ich nicht. Ich hab' mich an vieles erinnert, was man ihn hätte fragen können. Aber man kann nicht alles auf einmal fragen.«

»Judy erinnert sich *immer* an alles.«
»An alles«, sagte sie, womit sie eine hoffnungslose Stellung bezog.
»Kannst du dich an die Erschaffung der Welt erinnern?«
»Man kann sich nicht an was erinnern, wo man nicht dabei war.«
»Kannst du dich dann noch erinnern ... erinnern ... erinnern, was das Quadrat von siebentausend und drei war?«
»Ja, Kann ich.«
»Und was?«
»Fünf.«
»Judy!«
»Na was war es denn?«
Damit hatte sie ihn.
»Jedenfalls kann es nicht fünf gewesen sein, weil ...«
Sie begann zu singen: »Drei mal drei ist no-hoi-ne, das Wetter, das ist fo-hoi-ne.«
»Das ist wohl auch wieder extemporiert, was?«
»Was wir zum Beispiel vergessen haben zu fragen, ist, wieso der Doktor es sofort wußte.«
»Das Quadrat einer Zahl ist ...«
»Jokey, au, sofort runter von meinem Bauch! Du hast ja keine Ahnung, wie scharf deine Krallen sind.«
»Wir haben ihn auch überhaupt nichts über den Chinesen gefragt.« Der Chinese, der etwas oberhalb hinter ihnen auf einem Felsvorsprung gestanden hatte (ungesehen, denn ihre Augen waren ja geschlossen), sagte: »Warum fragt ihr ihn jetzt nicht selber?« Judy sprang auf wie ein Klappmesser und grabschte nach ihrem Nachthemd.
Nicky sagte: »Oh, Verzeihung.«
Sie kletterten in ihre Hemden, die Ärmel baumelten und schlenkerten, ihre zerzausten Haare verhedderten sich im Kragen: Haltung und Gebärden erinnerten an Vogelscheuchen.
»Danke recht schön«, sagte Judy aus ihrem Knäuel heraus, »für das magische Porzellan.« Sie entknäuelte sich, um noch hinzuzusetzen: »Es ist wunder-wunder-schön.«

»Das freut mich.«
Er setzte sich neben die beiden auf den Felsen. Sie sahen ihn beinahe zum ersten Mal so an, als sei er ein menschliches Wesen. Zuvor war er zu fremd gewesen – zu sehr mit automatischen Pistolen und finsteren Taten und chinesischen Fingernägeln verbunden. Letztere hatte er heute, wie sie sahen, nicht angelegt, und gekleidet war er in einen weißen Laborkittel, nicht in seinen Drachen-Mantel. Er war in seiner Arbeitskleidung. Es ist ein seltsames Faktum, daß man Leuten, die auf einen geschossen haben, oft vergibt und die Sache sogar vergißt – vorausgesetzt, sie schießen daneben. Es scheint so, als zöge der Geist vor, Gefahren nicht zu erinnern – er käme sonst aus dem Zittern nicht heraus.
Sie bemerkten, daß er immerhin nicht aussah wie ein Bilderbuch-Chinese. Er hatte keinen Zopf, auch keinen dieser langen, dünnen Schnurrbärte bis auf seine Brust hängen – und er war auch nicht besonders schlitzäugig. Wenn sein Gesicht entspannt war, standen seine Augen ein wenig schräg, wie ausgeleierte Knopflöcher, die sich in den Ecken etwas verdreht haben. Doch wenn er, wie jetzt, versuchte, europäisch auszusehen, dann hielt er sie mit Absicht weit offen – was den Winkel korrigierte. Und wenn er lächelte, was er jetzt ebenfalls tat, erschienen auf seinem glatten, fleischigen Gesicht hundert joviale Fältchen und Grübchen voll Wohlwollen. Seine feisten, weichen Hände lebten ihr eigenes Leben: Ständig massierten und beruhigten sie sich sachte gegenseitig.
»Wie macht es der Krug, daß er trillert?«
»Ah ja«, sagte er. »Magst du ihn nicht viel lieber, wenn dir unbekannt ist, wie es funktioniert?«
»Nicky meint, da müssen Röhren drin sein, die wie Luftventile wirken – als wenn die Leitungen bei einer Zentralheizung pfeifen.«
Der Chinese pfiff höflich durch die Zähne, um seine Bewunderung für Nickys Klugheit zu zeigen. Aber er verriet es ihnen nicht.
»Haben Sie uns lange zugehört?«
»Ich habe gehört, daß euch einiges hinsichtlich des Mohren und des Chinamannes unklar ist.«
»Wir wollten nicht unhöflich sein.«

»Dessen bin ich sicher.«
»Würden Sie uns denn was von Pinkie erzählen?«
»Warum nicht? Da gibt es nichts zu verbergen. Außerdem« – er verbeugte sich und zwinkerte – »habt ihr bereits meinen Herrn Kollegen, den Squadron-Leader, im Kreuzverhör gehabt. Ein höchst angenehmer Froind.«
Er sprach das vornehm-gewölbte »Oi«, ähnlich wie der Herzog. Sein schönes, akzentfreies Englisch hatte einen Hauch von antiquierter Ausdrucksweise.
»Haben Sie ihm *wirklich* die Zunge herausgeschnitten?«
»Es tut mir leid, ›ja‹ sagen zu müssen.«
»Warum?«
(Judy sagte: »Wie bestialisch!«)
»Ihr müßt euch vergegenwärtigen, daß der Herrscher seine Vorkehrungen bereits seit einer Reihe von Jahren betreibt; und natürlich hat er sich entwickelt.«
»Wie meinen Sie das?«
»Ihr solltet einmal die Dienstalter seiner Lieutenants hier auf der Insel herausfinden.«
Da sie weder »Ja, und?« noch »Was ist damit?« sagen wollten, fuhr er fort: »Der Neger ist unser ältester Bewohner, er ist länger hier als ich. Von Anfang an war er Feinmechaniker, und von Anfang an war er nicht suggestibel.«
»Meinen Sie, daß er stumm gemacht werden mußte, weil er nicht mesmerisiert werden konnte?«
»Er ist ein einfaches Geschöpf. Es stört ihn nicht. Er ist ganz glücklich.«
»Aber ihm die Zunge herauszuschneiden!«
»Freud sagt, an der Stelle, wo es steht: ›Interessenkonflikte zwischen Menschen werden prinzipiell durch die Anwendung von Gewalt entschieden.‹«
»Meinen Sie, er ist wie Nicky und kann nicht dazu gebracht werden, etwas zu tun – oder zu vergessen?«
»So ist es. Teilweise.«
»Warum nur teilweise?«
»Als der Neger 1920 zum Schweigen gebracht wurde, hatte der

Herrscher seine Kontrolle über den Geist noch nicht zur heutigen Perfektion entwickelt. Doch seltsam genug: Es bleibt ein Faktum, daß Pinkie nicht beeinflußt werden kann – möglicherweise wegen des unterschiedlichen rassischen Hintergrundes. So hat sich die Operation also letztlich selbst gerechtfertigt! Andererseits solltest du nicht zu sicher sein, daß Nicholas sich außerhalb seines Zugriffes befindet. In schwierigen Fällen sondiert der Herrscher gründlich die Möglichkeiten eines geeigneten Kontaktes. Und bis zu einem gewissen Grad hat er ihn immer – außer bei dem Mohren – erreicht. Mr. Frinton, ich und der unglückliche Doktor waren ebenso ›hart zu knackende Nüsse‹.«

»Kann er Sie mesmerisieren?«

»Bei unterschiedlichen Menschen ist das Ausmaß der Kontrolle unterschiedlich.«

»Armer Pinkie!«

»Sie brauchen sich seinetwegen nicht in Unruhe zu versetzen, Miss Judith. Er ist zufrieden, und er ist ein meisterlicher Handwerker. Er erfreut sich daran, Dinge herzustellen. Ohne seine geschickten Finger könnten unsere simplen Gerätschaften niemals konstruiert werden.«

»Also dafür ist er hierbehalten worden?«

»Just wie der Doktor behalten wurde.«

Nicky fragte plötzlich: »Sind einige Leute nicht behalten worden?«

Es gab nicht einmal den Ansatz zu einer Antwort.

»Wofür war der Doktor da?«

»Sicherlich werdet ihr hierüber schon Vermutungen angestellt haben?«

»Wir glauben, daß er kein sehr guter Doktor war.«

»Er war unsere Rechenmaschine. Menschen werden oftmals als mathematische Wundertiere geboren, und manchmal können sie ihren Unterhalt verdienen, indem sie auf Varieté-Bühnen Daten errechnen und ähnliche Späße. Sie nehmen weniger Raum ein als Elektronengehirne, neigen weniger zu Pannen, sind oftmals schneller, billiger instandzuhalten, und es sind meist stupide Leute in jeder anderen Hinsicht. – Solange die Berechnungen andauerten, war er unschätzbar. Glücklicherweise waren sie beendet, als er begann, unzweckmäßig zu werden.«

»Was wollte er denn machen?«

»Er wollte den Herrscher – ablösen.«

»Ich darf also annehmen«, sagte Judy gedankenvoll, »daß man hier entweder zu einem bestimmten Zweck behalten wird, oder gar nicht?«

»Genauso ist es.«

»Zu welchem Zweck sind wir hier?«

»Die geistigen Vorzüge des jungen Herrn Nicholas als Nachfolger einmal beiseite –: Auch euer Vater und euer Onkel werden bei zukünftigen Verhandlungen auf Regierungsebene von großer Hilfe sein. Sie sind distinguiert.«

»Und Mr. Frinton?«

»Transport. Unglücklicherweise ist es unmöglich, ein Flugzeug allein mit Theorie zu fliegen – insonderheit für seßhafte Gentlemen jenseits der 150.«

Nickys Gedanken schweiften plötzlich ab: »Wozu haben Sie eigentlich den Trawler? Es gibt doch heutzutage sicherlich einen Weg, frisches Wasser herzustellen; und ist es nicht besser, so wenig Leute wie möglich zu haben?«

»Kraftstoff. Schwere Maschinen. Außerdem sind ihre Gehirne leer.«

»Leer?«

»›Überzeugt‹ wäre wohl das genauere Wort.«

»Wovon überzeugt?«

»Der menschliche Geist kann von fast allem überzeugt werden. Die Irrenanstalten Englands sind voller Leute, die überzeugt sind, Teekannen zu sein. Sie lügen mitnichten, wenn sie einem dies sagen, und sie haben es auch nicht nötig, zu betrügen. Unsere Männer hier sind überzeugt, daß sie Fischer sind.«

»Jetzt bleiben noch Sie übrig.«

»Meine Dienste sind linguistischer Natur, in bescheidenem Ausmaß.«

»Das verstehen wir nicht.«

»Die chinesische Sprache, Miss Judith, basiert nicht auf Substantiven und Verben. Somit basiert sie nicht auf Raum und Zeit, Materie und Geist, oder auf den anderen Dualismen, welche die Konzepte von Masse und Bewegung involvieren. Um die Jahrhundertwende fand der Herrscher, daß es nicht länger möglich war, seine geistigen Prozesse im Englischen auszudrücken. So hielt er Ausschau nach einer Alternative. Chinesisch erwies sich zu der Zeit als nützlich – wenn wir auch seitdem bessere Mittel zu unserer Kommunikation entwickelt haben.«

»Wenn Sie nicht mehr Chinesisch sprechen brauchen«, sagte Nicky bitter, »wundert's mich aber, daß er Sie behalten hat.«

»Ich habe mich im Laboratorium nützlich gemacht.«

Die Vögel von Rockall, die sie aus einem Augenwinkel heraus beobachtet hatten, weil sie immer Vögel beobachteten – die Vögel schienen seltsam fremdartig in der Welt, in der die Zwillinge sich selbst vorfanden. Ein kleiner, schwarz-weißer Tordalk kam vorbei geschwirrt, legte sich geschickt in die Kurve, wobei er seine Füße als Ruder benutzte, und wasserte spritz-klatsch auf der See. Ohne Wind starteten und landeten die Seevögel weniger graziös als üblich. Jetzt trieb er da wie ein Korken, eine nikkende Boje oder ein Wassertreter, dann tauchte er plötzlich. Eben war er noch da, dann – mit einem unverkennbaren Köpper – war er verschwunden. In seiner Jagd auf Fische war er außer Sicht geraten, schwamm abwärts in einer Schleppe von Blasen, segelte unter Wasser mit seinen Flügeln. Sie nahmen kaum Notiz von ihm.

»Wie hat denn der Herrscher all diese Leute in erster Linie bekommen können?«

»Durch Anzeigen. Mr. Frinton zum Beispiel meldete sich auf eine Anzeige in der *Times*, und ich hatte in Belfast ein Anstellungsgespräch mit ihm.«

»Vermutlich haben Sie einfach nach einem Piloten inseriert?«

»Nach dem zweiten Krieg wußte er nicht so recht, was er anfangen sollte; ihm waren ja keine Fertigkeiten beigebracht worden, als seine Nächsten zu morden. Er betrieb ein wenig Schmuggel, ihr versteht schon, und verkaufte Flugzeuge nach Israel. Eine niedere Arbeitskraft.«

»Wir finden Mr. Frinton nett, und wir glauben, was er uns erzählt.«
»Ein höchst angenehmer Bursche.«
»Sind Sie auf seiner Seite oder auf der vom Herrscher?«
Der Chinese dachte nach.
Vorsichtig sagte er:»Ihr werdet verstehen, daß jede Form von Vertrautheit oder Kabale recht schwierig ist in einer Situation, in der Gedanken offen für jede Einsichtnahme sind.«
»Machen Sie alles, was der Herrscher Ihnen sagt?«
Sein Gesicht war ausdruckslos und von tief rötlichgelber Farbe, doch er mußte all seinen Mut zusammennehmen, um zu antworten. »Nein«, sagte er gedämpft und schaute auf den Fels zwischen seinen Füßen.
»Ich hab's ja gewußt«, sagte Judy.»Er hätt' uns nie die Nachtigall gegeben, wenn er nicht gut Freund wäre.«
»Und uns von der Klippe herunterzuschubsen?«
»Ich stehe unter Befehl«, erklärte er.
»Und wenn man Ihnen befiehlt, auf Kinder zu schießen«, sagte Nicky,»dann tun Sie es.«
»Wenn ihr die Tatsachen in Rechnung stellt, die ihr von Mr. Frinton und meiner Wenigkeit zusammengetragen habt, werdet ihr vielleicht einsehen, daß unsere Position eine nicht ganz einfache ist. In Gegenwart des Herrschers bin ich selten ich selber.«
Sie fielen in Schweigen; jeder hing seinen eigenen Gedanken nach.
Der Tordalk tauchte wieder einmal auf, warf einen raschen Blick über seine Schulter und schüttelte den Kopf. Er war so nahe, daß sie den weißen Streifen auf seinem Schnabel sehen konnten, wie die Tresse am Ärmel eines Offiziers. Auch auf seiner Schwinge hatte er ein Band.
Der Chinese dachte: Nein, ich werde sie gegenwärtig zu nichts weiter drängen.

20. Sonnenaufgang am Mittwoch

Wo immer die Zwillinge waren, da war Jokey glücklich und zufrieden – jedenfalls leidlich. Doch eine geheime Sorge drückte sie. Das meiste Futter auf der Insel war in Dosen – was sie nicht mochte –, und ihre Lieblingsmahlzeit war überhaupt nicht zu bekommen: Bücklinge. Zu Hause auf Gaunt's Godstone gab es Mittwoch morgens – also am Tag, nachdem der Fischhändler dagewesen war – zum Frühstück immer Bücklinge. Das machte ihn für Jokey zu einem Fest- und Freudentag, auf dem sie ihre Woche aufbaute. Ohne Bücklinge gab's keinen Mittwoch. Das hätte den Kalender durcheinandergebracht; ein Kleriker nach der Abschaffung des Sonntags hätte sich ähnlich gefühlt.

Heute war Mittwoch, und Jokey wachte früh auf. Sie erwachte aus einem Traum, in dem Mülltonnen bis oben hin voll kamm-ähnlicher Bücklingsgräten gestopft waren – der Schwanz war hinten stets drangelassen worden, wie der Propeller eines Spielzeugfliegers, und vorne der garstige, goldene Kopf, glotzäugig und schmollend. Sie erwachte mit dem göttlichen Duft in den Nasenlöchern und dachte: Bückling, Bückling über alles.

Für die Kinder mochte es ja eine ganz schöne Zeit sein, sie waren jung und anpassungsfähig. Sie hatten sich auf der Insel mehr oder weniger eingerichtet, als ob sie wirklich ihre Ferien hier verlebten – trotz ihrer Lage. Sie planschten im herrlichen Ozean herum oder erkundeten die Nicky endlos erscheinenden Wunder des Maschinenraums, wobei die freundlichen Schmierer über Fußballtoto plauderten, dessen Ergebnisse im Radio verfolgt werden konnten. Aber Jokey wurde langsam etwas ältlich, für Hundeverhältnisse jedenfalls. Sie vermißte außer den Bücklingen noch weit mehr – Dinge, wie sie ältliche Leute eben vermissen: ihren eigenen Sessel am Kamin, ihre Busenfreunde wie Sherry, der Setter der Herzogin, und sogar die Küchenkatze. Sie machte sich nichts aus einem Ortswechsel, aus fremden Inseln ohne Kaninchen, stattdessen mit Vögeln, die einen fürchterlich bissen. Ihre Nase war schon ganz wund. Der vage Verdacht verfolgte sie auf Schritt und Tritt, daß jederzeit irgendwer von irgendwo hervorschießen und sie ins Meer stoßen könnte. Da sie ein überzeugter Anhänger des persönlichen Überlebens war, verabscheute sie dies. Und ihre Bücklinge waren futsch. Es gab kein Gras, das sie fressen konnte, wenn sie sich übergeben wollte. Unsicherheit und das Fehlen jeglichen häuslichen Komforts warfen einen Schatten auf ihre Meinung von der menschlichen Zuverlässigkeit – die allerdings, solange es nicht um die Zwillinge ging, nie sonderlich hoch gewesen war.

Sie ging hinüber zu Judys Bett und legte dem Mädchen eine Pfote aufs Auge, um es aufzuwecken. Sie wußte, daß Menschen, die wach waren, ihre Augen offen hatten; dieses einfache Verfahren – Klappe auf und das Uhrwerk läuft – zeitigte Erfolg.

Es war etwa vier Uhr morgens, als sie – ihre Gummi-Augenlider reibend – ins Freie stolperten, der Theorie folgend, daß Jokey ihr Geschäftchen erledigen müsse – was sie nicht mußte.

Die Sonne war schon aufgegangen. Oder doch nicht? In diesen Breiten endete die kurze Sommernacht mit solch einer langgezogenen Morgendämmerung, daß es schwer war, den genauen Zeitpunkt anzugeben.

Sie standen in der windstillen Milde des Morgens; in ihren Nachthemden froren sie noch ein wenig von den warmen Betten, die sie hinter sich gelassen hatten, während die opalene, milchige, schweigende See – oh, es würde ein sengender Tag werden, und auf dem Festland lag bestimmt ein nebliger Tau – die See ohne Übergang mit dem farblosen Himmel verschmolz. Alsbald, während Jokey herumlungerte und die Seevögel schon fleißig, wenngleich auch ein wenig schläfrig fischten, begannen sich zarteste Spuren von Karminrot und Schwefelgelb im geisterhaften Dom des Sonnenaufgangs anzudeuten, fein und delikat wie der Schimmer der Federn auf dem Hals einer Taube. Die Sonne, bald schon ein Tyrann, trieb noch friedlich im Dunst des jungfräulichen Tages. Und die Vögel des Ozeans, grad wie die Vögel des Waldes in England, begannen laut zu singen. In der Dämmerung auf Gaunt's Godstone pulsierte der Vogelgesang bisweilen in Klangwellen, als wenn jemand stürmisch die Ziehharmonika spielt und dabei manchmal die Luftklappe öffnet, so daß keine Töne entstehen.

Hier auf See herrschte ein Lärm wie bei einem Ausflug der Irrenanstalt.
»Ist es nicht herrlich, wach zu sein?!«
Sie sagte mit Absicht nicht »vor anderen Leuten«. Sie wollte damit nicht sagen, daß sie den Sonnenaufgang ganz für sich hätten. Sie fühlte nur, das es besser war, lebendig als tot zu sein.
»Jokey hat uns verkohlt. – Laß uns mal schauen, ob wir etwas Frühstück machen können.«
Die große, weiße Küche war leer und aufgeräumt. Sie lebte ihr verborgenes Leben ohne die Menschen, wie sie es jede Nacht tat, nachdem diese zu Bett gegangen waren.
Im Kühlschrank fanden sie Fruchtsaft, anderswo Milchdosen, Cornflakes und Kaffee. Jokey schnüffelte trübsinnig an den Türen, was ihr die Abwesenheit ihrer Delikatesse bestätigte. Wie die Leute bei der Einführung des neuen Kalenders im 18. Jahrhundert wäre sie am liebsten mit einem Plakat herummarschiert: »Her mit unseren elf Tagen (Bücklingen).« Sie mißbilligte den Fortschritt.
Mit der herrlichen Wärme und dem morgendlichen Aroma des Kaffees wurde Nicky langsam wach: »Wenn jemand dir einen trillernden Krug gibt, heißt das noch lange nicht, daß du ihm trauen kannst.«
»Er hat uns die Wahrheit gesagt. Es paßt alles genau zu dem, was Mr. Frinton erzählte.«
»Schön. Und warum solltest du Mr. Frinton trauen? Vielleicht stecken beide unter einer Decke.«
»Traust du ihm?«
»Naja, ich denke schon.«
»Siehst du.«
»Ich kann mir einfach nicht vorstellen, daß Leute sich gegenseitig umbringen, weil sie... ihre gegenseitigen Prinzipien mißbilligen.«
»Leute wie Mr. Frinton schon.«
»Wieso?«
»Naja, er ist so ein ernsthafter Mann«, sagte Judy. »Ich glaube auch, er hat im Krieg eine Menge Menschen umgebracht.«

»Aber warum muß er den Herrscher *umbringen*? Kann er ihn nicht einsperren oder die Vibratoren zerstören oder sowas?«
»Dann könnte der Herrscher immer nochmal anfangen. Außerdem, wie soll er bei dem Mesmerisieren und dem Zeug an ihn herankommen?«
»Na und wie wollte er ihn dann erschießen?«
»Vielleicht wollte er ganz schnell hinter der Tür auftauchen und abdrücken, bevor das Mesmerisieren wirkt?«
»Da schien er sich aber nicht sehr sicher zu sein.«
»Jedenfalls handelt's sich nicht nur um Prinzipien«, sagte Judy. »Der Herrscher hat auch einiges angestellt. Wir wissen nicht mal, was alles. Allein für den Doktor könnte er gehängt werden.«
»Was sind denn eigentlich die Prinzipien?« fragte Nicky. Sie war mehr an Mr. Frintons Wesen interessiert. »Er ist doch selbst mehr oder weniger gekidnappt worden. Mit dem Mesmerisieren. Und muß doch selbst freikommen. Außerdem, denk' doch mal an Pinkies Zunge!«
»Trotzdem, es wär' 'ne gute Sache, die Welt zu vereinen, oder? Wenn's keine getrennten Länder gäbe, könnten die auch nicht miteinander Krieg führen.«
»Nö.«
»Einer von denen hat doch mal gesagt – ja, der Doktor war's – daß man manchmal ein paar Menschen töten muß, um eine große Anzahl zu retten. Er nannte das eine wissenschaftliche Einstellung.«
»Und deswegen muß Mr. Frinton den Herrscher töten.«
»Dieses ganze Töten«, sagte Nicky angewidert, »das ist ja wie im Film. Warum können sich die Menschen nicht vernünftig betragen?«
»Machen sie eben nicht.«
»Warum können wir nicht einfach sagen, die Idee vom Herrscher ist prima, und ihn weitermachen lassen?«
»Man kann die Menschen nicht mit Gewalt gut machen.«
»Bei uns hat man's probiert«, sagte er finster. »Mit 'nem Ausklopfer.«
»Aber...«

»Mir scheint, daß alles ganz schön verfahren ist.«
»Hör mal«, sagte die praktisch veranlagte Judy. »Wirst du gerne versohlt?«
»Natürlich nicht.«
»Na also.«
»Also was?«
»Wenn du die Menschen nicht mit einem Ausklopfer zwingen kannst, gut zu sein, kannst du es auch nicht mit einer Vibrator-Einheit, oder?«
»Ich glaub' kaum, daß das das gleiche ist.«
»Es ist das gleiche«, sagte Judy. »Und außerdem ist Mr. Frinton nett. Darauf kommt's an.«
»Wenn er wirklich so nett ist und Ausklopfer mißbilligt, warum will er dann mit ihnen den Herrscher versohlen? Darauf läuft's doch hinaus: Er würde selber Gewalt anwenden.«
Starrköpfig sagte Judy: »Mr. Frinton *ist* nett.«
Da ließ sich in der Tat nichts weiter sagen – außer dem, was der Squadron-Leader selbst gesagt hatte: Daß das Projekt in Angriff genommen worden war, lange bevor die Atombombe erfunden wurde. Ein Themawechsel schien angebracht.
»Das Leben ist ganz schön schwierig.«
»Angefangen hatten wir mit dem Chinamann.«
»Ich glaub' nicht, daß er sich im geringsten um Prinzipien kümmert, und ich trau' ihm nicht so wie Mr. Frinton. Er hat dieses Wort über die Gewalt zitiert.«
»Ich denke, daß man sehr viel Gewalt stoppen kann, wenn man ein wenig Gewalt anwendet.«
»Auch dann – ich trau' ihm nicht.«
»*Er* hat uns vertraut.«
»Womit?«
»Er hat uns Sachen erzählt, die wahr sind. Und überleg' mal, wie gefährlich es für ihn war, uns zu sagen, daß er dem Herrscher nicht immer gehorcht.«
»Vielleicht bezweckt er irgendwas?«
»Was denn?«
»Vielleicht versucht er, uns 'ne Falle zu stellen.«

»Wofür?«
»Weiß ich nicht.«
»Nicky, warum fragen wir ihn nicht einfach?«
»Könnten wir machen.«
»Wir haben ihn schon ganz andere Dinge gefragt, und er hat's nicht übelgenommen. Er hat fast gesagt, daß er auf der gleichen Seite wie Mr. Frinton steht.«
»Er war sehr vorsichtig.«
»Verstehst du denn nicht, daß er das sein muß? Warum bitten wir ihn nicht geradeheraus, Mr. Frinton zu helfen? Dann wären sie zu zweit.«
»Ju, ich glaub' nicht, daß es gut ist, sich da einzumischen. Wir sind nicht älter als zwölf.«
»Also wenn du rumsitzen und am Daumen lutschen willst...«
»Quatsch, aber diese Sache mit dem Mesmerisieren...«
»Er hat gesagt, es wär' kein Mesmerisieren. Er hat gesagt, es wär' was ganz Wirkliches wie die Relativität, und dann kam noch das über Geist und Materie, was der Chinamann gesagt hat.«
»Und wenn Mr. Frinton gar nicht will, daß wir's dem Chinesen erzählen?«
»Wir könnten ihn aushorchen, ohne ihm was zu sagen.«
»Wie er wohl heißen mag?«
»Na wahrscheinlich Mo oder Wu oder so ähnlich. Ist doch egal.«
»Wenn Mr. Frinton gewollt hätte, hätte er's ihm längst selber sagen können.«
»Aber er ist vielleicht gar nicht auf die Idee gekommen, daß der Chinamann ein Freund sein könnte. Vielleicht sind wir die einzigen, die einen Wink bekommen haben.«
»Woher willst du das wissen?«
»Er hätt's uns sonst gesagt.«
»Klingt ja ganz vernünftig...«
»Wir brauchen doch dem Chinamann nichts über Mr. Frintons Plan zu berichten, Nicky, nicht so offen heraus. Wir können taktisch vorgehen und drumherumreden. Und wenn er anbeißt, sind mehr Leute auf unserer Seite.«
»Naja, solange wir nichts verraten.«

»Stell dir doch mal vor, wenn die beiden zusammenarbeiten! Wahrscheinlich haben beide geplant, den Herrscher zu stoppen, ohne daß sie von dem anderen wußten.«
»Gib Jokey etwas Milch«, sagte Nicky unbehaglich – und willigte damit ein, den Chinesen genau dazu zu drängen, wozu dieser wiederum sie drängen wollte.

21. Goldner Tiger

Zu ihrem großen Erstaunen mußten sie entdecken, daß sein Name Mr. Blenkinsop war. »Mein wirklicher Name«, erklärte er, »bedeutet ›Goldener Tiger im Teewald‹, jedoch von meinen Freunden in Europa konnte ich schwerlich verlangen, mich so zu nennen. Als ich nach Oxford ging, ließ ich ihn lieber urkundlich in Blenkinsop abändern, als daß ich den ständigen Verdruß, falsch ausgesprochen zu werden, auf mich genommen hätte. Nein, ich betrüge euch nicht wie Dr. Totty. Blenkinsop ist ein charakteristischer Familienname, der den Vorteil in sich birgt, leicht erinnert werden zu können. Schaut, ich habe Miss Judith ein kleines Präsent mitgebracht. O bitte nein, es ist gar nicht der Rede wert. In meinem Schlafraum habe ich noch einigen Zierrat orientalischer Herkunft, ich kann gut darauf verzichten. Ihr müßt einmal kommen und euch die anderen ansehen.«
Es war ein prachtvoller Pappmaché-Tiger mit roten und orangefarbenen Streifen, fast so groß wie Jokey. Kopf und Schwanz waren innen an Federn befestigt, so daß sie, wenn man sie anschubste, in einer halb furchterregenden und halb komischen Weise nickten und wedelten. Zum Fürchten waren die Streifen und die Schnurrhaare – eigentlich mehr wie bei einem Wels –, doch das Nicken machte deutlich, daß er nur vorgab, böse zu sein. Judy hatte gleich das Gefühl, man müßte ihm ein Wollknäuel zum Spielen geben, und fing an zu knurren und zu graulen und ganz fürchterlich wild zu tun. Nicky dagegen war mehr von seiner fürchterlichen Symmetrie beeindruckt. Die technische Bezeichnung dafür war Amoy-Katze.
»Sieh, es ist ein goldener Tiger wie ich selbst. Ich hoffe, du wirst ihn mögen.«
»Er ist wunderbar. Aber wir können das doch gar nicht annehmen.«
»Ihr würdet mir dadurch eine Freude machen.«
»Wenn Sie ihn wirklich entbehren können ...«
Nicky sagte: »Probier doch mal, was Jokey dazu sagt.«

Sie taten's, aber das Ganze war ein Flop. Das Ergebnis wäre anders gewesen, wenn das Ding nach Tiger gerochen hätte. Da es das nicht tat, beobachtete Jokey mit zweifelnder Miene kurz, wie es vor sich hinnickte, dann setzte sie sich vulgär hin und begann, auf ihrem Schwanz herumzubeißen.
Mr. Blenkinsop brachte das nicht aus der Fassung. Mit undurchdringlichem Gesichtsausdruck musterte er den kleinen Hund; seine Augen waren wie zwei pochierte Eier mit einem dünnen Schlitz quer über der äußeren Haut.
»Der Pekinese«, sagte er nachdenklich, »der der Tröster meiner eigenen Nation ist, soll vom Löwen und dem Schmetterling abstammen. Einige sagen auch, vom Löwen und vom Krallenaffen. Sie verliebten sich ineinander, und das Resultat war der Pekinese. Die Damen am Hof trugen die kleineren mit sich herum, und zwar in den Ärmeln, Fußwärmern ähnlich oder Muffs.«
»Jokey, Liebes, wärest du gern ein Muff?«
»Sie würd 'ne bessere Flaschenbürste abgeben«, sagte Nicky.
»Wie kannst du es wagen!«
»Eine elegante Gastgeberin sagte einmal zu mir, indem sie einen unserer wahrhaft kaiserlichen Hunde pries: ›Ach, wenn er doch nur gehäutet wäre, was gäbe er nicht für einen schönen Pelzkragen ab.‹ Ich erwiderte: ›Meine liebe Dame, wenn Sie gehäutet wären, was gäben Sie nicht für ein schönes Paar Stiefel ab.‹«
Sie sahen ihn völlig perplex an. Er war menschlich! Von diesem Moment an fühlten sie, daß sie in Bezug auf Mr. Blenkinsop keinerlei Zweifel mehr haben konnten, wo er doch Hunde mochte. Und genau das hatte er bezweckt.
»Und was hat sie gesagt?«
»Sie wandte sich aufgebracht ab und äußerte etwas über den – mit Verlaub gesagt – Suff und seine Folgen.«
»Dabei hatte sie selbst einen Muff«, schrie Nicky, geradezu idiotisch erfreut. Sie tollten mit Jokey umher, zerquetschten um ein Haar den Tiger, und riefen »Suff« und »Muff« und »Wuff!«
»Können wir jetzt Ihre anderen schönen Dinge sehen?«
»Ein andermal, wenn der Herrscher beschäftigt ist.«
»Will er nicht, daß wir den privaten Bereich sehen?«

»Es ist ungelegen.«
Daß Er erwähnt wurde, hatte ihre Stimmung gedämpft.
»Können wir nicht Samstag kommen, wenn er betrunken ist?«
»Er ist niemals betrunken.«
»Mr. Blenkinsop«, sagte Judy taktvoll,»meinen Sie nicht, daß er aufgehalten werden muß?«
»Dies kam mir bereits in den Sinn.«
»Warum helfen Sie ihm?«
»Aus dem gleichen Grund wie euer Freund der Squadron-Leader.«
»Mr. Frinton sagte...«
Nicky hustete kräftig, aber sie fuhr bestimmt fort: »Er sagt, daß die Menschen frei sein müssen, zwischen richtig und falsch zu wählen.«
»Dies ist ein Gesichtspunkt.«
»Glauben Sie daran?«
»Mr. Frinton trägt sein Herz ›am rechten Fleck‹.«
»Hab ich's doch geahnt!«
Abrupt war Nicky wieder zu einer seiner verträumt-zerstreuten Expeditionen aufgebrochen.
»Es hat was mit Vivisektion zu tun«, erklärt er.
»*Was* hat damit zu tun?«
»Wenige für viele zu töten.«
Judy erschien dies als eine günstige Gelegenheit, wieder zu ihrem Takt zurückzukehren.
»Was halten Sie von Vivisektion, Mr. Blenkinsop?«
Er hatte die Geistesgegenwart, » Nichts!« zu sagen.
»Wissen Sie, man darf es nicht mit Wesen machen, die einem vertrauen. Nicky sagt, er könnt's mit welchen machen, die einem nicht vertrauen, Katzen könnt' ich mir vorstellen. Aber man kann doch niemandem die Treue brechen, der einem Treue schenkt. Kann man einfach nicht. Nicht Affen, nicht Hunden, nicht Pferden... Also wirklich keinem Tier, das zutraulich ist. Schweine sind doch so niedlich, und einmal haben wir ein Lämmchen aufgezogen... Ach, Mr. Blenkinsop, eigentlich müßten wir Vegetarier sein, wenn wir anständig wären, aber es ist für jeden so furchtbar

schwer, und keiner will drüber nachdenken, aber Sie meinen das doch auch, oder?«
Nicky hatte nachgedacht: »Wenn man Lebewesen verrät oder hintergeht, tut man sich selbst weh. Ich glaub', es macht einem mehr aus, an Verrat zu sterben als an Krebs, weil man es nicht selbst gemacht hat.«
»Die Vivisektion meint er.«
»Das eigene Herz zu töten ist schlimmer.«
Die Hände des Chinesen massierten und beruhigten einander sachte: »Und, Master Nicholas, könntest du einen Mann – aufschneiden?«
»Wenn er mir nicht vertraute, schon.«
»Männer können sowieso auf sich selbst aufpassen«, sagte Judy.
»Könntest du den Herrscher aufschneiden?«
»Das ...«, begann Nicky – aber diesmal war es seine Schwester, die *ihm* auf die Zehen trat. Er starrte sie an.
»Mr. Frinton sagt ...«
»Das Entscheidende ist«, sagte Judy, »daß Mr. Blekinsop meint, er müsse aufgehalten werden.«
»Und wie würdet Ihr dies anfangen, Miss Judith?«
»Mr. Frinton«, sagte Nicky geradezu,»hat versucht, ihn zu erschießen.«
Sie warteten, halb in Furcht, auf seine Reaktion.
»Sehr interessant.«
»Versprechen Sie, es keinem weiterzusagen?«
»Es war doch richtig, daß wir's Ihnen gesagt haben, Mr. Blenkinsop, oder? Ich meine, Sie haben doch selbst gesagt ...«
»Erklärt mir dies bitte genauer.«
»Das sollten wir nicht. Können wir nicht. Nur wenn ...«
»Euer Geheimnis ist sicher bei mir.«
»Großes Ehrenwort?«
Er schwor mit teilnahmsloser Feierlichkeit, hob seine Hand in die Höhe, ohne lächerlich auszusehen, während sie ihn besorgt studierten. Es gibt kein Mittel, wie Shakespeare sagt, die Sinnesart aus dem Gesicht zu lesen – besonders aus einem orientalischen. Sie erzählten ihm alles und jedes.

»Mr. Frinton«, sagte er am Ende, »ist ein impulsiver junger Herr.«
Sie warteten.
»Die Lage ist schwieriger als er denkt.«
»Aber Sie werden doch helfen?«
Seine gemütvollen, weichen Hände beendeten ihr Tätscheln und spreizten sich, mit den Handflächen nach unten, während er die Achseln zuckte: »Ich kann nicht die geringste Hilfe leisten.«
»Aber Sie haben doch gesagt...«
»Hör mal, kleines Fräulein, du mußt versuchen, das, was du den Mesmerismus des Herrschers nennst, zu verstehen. Er ist kein übermenschliches Wesen, aber er ist immerhin unser Herrscher. Und er ist dies geworden, weil er zwei Richtungen der Forschung weiter ausgedehnt hat, als die meisten anderen Menschen. Er ist Hypnotiseur – doch von diesen gibt es viele. Es ist nichts Ungewöhnliches an seinen mentalen Suggestionen, außer – vielleicht – die Stärke, zu der er sie entwickelt hat. Die andere Richtung ist außersinnliche Wahrnehmung. Es ist schon lange bekannt, daß Raum und Zeit nicht getrennt sind. Die Welt der Physik ist eine Raum-Zeit-Welt. Sie sind zwei Aspekte einunddesselben Dinges. Es ist mir unmöglich, euch in der Sprache der Substantive und Verben – da schon die Worte ›Geist‹ und ›Materie‹ selbst Substantive sind – zu erklären, wie und daß die Welt der außersinnlichen Wahrnehmung eine Geist-Materie-Welt ist. Wieder zwei Aspekte einunddesselben Dinges. Ich vertraue darauf, daß ihr zumindest teilweise versteht, was ich euch sage?«
»Weiter.«
»Der Herrscher hat sich selbst beigebracht, in einem Geist-Materie-Kontinuum zu operieren, das Mr. Frintons Revolver der Lächerlichkeit preisgibt.«
»Meinen Sie, er würde nicht losgehen?«
»Nicht solche Kindereien; Mr. Frinton würde nicht abfeuern.«
»Wir hatten uns vorgestellt, er könnte plötzlich hinter der Tür auftauchen...«
»Die Ausdehnung des Kontinuums variiert von Individuum

zu Individuum. Mr. Frinton zum Beispiel wäre mit Sicherheit im Bewußtsein des Herrschers, sowie er die privaten Gemächer beträte, und in Sichtweite täte er alles, was der Herrscher wollte.«

»Glauben Sie, daß er wußte, daß wir auf der Treppe waren?«

»Warum nicht?«

»Aber er hat überhaupt nichts getan.«

»Es bestand keine Notwendigkeit, irgendwas zu tun.«

Nicky war ein Junge, der zur Nachahmung neigte. Oder besser: Er griff Dinge von Leuten auf, die er bewunderte. Ratlos bedeckte er sein Gesicht mit den Händen, wie der Squadron-Leader.

»Wieviel haben Sie mit diesem Kontinudingsbums zu tun?«

»Lange Zeit war ich mit den Forschungen des Herrschers eng verbunden.«

»Aber wie sehr?«

Mr. Blenkinsop holte tief Luft und schloß die Augen. Sogar die Schlitze verschwanden.

»Mit geistiger Anstrengung«, sagte er langsam, »die äußerst erschöpfend ist, bin ich fähig, meinem Herrscher ein leeres Gehirn zu präsentieren. Ein Gehirn, oder einen Geist, der teilweise vom Diktat meines eigenen Bewußtseins ausgelöscht wurde. Dagegen bin ich nicht fähig, seinem Willen zu widerstehen, sowie ich in seiner Sichtweite bin.«

»Wenn Sie selbst hingehen würden, um ihn zu erschießen«, sagte Judy, »würde er Ihnen wohl schneller suggerieren, nicht abzudrücken, als Sie abdrücken könnten.«

»Aber wenn Sie hinkriechen würden«, sagte Nicky, »wenn er Ihnen den Rücken zudreht?«

»Der Herrscher dreht mir niemals den Rücken zu. Sein Bewußtsein nimmt meine Anwesenheit wahr, schon kurz bevor ich sichtbar bin.«

»Sie könnten doch Ihren Geist auslöschen oder so.«

»Dann müßte ich schon die Pistole auslöschen.«

22. Es geht los

Der Squadron-Leader schaute sich mit einer nickenden Bewegung in seinem Cockpit um, als würde ein Huhn Körner picken. Von außen gesehen haben Piloten, in ihrer Welt aus Schweigen eingeschlossen im Goldfischglas der Geräusche, etwas Geheimnisvolles und Entrücktes an sich. Was tun sie da? Und was denken sie? Neben ihnen zu fliegen, ist wie heimliches Lauschen: Ihre Köpfe rukken hierhin und dorthin, und ihre Hände tun – scheint's – ohne äußeren Anlaß irgendwas, was genausogut Kreuzworträtsel-Ausfüllen sein kann wie In-der-Nase-Bohren.
Mr. Frinton schimpfte leise vor sich hin über seine Navigation. Wenn Rockall nicht gezwungen gewesen wäre, Funkstille zu halten, wäre es ein Kinderspiel gewesen, den Felsen zu finden. So aber mußte er navigieren, was in Helikoptern ein wenig schwieriger ist, weil sie leicht abdriften. Die Dienstgipfelhöhe der Maschine lag bei 10000 Fuß, an einem klaren Tag konnte er also theoretisch mehr als 100 Meilen weit sehen. Der Sommer-Dunst verminderte dies jedoch beträchtlich, und außerdem war er nur auf 7000, was weniger Kraftstoff verbrauchte. In 5000 Fuß Höhe soll man 93,1 Meilen weit sehen – bei klarer Atmosphäre, die es ja nie gibt. Und außerdem: Was denn sehen? Eine Felsnadel? Bei gutem Wetter – zu dem Schluß kam er – könnte man die Insel mit viel Glück aus 20 bis 30 Meilen Entfernung bemerken.
Um ihn herum krachte und rüttelte es, was ihn an die alten Mühlen mit offenen Cockpits erinnerte; der Flacker-Effekt der Rotorblätter ließ ihn blinzeln, und im Kopf erledigte er die üblichen Rechnungen mit Knoten und Windrichtungen und Ölverbrauch und Kompaßpeilung. Gleichzeitig war sein Geist aber auch mit dem Rockall-Problem beschäftigt, wie der Herrscher aufgehalten und die Kinder evakuiert werden könnten; und sein Auge, welches – ohne daß er es hätte wahrhaben wollen – das eines künstlerischen Menschen war, glitt automatisch von den Instrumenten über die See zum Himmel.
Außerhalb der Plexiglaskuppel lag horizontlos ein opalener

Abend. Der tauben-farbene Dunst und die Flamingo-Kumuluswolken in seiner Höhe vereinigten sich mit dem Ozean ohne jede Trennungslinie. Er grübelte über die Höhen und Tiefen des Lebens nach. Sein Luft-Fisch schlingerte und schwamm in dem himmelweiten Dämmer, wie die Meer-Fische weit unter ihm schwammen, während auf der Wasseroberfläche eine Trawler-Kröte mühsam vorankroch, ihre Froschschenkel aus Kielwasser hinter sich her schleppend. Sie waren alle im selben Aquarium. Er bemerkte, daß das regelmäßige Fischgrät-Muster der Wellen nicht übereinstimmte mit dem Branden der weißen Schaumkronen. Anders ausgedrückt: Es gab keine regelmäßigen Gischt-Linien in Form von Bögen oder Ketten, wie sie an Stränden dagewesen wären. Stattdessen entfalteten sich die Seeblumen unregelmäßig, hier und da verstreut über die hübsch ferne Riffelung. Brandung? fragte er sich. Gewandung? Ja, es sah so aus, als hätte die See ein grauseidenes Gewand, changierend in seinen Moiré-Mustern. Oder einen wärmenden Pelz, bestäubt mit wenigen, zarten Schneeflocken.
Und Rockall war immer noch nicht größer als ein Leuchtturm im Ärmelkanal – und er mußte es finden.
Ankunft bei Anbruch der Dunkelheit, dachte er. Ich würd' lieber zum Londoner Flughafen fliegen. Während sich dann beharrlich die summenden Tragflächen ins Zwielicht bohrten, würde ich die durchbrochene Küstenlinie überfliegen und könnte die Bunker der Golfplätze sehen, genau wie Daumennagel-Eindrücke, und auch die alten Bomben-Narben aus den Kriegszeiten könnte ich sehen – Mondkrater in der weiten, sich verdunkelnden, anheimelnden, bevölkerten Erde Englands. Ja, und Autos, krabbelnde Käfer auf atlasgleichen Straßen, würden die Scheinwerfer anschalten. Und über London, in der Dunkelheit, würden Myriaden von erleuchteten Straßen sich drehen wie die Speichen eines Rades. Die Lichter aus den Fenstern würden funkeln und flimmern. Das kommt daher – dachte er –, daß beim schnurgeraden Vorbeiflug der Maschine all die Schornsteine im Vordergrund sich an all den Fenstern im Hintergrund vorbeischieben, und durch die Unterbrechungen entsteht das Flackern. Es flimmert und zwinkert richtig.

Wie soll ich bloß die Kinder loswerden, in so kurzer Zeit? Ein Angriff auf den Herrscher kann mit allem enden – auch mit der Zerstörung der Insel. Wenn ein wahnsinniger Wissenschaftler sowas wie atomare Kräfte unter seine Kontrolle bekäme, wäre es nur eine Frage der Zeit, wann er die Welt zerstörte. Wenn Hitler sie gehabt hätte – zum Beispiel – hätte er dann nicht den ganzen Planeten als Scheiterhaufen mißbraucht, statt sich nur selbst außerhalb seines Bunkers mit Benzin zu übergießen? Tyrannengehirne scheinen dem Grundsatz zu folgen »Nach mir die Sintflut«. Und außerdem sind viele Wissenschaftler unausgeglichen – vorsichtig ausgedrückt. Was Totty »wissenschaftliche Einstellung« nannte, besteht doch oft nur aus kalter, verrückter, leidenschaftsloser Neugier. Die infizieren ihre eigenen Körper mit neu-entdeckten Seren und Giften und Wundermitteln – nicht aus selbstloser Ergebenheit dem Wohl der Menschheit, sondern weil sie wißbegierig oder gar masochistisch sind. Von »Was passiert wohl, wenn ich mir eine Injektion Xylocain gebe?« zu »Was passiert, wenn ich die Super-Bombe fallen lasse?« ist nur ein kleiner Schritt.
Wenn man sich ohne Erfolg mit dem Herrscher anlegt, kann er gut die Vibratoren nach innen drehn, oder genausogut nach außen und dann volle Kraft geben. Riskante Sache.
Volltreffer! dachte er befriedigt. Backbord lag Rockall, schwarz und einsam und winzig gegen die sich rötende See.
»Abendrot – schön Wetter droht.«

Nachdem der Hubschrauber verstaut und dem Herrscher ein schriftlicher Bericht abgeliefert worden war, begab sich Mr. Frinton in Pinkies Obhut, der ihn, wie üblich, erwartet hatte – und der, wie ebenfalls üblich, mit der ihn erfreuenden Stichelei begrüßt wurde: »Na, wie geht's denn unserem Neger-Mohr?« Pinkie schob ihn eiligst in den Fahrstuhl und den Küchengang hinunter, damit er endlich zu seinem Essen käme.
Dieses hielten die Zwillinge in der Küche heiß.
»So«, sagte er ohne Vorspruch, indem er sich zu *Baked Beans*, Tomaten und Würstchen aus der Dose niederließ, »es geht los.«
»Haben Sie das Vanadium mitgebracht?«

»Es war tatsächlich noch nicht fertig, ich brauchte gar nicht so zu tun, als ob. Werd' ich nochmal fliegen müssen. Wenn beim Start nicht soviel Leute herumlungern, werd' ich vielleicht versuchen, euch rauszuschmuggeln. Kann sein, daß er euch gar nicht vermissen wird. Ich kann ja sagen, daß ihr euch irgendwie versteckt habt und geflohen seid.«
Er schaufelte beunruhigt die Bohnen in sich hinein.
»Das Dumme ist, daß ich ohne euch zurückkommen muß. Und dann muß ich eine Erklärung haben. Er wird wohl kaum glauben, daß man sich in Helikoptern verstecken kann. Vielleicht unter 'ner Decke. Aber was ist mit der Trimmung? Er ist zwar kein Pilot, aber er versteht von fast allem was.«
Er wandte sich dem alten Neger zu, der lächelnd und lauschend am Tisch stand und ihn mit Nachschlag bemutterte.
»Der Draht war nicht fertig, Pinkie. Ich muß ihn nächstes Mal holen.«
»Können wir denn vor ihm reden?«
»Pinkie ist das egal«, sagte er und tat so, als wolle er ihm mit der Gabel in die Rippen stechen. »Nicht wahr, Pinkie? Unser Teer-Junge will nichts weiter als Vibrator-Einheiten basteln und uns mit Bohnen vollstopfen – stimmt's, alter Othello?«
Er bekam noch einen Löffel voll.
»Was geht los?« fragte Nicky.
Sie brannten darauf, ihm von ihrem neuen Bundesgenossen zu berichten, aber sie warteten lieber auf eine passende Gelegenheit.
»Operation Overlord wäre ein guter Name dafür, wenn er nicht schon mal benutzt worden wäre. Ihr könnt's Operation Masterpiece nennen, wenn ihr wollt. Wir haben den Tag X minus zehn. Steht in der Zeitung. Hier.«
Er warf ihnen eine zerknitterte Ausgabe des *Mirror* zu, mit Photos von Mädchen in Badeanzügen, die – auf Zehenspitzen – Taue in Segelyachten zerrten – was nur dem Zweck diente, ihre Beine länger erscheinen zu lassen und die Büste zu heben. Die Haupt-Schlagzeile war fünf Zentimeter hoch und lautete DER HERR-SCHER?

»Ich dachte, er muß Funkstille halten?«
»Ja. sicherlich. Aber das hält ihn nicht davon ab, Briefe aufzugeben. Ich nehme jede Woche einen ganzen Postsack voll mit; das meiste sind Toto-Scheine der Crew.«
»Hier steht«, sagte Nicky und las es vor, »daß den Schrecken der modernen Kriegsführung eine neue Waffe hinzugefügt wurde, mit der die Wurzeln der Zivilisation sowie der heimische Herd eines jeden Briten bedroht werden. Und auf Seite sechs – siehe Seite sechs – da ist noch eine Schlagzeile. MIT ENTSETZEN SCHERZ GETRIEBEN?
Und Kassandra hat 'ne halbe Seite Platz bekommen; sie meint, es wäre, weil Präsident Eisenhower Golf spielt. Und der Leitartikel verlangt, daß Sir Anthony Eden zurücktreten solle, und – Moment mal – ganz klein gedruckt wird erläutert, daß ein unbekannter Wissenschaftler von einem unbekannten Versteck aus mit einem Überschall-Blackout am 10. August droht, falls seine Forderungen nicht erfüllt werden. Wieso Überschall?«
»Irgendwas müssen sie doch schreiben.«
»Was...«
»Da fällt mir ein«, sagte Mr. Frinton und hielt mit seiner Wurst auf halbem Weg vor dem Mund inne, »ich könnt' doch versuchen, euch in ein paar Postsäcke zu stopfen. Groß sind sie ja nicht.«
Mit dem Wissen über Mr. Blenkinsops Kooperations-Bereitschaft waren sie an Flucht weniger interessiert denn je. »Was sagen denn die Leute dazu?« fragte Judy.
»Praktisch nichts. Als die Zeitung herauskam, war ich in einem Bus in Belfast, Stehplatz nur, und ich hatte keine Zeit, eine zu kaufen. Ich hab' versucht, die Schlagzeilen über die Schulter eines Mädchens zu lesen. War wohl eine Sekretärin, denk' ich mir. Ganz hübsch. Die erste Seite hat sie sich überhaupt nicht angekuckt, die sechste Seite war falschrum, die hat sie überblättert , und dann stürzte sie sich auf die Modeseite. Irgendwas über Netzstrümpfe.«
»Aber irgendjemand wird sich doch Gedanken darüber machen!«

»Abends war ich in einigen Pubs. Da kann man meist ganz vernünftige Gespräche hören. Ein Mann, der aussah wie ein Kirchenältester, sagte: ›Das wird beim Billardspiel stören‹, und ein Dockarbeiter sagte: ›Das ist ein Komplott der Konservativen, um das Gesundheitsprogramm zu stören.‹ Sonst hat keiner was dazu gesagt, nicht in dem Pub. Im letzten, in dem ich war, gab's 'ne ziemliche Diskussion darüber. Der Wirt sagte: ›Wird das Bier davon sauer?‹ Das Barmädchen sagte: ›Och, jetz' wer'n wa sicher nich' 'n Empfang für Frankieboy in'n Fernsehn sehn.‹ Und eine alte Putzfrau in der Ecke fragte: ›Krieg ich'n denn mein' Nachtopp wieder, wo dis Höllenaas von meine Schwägerin für de Stromrechnunk versetzt hat, sachtse jedenfalls?‹«

»Das Ganze soll doch aber Propaganda sein?« fragte Nicky. »Ist das nicht fehlgeschlagen?«

»Ganz und gar nicht«, sagte Mr. Frinton. »Sie bringen es mit Sachen in Verbindung, die sie selbst unmittelbar betreffen, was ein sicheres Anzeichen ist, daß es nicht fehlschlägt. Ich vermute, er wird jetzt in den nächsten zehn Tagen Briefe und Anzeigen folgen lassen, in denen er jedesmal ein bißchen mehr erklärt, natürlich ohne zu sagen, wo wir sind, bis er am Tag X ernst macht. Dann wird er die Blase aufpusten und funken. Oder wird die Blase die Funkwellen stören? – Ich hab' einen ganzen Sack voll Briefe abgeschickt an Zeitungen in Amerika und Dutzenden von anderen Ländern. Die Post wird in diesen Ländern in immer längeren Abständen eintreffen. Wenn ich heute einen Brief nach New York mit Luftpost abschicke, in dem ›Peng!‹ oder sowas steht, erreicht das Wort ›Peng!‹ die Presse erst vier Tage später, wenn nämlich der Brief ankommt. Der Herrscher kann heute den ganzen Operationsplan nach Honolulu geschickt haben, denn er weiß, daß der Brief in Honolulu nicht geöffnet wird, bevor die Sache läuft.«

»Aber wenn sie sich nur um Netzstrümpfe Sorgen machen?«

»Irgendwo müssen sie mit den Sorgen ja anfangen.«

»Machen Sie sich Sorgen?«

»Jede Menge.«

»Wir haben eine Kleinigkeit«, sagte Judy schüchtern, »was Ihnen ein wenig Sorge abnehmen könnte. Etwas, was wir herausgefunden haben.«

Er war nicht sonderlich interessiert, außer an seinen *Baked Beans*.

»Was du nicht sagst!« sagte er mit vollem Mund.

»Ahnen Sie's?«

»Nicht im geringsten.«

»Der Chinamann ist auf unserer Seite.«

Er legte Messer und Gabel weg und sah sie an. Auf seinem Gesicht zeichneten sich weder Freude noch Ärger noch Überraschung noch sonst irgendwelche Emotionen ab – er blickte sie nur unverwandt an.

Ruhig sagte er: »Weiter.«

»Wir haben ihn ein bißchen ausgehorcht.«

»Ja.«

»Er denkt, daß der Herrscher aufgehalten werden muß.«

Seine Hände lagen links und rechts des Tellers, regungslos, und es herrschte eine Stille, als hätten alle drei Herzen aufgehört zu schlagen.

In gemäßigtem Ton fragte er: »Begreift ihr denn, was ihr da für eine gefährliche Sache gemacht habt?«

»Er versprach, nichts weiterzuerzählen.«

»Erzählt es mir bitte genauer.«

Sie erzählten es ihm in allen Einzelheiten, genauso, wie wir es miterlebt haben; dann und wann unterbrach er sie, um eine Frage zu stellen.

»Könnt ihr euch genau daran erinnern, was er über die Freiheit der Wahl gesagt hat?«

»Er sagte: ›Dies ist ein Gesichtspunkt.‹«

»Er hat auch gesagt: ›Mr. Frinton trägt sein Herz am rechten Fleck.‹ So, als wär's ein Sprichwort.«

»Keins von beiden ist 'ne direkte Antwort.«

»Aber Sir«, sagte Nicky, »er hat uns über alles die absolute Wahrheit gesagt, genau das gleiche, was Sie gesagt haben, nur mehr. Er wollt' uns nicht austricksen wie der Doktor.«

»So blöd ist er ja auch nicht.«

»Er hat auch nichts von uns verlangt.«
Er starrte lange zwischen seine Hände und sagte: »Naja, ihr habt's ihm nun mal gesagt. Und was jetzt?«
Sie konnten keinerlei Vorschläge machen.
»Hört mal, ihr Zwillinge. Ich sollte euch eigentlich ganz schön zurechtstauchen – aber es hat ja keinen Sinn. Ihr habt keine Ahnung, was ihr eigentlich tut. Merkt euch aber von jetzt an: Kein Wort – egal, zu wem! Ihr seid doch wie zwei Affen, die in einem Kraftwerk herumspielen. Ein falscher Hebel, und – tschüß! Wenn jemand sagt, er wird's nicht weitersagen, muß das noch lange nicht der Wahrheit entsprechen – schon gar nicht an einem Ort, wo Gehirne wie offene Bücher sein können – und nur weil er *sagt*, daß er den Herrscher aufhalten will, muß er das noch lange nicht *tun* wollen. Glaubt ihr wirklich, er würde es euch sagen, wenn er gegen uns wäre? Nach allem was ich weiß, versucht er, Informationen aus euch rauszuquetschen. Ihr müßt wirklich vorsichtig sein.«
»Er hat uns aber gar nicht ausgequetscht. Und dann hat er auch gesagt, er könne uns nicht helfen.«
»Also ihr habt's ihm jedenfalls erzählt. Es hat keinen Sinn, immer nur nach hinten zu schauen. Die Frage ist nur, wo geht's jetzt nach vorn?«
Seine Finger trommelten auf den Tisch. Nachdenklich sagte er: »Tjä, wenn er's weiß, dann weiß er's eben.«
Er stand auf, schob seinen Stuhl zurück.
»Kommt mit, wir gehen zu ihm.«
Doch auf halbem Wege zur Tür blieb er stehen.
»Ich will mich nicht zu viel in den Privaträumen sehen lassen.«
»Ich kann ihn ja holen«, sagte Nicky.
Sie fühlten sich beide sehr klein.
»Tu das.«

23. Die Frage des Werkzeugs

Mr. Blenkinsop war in ein Drachen-Gewand für den Abend gekleidet, das sie noch nie gesehen hatten. Es war eine prunkvolle, schneeweiße Mandschu-Robe, so weiß, wie es nur eine chinesische Wäscherei hinkriegen konnte, und sie war mindestens fünfzig Jahre alt. Der Stoff war eine dicke, gerippte Seide, viel schwerer als Shantung-Seide , in Pastelltönen bestickt und mit echten Goldfäden. Neun goldene Filigran-Knöpfe waren daran, und ein hoher Kragen und weite Ärmel. Darauf die Drachen – sie schimmerten und schwammen in der Zartheit ihrer Farben, nicht heller als die Flanken oder Seitenlinien von Lachs und Regenbogenforelle, und der fernöstliche Gentleman darin war jeder Zoll ein Sohn des Himmels.

Judy hätte ihn umbringen können, nur um das Kleid zu besitzen, das bestimmt seine dreihundert Pfund wert war. Er war in einer urbanen Stimmung, was nicht notwendigerweise eine freundliche war. Er überließ es Mr. Frinton, die Konversation zu beginnen.

»Guten Abend.«

»Auch Ihnen einen guten Abend, Sir.«

»Hoffentlich hat Nicky Sie nicht allzusehr gestört«, sagte der Squadron-Leader. »Jedenfalls ist es sehr freundlich von Ihnen, daß Sie gekommen sind.«

»Es ist mir ein Vergnügen.«

»Setzen Sie sich doch.«

Mr. Blenkinsop nahm auf dem Küchenstuhl Platz mit dem Gewandrauschen eines Kardinals, der sich auf seinen Thron setzt. Er sah die anderen höflich an.

»Die Kinder sagen, daß sie Ihnen von mir erzählt haben.«

»So ist es.«

»Das ist nicht gerade das, was ich selber getan hätte.«

»Da sind wir einer Meinung.«

»Aber da sie es nun mal getan haben, meine ich, wir sollten uns darüber aussprechen.«

»Es wird mir eine angenehme Konversation sein.«

»Noch angenehmer«, sagte Mr. Frinton, »wenn Sie dieses Fu-Man-Chu-Gehabe lassen würden.«
»Wie Sie wünschen.«
Sie strichen um des anderen Gedanken und Ansichten herum, wie Hunde in einem fremden Dorf, wußten nicht, wo sie einander trauen konnten. Sie hatten hier Jahre zusammen gelebt, viel länger als die Zwillinge, in einer Atmosphäre, mit der verglichen angezapfte Telefonleitungen und versteckte Mikrophone Kindereien waren. In ihr wußte niemand, was oder wieviel oder wiewenig jeder andere wußte oder zu tun beabsichtigte. Verläßlichkeit existierte nicht, wo Verrat unbeabsichtigt, einfach durch Gedankenübertragung geschehen konnte. Zurückhaltung war ihr einziger Schutz.
»Sie haben mir erzählt, daß Sie den Herrscher aufhalten wollen.«
»Ja.«
»Warum?«
Nein danke.
»Es wär' leichter für mich, wenn Sie mir einen Grund nennen könnten«, sagte Mr. Frinton. »Nach dem, was schon gesagt worden ist, sollten wir offen sein.«
»Ich würde es vorziehen, dies nicht zu sein.«
»Auch gut.«
»Das Faktum bleibt, daß ich ihn aufzuhalten wünsche.«
»Ja. Noch ein Faktum bleibt: Sie wissen jetzt eine Menge über mich, aber ich weiß sehr wenig über Sie. Schlagen Sie vor, daß wir zusammenarbeiten sollten?«
»Das scheint mir besser, als gegeneinander zu arbeiten.«
»Werden Sie mir Fragen beantworten?«
»Ihr Gehirn kann leichter gelesen werden als meins.«
»Ich halte mich von den Privatzimmern so weit wie möglich fern.«
»Sie besuchen sie aber.«
»Ich versuche dann, an neutrale Dinge zu denken.«
»Sie verstehen sehr wenig davon.«
»Was Sie nicht sagen!«

»Andererseits wirken die gleichen Umstände, die Sie zwingen, offen zu sein, auch auf mich. Ich werde mich bemühen, Ihre Fragen zu beantworten, solange sich dies mit meinem Sicherheitsbedürfnis verträgt. Ich muß es wohl. Wir sind nicht Herr der Situation.«

»Haben Sie schon irgendetwas unternommen, ihn aufzuhalten?«

»Da gibt es nichts, was ich unternehmen könnte.«

»Sie haben den Kindern gesagt, daß mein Plan, ihn zu erschießen, hoffnungslos ist.«

»Das wissen Sie selbst.«

»Warum?« fragte der Squadron-Leader und ging wie beim Lustigen Leiterspiel drei Felder zurück. »Wenn Sie mir sagen würden, warum Sie ihn aufhalten wollen, würde es mir leichter fallen, Ihnen zu glauben.«

»Wenn ich Ihnen meinen Grund nennen würde«, sagte Mr. Blenkinsop gelassen, »würden Sie sich weigern, mit mir zusammenzuarbeiten.«

»Dann ist es ein schlechter Grund.«

»Wenn Sie jeden Grund, der Ihnen unakzeptabel scheint, als schlecht bezeichnen: ja. Was ist ›schlecht‹?«

»Verstehe.«

Irgendwie schien dies Mr. Frinton aufzumuntern.

»Zumindest«, sagte er, »haben Sie den Entschluß gefaßt. Das scheint mir die Atmosphäre ein wenig zu klären.«

»Es freut mich, daß Sie so denken.«

»Ich seh' es so, daß wir verschiedene Gründe haben, die gleiche Sache zu tun, und wir dürfen also nicht gegeneinander arbeiten. Aber nach Ihren Worten ist die Sache unmöglich. Wie sollen wir da weitermachen?«

»Es ist nicht völlig unmöglich.«

»Wie?«

»Mr. Frinton, ich fürchte, Sie haben die Intelligenz Dr. McTurks unterschätzt. Oder lassen Sie es mich lieber Schlauheit nennen.«

»Er scheint sie selbst überschätzt zu haben.«

»Diese Gefahr laufen wir alle.«

»Was war denn so schlau an ihm?«
»Er wußte seine Werkzeuge zu wählen – wenn er auch nicht wußte, wie sie zu handhaben waren.«
»Was für Werkzeuge?«
Der Chinese winkte mit freundlich-verbindlicher Hand – (er hatte wieder seine falschen Fingernägel angelegt) – in Nickys Richtung.

»Ich weigere mich«, sagte Mr. Frinton zum dritten oder vierten Mal, »das Kind als Werkzeug oder Handlanger zu benutzen.«
»Es gibt niemanden, den wir sonst benutzen könnten.«
»Es ist unmöglich.«
»Dann ist das ganze Projekt unmöglich.«
»Mal abgesehen von moralischen Überlegungen, es ist doch auch von der... von der praktischen Seite her eine etwas kühne Idee. Können Sie sich vorstellen, wie ein zwölfjähriger Junge abdrückt?«
»Kinder sind effizienter als Sie denken.«
»Aber er hat noch nie mit einer Pistole geschossen. Haben Sie's schon mal? Jeder, der mit einer Handfeuerwaffe aus drei Metern Entfernung irgendetwas trifft, ist praktisch so 'ne Art Buffalo Bill. Oder wollen Sie mir einreden, daß ein Schuljunge die Nerven hat, sich hinterrücks an den Herrscher ranzuschleichen und ihn aus allernächster Nähe zu erschießen, wo ganze Horden von Anarchisten fast immer an Erzherzögen vorbeischießen? Wenn er meinen Revolver benutzte, würde er sich erstmal eine halbe Minute abplakken, mit beiden Händen abzudrücken, und er würde natürlich in die Luft ballern oder sich selbst erschießen oder er hätte den Sicherungshebel vergessen... Und was ist mit seinen Nerven? Kinder tun sowas nicht.«
»Ihre Vorstellungen von Kindheit ehren Sie, Mr. Frinton.«
»Auch wenn er der einzige Mensch hier ist, dessen Absichten vorher nicht entdeckt werden können, so geben doch seine Handlungen selbst die nötige Warnung. Woher wissen wir denn, daß der Herrscher eine halbe Minute lang seinen Rücken schön bequem abwendet, während der Junge seine Handgriffe exerziert – falls er

überhaupt die Nerven hat, das tun zu wollen –, und was passiert, wenn er sich umdreht?«

»Dr. McTurk hatte keine Pläne hinsichtlich Pistolen.«

Der Squadron-Leader hörte gar nicht zu.

»Du würdest es doch nicht tun, Nicky, oder? Sein Sie doch vernünftig und sehen Sie es ein. Das wäre ja, als wenn jemand Tennis spielen sollte, der noch nie einen Schläger gesehen hat.«

»Wenn Sie es mir befehlen«, sagte der Helden-Anbeter langsam und mutig und wissend, was er sagte, »dann will ich's versuchen.«

»Pah.«

Mr. Blenkinsop fragte geduldig: »Sind Sie jetzt mit Ihren Feuerwaffen fertig?«

»Wieso?«

»Der Doktor hatte an Gift gedacht.«

»Vergiften Sie ihn doch selbst!«

»Alles, was einer von uns in seinem Umkreis tut, ist in seinem Bewußtsein. Master Nicholas ist der einzige Weg.«

»Man kann Leute nicht vergiften.«

»Wollen Sie ein biologisches Faktum leugnen?«

»Wir sind keine Borgias.«

»Es scheint mir doch, daß die Zivilisation unseres eigenen Jahrhunderts ein Beträchtliches schlimmer ist als die der Renaissance. Aber lassen Sie uns keine Diskussionen über Historie führen. Viele Leute wurden vergiftet, werden vergiftet und werden vergiftet werden. In der Tat habe ich sogar gehört, daß die einflußreichen Gangster des letzten Krieges aus eigenem Antrieb, nach beträchtlicher Überlegung, für sich selbst Blausäure gewählt haben.«

»Gift trinken sowieso immer die Falschen – durch irgendein Versehen.«

»Niemand außer ihm trinkt den Whisky des Herrschers.«

»Wo wollen Sie überhaupt welches herbekommen?«

»Nachdem der Doktor von uns genommen worden war, besaß ich die Neugier – da ich seinen Gedankengängen gefolgt war –, einen Blick auf die Regale seines Behandlungszimmers zu werfen.

Unglücklicherweise muß dem Herrscher der gleiche Gedanke gekommen sein. Es gibt dort nichts mehr, was stärker wäre als Verdauungstabletten.«

»Sehen Sie.«

»Es gibt den Helikopter.«

»Ich würde ein Rezept brauchen. Und im Gift-Buch muß eine Unterschrift sein.«

»Ich bin Arzt.«

»Ich will aber nicht Zyankali einkaufen, um ein Kind etwas tun zu lassen, was ich selber tun müßte und möchte. Wir wissen ja nicht mal, ob Nicky es tun will. Willst du's?«

»Nicht so gern.«

»Er hat damit nichts zu tun – nur wir. Das ist keine Situation für Kinder. Er versteht es doch gar nicht. Es ist nicht fair.«

»Fair?« sagte Mr. Blenkinsop und seufzte.

»Außerdem wissen wir nicht, wie lange es noch dauert, bis der Herrscher das Gehirn des Jungen erreicht wie unseres.«

»Ein weiterer Grund zur Eile.«

»Letztlich läuft es doch darauf hinaus, daß Sie sich in das Vertrauen dieser Kinder eingeschlichen haben und in meins, um ein Gift zu bekommen, das Sie ohne mich nicht kriegen können, und es zu verabreichen, was Sie ohne die beiden nicht bewerkstelligen können.«

»So ist es.«

Judy sagte: »Es gibt noch einen, außer Nicky, der ein freies Gehirn hat.«

Der Chinese sah sie sofort an.

»Er wird es nicht tun«, sagte er.

24. Pinkie

Am nächsten Morgen knuddelte Judy mit Jokey im Bett herum – was zu Hause strikt verboten war – und sagte: »Wenn es wirklich dahin kommt, daß man Leute ermorden soll, dann ist es doch anders.«
»Ja.«
»Als wenn man von einem Sprungbrett runterspringen soll, statt einfach draufzustehen.«
»Ja.«
»Würd'st du es tun, Nicky?«
Er dachte lange nach: »Nein.«
Um es zu erklären, setzte er hinzu: »Ich würde es bestimmt verpfuschen. Außerdem kann man's einfach nicht.«
»Mr. Frinton war nahe dran.«
»Ja.«
»Ich glaube, es ist einfacher, Leute zu töten, die selbst versuchen, dich zu töten.«
»Es könnte sogar Spaß machen.«
»Nicky!«
»Sicher, bei einem Luftkampf, oder sowas. Aber nicht mit Gift und wenn der andere es nicht auch probiert. Naja, und dann hab' ich auch Angst.«
»Immerhin hat er Dr. McTurk ermordet.«
»Ja.«
»Wodurch man noch mehr Angst kriegen kann.«
»Ja.«
»Sachen sehen ganz anders aus, wenn sie wirklich sind.«
»Judy, es ist doch mehr so, daß man es einfach nicht tun kann, und nicht so sehr, daß man Angst vor ihm hat. Es ist mehr, daß man Angst vor der Sache selbst hat.«
»Du hast aber gestern gesagt, du würdest es tun.« Nach einer Weile antwortete er schmerzerfüllt und weise: »Wie kann denn ein Mensch vorher sagen, wie er unter Zwang handeln würde?«

»Warum würde es Pinkie denn nicht machen? Woher weiß das Mr. Blenkinsop überhaupt?«
»Hat doch keiner gesagt.«
»Hat ihn denn jemand gefragt?«
»Judy, nun hör doch endlich mal auf, Fragen zu stellen. Wo sind unsere Overalls?«
»Mr. Frinton hat sie vergessen.«
»Ich meine unsere hier, die du nähen solltest.«
Sie war ein kluges Mädchen und merkte, daß er Sorgen hatte. Freundlich und sanft sagte sie: »Ich werde Pinkie fragen, ob er sie nicht gesehen hat.«
»Warum fragen wir Pinkie nicht selber? Ob er ihn umbringen will, mein' ich.«
»Mr. Frinton war schon wütend, als wir den Chinamann gefragt haben.«
»War er nicht.«
»Innerlich schon.«
»Na, dann können wir *ihn* doch bitten, Pinkie zu fragen. Gehen wir zusammen hin.«
»Wenn man jemanden ermordet«, sagte Judy, »ist der dann für immer weg? Es wär' doch ziemlich peinlich, ihn im Himmel zu treffen.«
»Ach, halt den Mund! Du verstehst doch wirklich überhaupt nichts. Außerdem wäre man selber in der Hölle.«
»Kommt Jokey in die Hölle?«
»Woher soll ich das wissen? Du weißt doch immer alles.«
»Gar nicht wahr.«
»Doch.«
»Nein. Und du auch.«
»*Tu quoque.*«
»Was heißt das?«
»Das ist das Gleiche wie extemporieren, ha, ha!«
Nach diesem Sieg zog er einigermaßen gut gelaunt mit seiner Schwester los, um Mr. Frinton zu bitten, den Neger zu überreden, den Herrscher zu ermorden.
»Tja, wir könnten's versuchen«, sagte der Squadron-Leader.

»Aber wenn der Chinese sagt, er wird's nicht machen, dann wird er's auch nicht machen.«

»Warum?«

»Mr. Blenkinsop ist klüger als ich. Er wird ihn vermutlich schon geprüft haben.«

»Ich versteh' nicht«, sagte Nicky, »warum aus dem Gift-Verabreichen so 'ne Sache gemacht wird. Also ich meine das Verabreichen selbst. Ich persönlich find' ja, daß es 'ne faule Sache ist, aber es muß doch ganz einfach sein, es ihm einzugeben, oder? Er muß essen und trinken, und da kann man's doch reintun. Man braucht es Pinkie noch nicht mal zu sagen. Man tut es einfach in irgendwas, was er zu ihm reinbringt.«

»Aber Pinkie kocht nicht für die privaten Gemächer. Sie sorgen da für sich selbst.«

»Na, und warum kann Mr. Blenkinsop es nicht selbst wo reintun und es dann vergessen?«

»Weil alles, was hinter der schwarzen Tür vor sich geht, direkt unter der Nase des Herrschers geschieht – oder besser: unter seinem Gehirn.«

»Naja, und außerdem haben wir gar keins«, sagte Judy, praktisch wie immer.

»Aber trotzdem«, sagte Nicky hartnäckig, »dann soll er eben das Zeug vor der Tür irgendwo hineinschütten und es dann reinbringen und stehen lassen.«

»Wo hinein denn?«

»Ach, in einen Kuchen, oder eine Whiskyflasche, oder irgendwas.«

»Er würde es schon beim Hineinbringen bemerken. Nichts kommt durch diese Tür, ohne daß es von seinem Geist kontrolliert würde. Das ist wie beim Zoll. Ihr vergeßt immer – und das ist das Dumme mit euch! – den Herrscher. Bei dir, Nicky, kann ich mir das gar nicht vorstellen, mit deinen Nachmittags-Stunden.«

»Ich vergesse ihn nie«, sagte der Junge ernsthaft, »und ich weiß, daß er uns immer einen Sprung voraus ist.«

»Dann mach dir das auch klar.«

»Nicky sagt...«

»Nein, Judy, laß mich ausreden. Ihr müßt euch klar machen, daß ihr keine interessante Aufgabe zu lösen habt. Ihr seid in einer tödlichen Gefahr. Hat es euch tatsächlich schon mal gedämmert, daß er über dreizehn mal älter ist als ihr? Versteht ihr nicht, daß alles, was wir in diesem Moment sagen, womöglich vorausgesehen wurde? Sogar wenn wir außer Sicht- und Hörweite sind, denken wir Dinge, von denen er erwartet hat, daß wir sie denken. Vielleicht schon vor dem Krim-Krieg. Was die Lage so verzweifelt macht, ist, daß wir jetzt, gerade jetzt, wo wir drei Pinkie aufsuchen wollen, möglicherweise genau das tun, was er von uns erwartet hat.«

Nein, daran hatten sie noch nie gedacht. Jetzt taten sie es, in fröstelndem Schweigen.

»Aber macht euch nichts draus. Worauf's im Leben ankommt, ist, daß man es nehmen muß, wie es kommt. Wir können nicht mehr als unser Bestes geben. Nun los, daß wir die Sache mit Pinkie hinter uns bringen.«

Um sie aufzuheitern, zitierte er beim Hinunterfahren im Lift: »Die Lage ist hoffnungslos, aber nicht ernst.«

Sie fanden den Neger, wie er Windbeutel mit Marmeladenfüllung für Jokey machte, die in tiefer Bewunderung neben ihm stand und zu ihm aufblickte, etwa wie ein Tourist vor dem Petersdom in Rom. Als er die Marmelade einfüllte, wedelte sie bestätigend drei- oder viermal mit dem Schwanz.

»Ein Bratkartoffel-Verhältnis!« sagte Judy angewidert.

Jokey wedelte etwas abwesend noch zweimal, was bedeuten sollte: »Jaja, ein andermal.«

Wie sich herausstellte, war eins von Mr. Frintons vielen Prinzipien, einen Menschen niemals zu benutzen, ohne ihm zu sagen, wozu. Er hätte genausowenig Pinkie etwas unwissend tun lassen, wie er hätte Nicky ausnutzen können. Er mußte also eine Erklärung ihrer Absichten riskieren. Doch er hatte seinen Vortrag kaum begonnen, als er auch schon unterbrochen wurde.

Der Schwarze, freundlich und mysteriös lächelnd, zog eine billige und zerrissene Brieftasche aus seinen Jeans und öffnete sie mit ehrfurchtsvollen Fingern. Es war augenscheinlich ein wertgeschätzter Gegenstand. In ihm befanden sich seine Abmusterungspapiere aus dem 1914er Krieg, die ihm bescheinigten, ein guter Soldat gewesen zu sein, eine Medaille mit der Rose von Lima, ein Rezept für *boeuf à la mode*, die vergilbte Photographie eines Baseball spielenden Negerjungen, eine Anzeige für Uhrmacherwerkzeuge, sowie ein mehrfach gefalzter Zeitungsausschnitt. Letzteren legte er vor sie auf den Tisch, behielt ihn aber vorsichtig in seinen teigigen Fingern.

Einigen Negern platzt beim Lächeln der Mund auf wie ein Operationsschnitt, die Mundwinkel aufgedunsen. Pinkies dicke Lippen waren wunderschön geformt – wie der ernste Mund des Ramses.

Das Zeitungsbild war eine Photographie von Ghandi.

25. Balors Auge

»Ich werd's riskieren«, sagte Mr. Frinton. »Ich werd' versuchen, euch unter den Postsäcken rauszuschmuggeln. Glücklicherweise gibt es sehr viel Post an die Zeitungen.«

»Wenn der Herrscher aber der Außenwelt etwas tun will, dann ist es doch besser, wir sind hier drinnen.«

»Es ist am besten, wenn ihr aus dem Weg seid.«

Nicky sagte: »Wenn Sie möchten, werde ich versuchen, ihm etwas einzugeben.«

»Quatsch.«

Sie dachten an zu Hause und an den Park mit den Ponys und an den See mit seiner Rotunde, wo sie immer ihre Picknicks abgehalten hatten, bevor der Pavillon in ein Teehaus für Touristen umgebaut werden mußte. Im See gab es Hechte, Barsche und Schleien – die letzten in Rekordgröße und überhaupt nicht zu fangen. Sie dachten auch, einmal, an ihre Eltern, was ein komisches Gefühl in der Herzgegend auslöste. Als wenn man aus den Ferien nach Hause kommt!

»Aber wir müssen Jokey mitnehmen.«

»O Gott!«

»Judy kann ihr die Schnauze unter ihrem Arm zuhalten.«

»Eins noch«, sagte Mr. Frinton, das Unvermeidliche akzeptierend, »wenn der Herrscher seinen Spaziergang macht, muß Judy ihm aus dem Weg gehen. Ihre Gedanken können am leichtesten gelesen werden. Wenn du ihn siehst, hau ab. Ihr könnt übrigens kein Gepäck mitnehmen.«

»Wir haben auch keins, nur diese dämlichen Nachthemden.«

Der Herrscher pflegte täglich einen Spaziergang zu unternehmen, durch das ganze Innere und auf die Spitze der Insel, vielleicht als eine Art Gymnastik. Er ging jeden Tag zu einer anderen Zeit – nach Mr. Frinton tat er es, weil es die Leute unsicher und in Bereitschaft hielt, wenn sie nicht wußten, wann er vorbeikäme. Verängstigte Menschen arbeiten vielleicht besser: Zumindest dachte Napoleon so. Sie beluden den Helikopter und warteten auf eine Gelegenheit, an Bord zu schlüpfen – (Mr. Frinton beabsichtigte,

wenn nötig diese Gelegenheit zu schaffen, indem er die Techniker mit einem Auftrag wegschicken wollte) –, als ein plötzliches Schweigen unter den Helfern sie veranlaßte, sich umzudrehen.
Da kam er, auf den Arm des Chinesen gestützt.
Der Herrscher ging stets langsam und automatisch, wie etwas unvorstellbar Altes. Er bewegte sich aus den Oberschenkeln und Fersen heraus, nicht aus den Waden und Zehen. Er machte keinen hinfälligen Eindruck von zitternder Gebrechlichkeit, obwohl er sehr gebrechlich oder gar zerbrechlich sein mußte. Es war mehr der Eindruck von unendlicher Erfahrung – oder Gewöhnung. Seine Finger auf Mr. Blenkinsops Ärmel hatten ihr Finger-Sein so eingeübt, daß sie ein ganz eigenes Leben zu führen schienen, unabhängig, herumhuschend wie Mäuse bei ihren privaten Besorgungen. Das einheitliche Ganze in ihm hatte sich aus seinen Teilen zurückgezogen. Alte Damen, die an ihrem hundertsten Geburtstag auf Kissen gebettet für die Zeitung photographiert werden, haben manchmal diese unabhängigen Hände. Und taube Menschen sind manchmal auf ähnliche Weise zurückgezogen. Sie sitzen da, vielleicht in dem Brüllen eines Radios, haben dieses seltsame Aussehen, als seien sie ganz woanders – bis sie uns plötzlich durch eine Handlung verdutzen, die mit der gerade spielenden Musik nicht das geringste zu tun hat: Sie schnauben sich zum Beispiel im völlig falschen Moment die Nase aus.
Er trug ein Plaid – aus irgendeinem mysteriösen Grund war es der königliche graue Balmoral-Tartan.
Das Entscheidende aber waren seine Augen. In den äußeren Winkeln waren die Lider herabgezogen und verbargen die Augäpfel in der milden, gelblichen, fernen, zellularen, reservierten Antiquiertheit der pergamentenen Totenmaske – einer Maske, die ihr Leben im Inneren führte.
Die Iren besaßen einst einen Gott, der hieß Balor. Er hatte nur ein Auge, doch dieses war tödlich. Sein Lid hing schlaff darüber. Wenn seine Krieger eine Schlacht gewinnen wollten, trugen sie ihren Gott-König in die vorderste Reihe, und hoben sein Augenlid, so alle dahinschlachtend, auf die sein Blick fiel.
Die Techniker schwiegen sofort, als er kam. Sie zogen sich vor ihm

an die Seiten des Hangars zurück, wie Höflinge dem König den Weg bereitend. Judy, die bei seinem Anblick wegzurennen begonnen hatte, preßte sich flach an die Korridor-Wand, um ihn vorbeizulassen. Als sie floh, fixierte er sie mit seinem Blitzauge – fixierte sie schweigend, abwesend, ohne ein Zeichen des Erkennens. Er stand neben dem Helikopter, versunken in eine prähistorische Geduld, während Mr. Blenkinsop, mit seiner freien Hand winkend, jedermann bedeutete, fortzufahren.

Nicky dachte: Jetzt können wir's vergessen. Ob er wohl bleiben wird? Und während Judy verschwand, kamen ihm zwei Gedanken in einem verschwommenen Bild in den Sinn. Sie schienen nichts miteinander zu tun zu haben. Der eine war: Hat der Chinese ihn hergebracht, um uns an der Flucht zu hindern? Der andere war: Ob Pinkie wohl Vegetarier ist?

Er blickte hilflos zu Mr. Frinton, hoffte auf ein Zeichen, wie er sich verhalten sollte. Aber der Squadron-Leader war im Cockpit beschäftigt und konzentrierte all seine Kraft darauf, sein Gehirn zu leeren. Er konnte nicht helfen.

Die Arbeit ging voran.

Sollte ich mich um Judy kümmern? fragte sich Nicky. Wo hat sie sich wohl versteckt? Wenn er weggeht, wird sie bestimmt zurückkommen. Wir müssen beide an der gleichen Stelle bleiben. Das schlimmste ist, wenn zwei Leute gleichzeitig einander suchen, weil dann keiner von beiden mehr wissen kann, wo der andere ist. Also am besten hierbleiben. Sie wird ja wissen, wo ich bin. Worüber denkt er jetzt nach? Warum geht er nicht?

Aber er ging nicht.

Die Postsäcke waren verstaut, der Kran kam herüber, und die Hangartore schwangen nach innen. Geschickt wurde der Helikopter auf den sommerlichen Ozean hinuntergelassen, und er schwamm wie ein Pingpongball, während die Rotorblätter montiert wurden. Mr. Frinton hielt seinen Kopf über Karten und Kompaß-Peilungen und Kontrollknöpfe gebeugt und beschäftigte sich mit allem, was zur Hand war – mit der Trimmung, der Instrumenten-Tafel, mit der Checkliste zum Start. Er gab kein Zeichen, schaute nicht einmal nach Nicky.

Das markerschütternde Röhren des Motors ließ alle Vögel von Rockall auffliegen.
Als der Helikopter in der Ferne immer kleiner wurde, summend und brummend wie ein Maikäfer oder wie eine wütende Hornisse, wandte sich der Herrscher dem Jungen zu. Mit Mühe, wie jemand mit steifem Rücken, der sich bückt, um eine Nadel aufzuheben, brachte er es fertig, ohne Hilfe des Whiskys etwas zu sagen. Es kam mit knarrender, ungelenker Zunge heraus, als spräche Frankensteins Monster.
Er sagte: »Wünsche einen guten Tag.«

Nicky fand Judy auf dem Fußboden ihres Schlafzimmers sitzen, kreidebleich hielt sie Jokey fest am Halsband.
»Ju.«
»Ist er weg?«
»Ja, Mr. Frinton ist weg.«
»Hast du Ihn gehört?«
»Nein, was denn?«
»Was Er mir gesagt hat.«
»Hat er denn was zu dir gesagt?«
»Er hat gesagt, daß Mr. Blenkinsop Ihn hergebracht habe, damit wir nicht weggingen, und es täte Ihm leid, daß wir noch ein wenig länger bleiben müßten, und es hätte keinen Sinn, Pinkie deswegen anzugehen, weil er ein Anhänger der Gewaltlosigkeit ist, und Mr. Blenkinsop hätte Ihm netterweise auch davon erzählt, und überhaupt sollten wir mal auf Pinkie zur Essenszeit achten, denn was immer er anderen Leuten serviert, er selbst ißt nicht mal Fleisch, und – – –«
»Was hat er noch gesagt?«
Sie sah verwirrt aus.
»Hat er dir sonst noch irgendwas gesagt?«
»Nein – ich glaube nicht.«
Trotzig fügte sie hinzu: »Nein, überhaupt nichts.«

26. Abendliche Beschäftigungen

Der Abend, bevor Mr. Frinton zurück erwartet wurde, war windig, und so hörte sich jeder vor dem Zubettgehen noch die Wettervorhersage an. Während der Wind draußen blies und die Brandung niederdrückte, ließen sich die Inselbewohner zu ihren abendlichen Beschäftigungen nieder.

Die Zwillinge lagen flach auf dem Boden ihres Kranken-Schlafzimmers und lasen gemeinsam in einem Buch, das sie in der Bibliothek der Crew entdeckt hatten. Gelegentlich schubsten sie Jokey weg, die, ungelehrt wie sie war, darauf sitzen wollte. Es war ein Exemplar des *Yachtman's Annual* für 1949/50, das einen langen Artikel mit dem Titel »Westwärts nach Rockall« enthielt.

»Knorke«, sagte Nicky, »das ist doch auf neuerem Stand als 1896.«

»Aber wir sind auf noch neuerem Stand.«

Nach kurzer Zeit wurden sie ungeduldig und zappelig, zerknitterten die Seiten beim Umblättern.

»Wo ist denn bloß der Teil über Rockall? Und was heißt überhaupt ›westwärts‹?«

»Seeleute sagen sowas, glaub' ich. Sowas wie ›Auf nach Westen!‹«

»*Die* sagen sowas? Ich dachte, das wär beim Golf.«

Nach einer ewigen Blätterei und Sucherei in den zweiundzwanzig Seiten fanden sie endlich – verwirrt von Stagsegel, Großsegel, Besan und Kreuzoberbramtoppnant – eine halbe Seite über die Insel selbst.

»Hier ist es!«

»Kuck mal, sie haben 13 Seetaucher gefunden, 15 weiße Tölpel, 50 bis 70 Dreizehenmöwen, 2 Heringsmöwen, 2 Kleine Mantelmöwen und 1 Große Mantelmöwe!«

»Morgen«, sagte Judy wichtig, »werde ich jeden einzelnen Vogel zählen, den ich sehe.«

»Das ist gut«, sagte ihr Bruder mit zufriedener Stimme, »sie haben es nicht geschafft, hier zu landen.«

Die Techniker der Insel, einfache Requisiteure oder Komparsen im Drama von Rockall, hatten ihre üblichen Arbeiten aufgenommen.

Die diensthabenden starrten immer noch auf ruhige oder ausschlagende Anzeigennadeln, wischten ihre Hände an Lumpen ab, während die dienstfreien Wachen sich geduldig mit ihren geleimten Federn und auf Flaschen gezogenen Schiffen zu schaffen machten. Der Flaschenmann führte grad eine Pinasse in den Flaschenhals ein, um eine Rarität daraus zu machen – denn diese Fertigkeit, oder etwa die Beigabe eines Miniatur-Leuchtturms, steigerte den Wert. Der Mann der Federn hatte sich zu einer freundlichen Inschrift in der Mitte des Deckels entschlossen und schnörkelte mit dem weißen Gefieder der Heringsmöwe Buchstabe für Buchstabe »CEAD MILE FAILTE«. Das zweite »L« hatte er freilich ausgelassen, was ihn unangenehm überraschen würde, sobald er es entdeckte.

Pinkie wollte sich im Waschraum duschen. Wie ein riesiger, schwarzhäutiger Umslopogaas stand er da – seine nackten Muskeln schimmernd wie Seide, fest und geschmeidig trotz des eisgrauen Haars, das ihn krönte – die Arme ausgestreckt gegen je eine Wand der Dusche schaute er hinunter. Der Boden der Dusche war ein etwa dreißig Zentimeter tiefes Porzellanbecken, das mit Hilfe eines passenden Pfropfens in einen wenn auch flachen Badezuber verwandelt werden konnte. In diesem steilen und weiß-glasierten Bassin befand sich eine Spinne mit langen Beinen und kleinem Körper. Sie konnte nicht heraus.

Pinkie, der sofort das Wasser abgedreht hatte, hatte sein Gewicht auf ein Bein verlagert und überlegte. Er hatte Angst, die Kreatur aufzuheben.

Nach einer Weile ging er zu den Waschbecken und holte eine Nagelbürste. Er hielt sie unter die Spinne, die sich jedoch zurückzog. Er holte eine weitere Bürste, und schaffte es, die Spinne unverletzt zwischen diesen beiden aufzuheben und sie vorsichtig zur Tür zu tragen, wo er sie freiließ.

Im Waschraum dann zischte das Wasser wieder auf seine Ebenholz-Schultern: Er stand wie eine Statue in einem Katarakt von Versailles oder wie eine Neptun-Figur in einem römischen Brunnen. Dann verbarg ihn der Dampf. Er dachte: Eine Spinne auf Rockall? Wie ist die hierher gekommen? Vielleicht mit einer Fracht auf dem

Trawler. Und da er mehr wußte, als die meisten Leute vermuteten, dachte er auch: Das erste Lebewesen auf Krakatau nach der Eruption war eine Spinne.

Mr. Blenkinsop saß meditierend in seinem Zimmer, in eine seiner Abendroben gehüllt, die Hände in den Ärmeln gefaltet.

Es stimmte, daß er den Kindern mehr Chinoiserien hätte geben können. Die Zimmerwände waren von Einbauschränken mit glatten, schmucklosen Türen verdeckt. Wurden sie jedoch geöffnet, stellten sie seine Kollektion von Schwertern zur Schau – etwa Tsubas oder Fuchis; seine Sammlung von Emaille-Malereien; superbe Beispiele von Satsuma-Fayencen – einige kraqueliert wie der Schädel des Herrschers, einige mit Goldstaub gepudert, einige bedeckt mit einer Million von fein unterschiedenen Schmetterlingen. Aus den Deckeln der Fayence-Dosen wuchsen Porzellan-Pilze hervor und vergoldete Löwen, fauchend, die Pranken auf Gitterwerk-Kugeln. Es gab Elfenbein-Figurinen kurioser Kulis, halb Mensch, halb Schildkröte; da gab es Bronzen und Legierungen und Gongs und winzige Steingut-Teegeschirre zuhauf, verborgen von den Schranktüren. Der Geschmack des Chinesen tendierte zu den Prächtigkeiten Japans. Im Zimmer selbst gab es nur zwei Schmuckstücke. Das eine war ein intrikates Gemälde von Ganku mit Pfauen, ein wahrer Niagara-Fall aus prunkvollen Federn, bis ins letzte Detail unendlich fein ausgeführt. Das andere war ein Lackschrein von Tsunayoshi: so kompliziert geformt und inkrustiert und appliziert und champleviert und punziert, mit soviel Gold- und Schwarz- und Zinnoberlack, so geschichtet und terrassiert, mit so vielen Schubläden und Säulen und Nischen versehen, so überhäuft mit Metalleinlagen und gleißenden Flächen und Strukturen von Haifischleder und kostbaren, schuppigen Drachenschwänzen, daß er aussah wie eine Explosion von lauter kleinen Türen, alle offen, und er schien aus seinem eigenen Licht zu glühen.

Vor diesem Schrein, ihm aber den Rücken zukehrend, saß Mr. Blenkinsop mit geschlossenen Augen auf einer einfachen Matte und dachte so wenig wie möglich.

Der Grund, warum er den Herrscher loswerden wollte, war ein

sehr einfacher, und der Grund, warum er Mr. Frinton nicht belästigen wollte, indem er diesen Grund erwähnte, war ebenfalls ein einfacher. Wie Totty McTurk wünschte er selbst, Beherrscher der Welt zu werden. Aber zwischen ihren Einstellungen gab es folgenden Unterschied: Totty hatte es nach Macht verlangt, welches Verlangen Mr. Blenkinsop nicht kannte. Er wollte nicht herrschen, sondern nicht länger beherrscht werden. Hätte der Herrscher erst einmal die Nationen geeint, wäre er – so schien es ihm – schlicht überflüssig. Es wäre weit einfacher, die Dinge nach eigenem Gusto anzuordnen.

Eines von Mr. Blenkinsops Gesetzen war Einfachheit. Es war effizienter, soviel von der Wahrheit zu sagen wie möglich. Er hatte tatsächlich vor, den Herrscher loszuwerden, wenn dessen Arbeit beendet war – nach dem, was er bisher wußte, konnte er es auch allein in Gang setzen. Und auch Mr. Frinton wollte er loswerden und alle anderen, wenn nötig – wenn sie sich häßlich benähmen, hieß das. Ein ruhiges Leben über alles. Bis dahin war Ehrlichkeit die beste Taktik. Je weniger Lügen er erzählte, desto weniger hatte er sich zu merken.

Zur Zeit wurde der Junge noch an Ort und Stelle gebraucht.

In seinem Boudoir, dem Brennpunkt von Verrätereien, Kriegslisten und Zerstörungen, saß der Herrscher neben seiner Radiotruhe und lauschte Bach. Mit einem unendlich kleinen Teil seines Geistes spielte er Solitaire. Seine blausüchtigen Hände sprangen stetig über das Brett, setzten die Murmeln mit einem Klicken an ihre richtigen Stellen. Da es ihm unmöglich war, das Spiel nicht herauszubekommen, war es für ihn nichts weiter als eine manuelle Beschäftigung – etwa wie Stricken.

27. Nachrichtenübersicht

Der Helikopter flog summend in das horizontale Licht des Abends; und als er in das blendende Leuchten aus Sonne und See einbrach, flammte er vor dem tiefen Himmel wie ein diamantener Grashüpfer. Die Zwillinge waren da, um ihn zu begrüßen.

»Mr. Frinton, der Chinamann war's, der Ihn angebracht hat, damit wir nicht wegkonnten.«

Er war nicht überrascht.

»Naja«, sagte er gutgelaunt. »Wir hätten daran denken können.«

»Wieso?«

»Wenn Mr. Blenkinsop Nicky benutzen will, wird er ihn natürlich nicht weglassen wollen.«

»Und er hat dem Herrscher auch erzählt, wie wir Pinkie überreden wollten.«

»Ach wirklich?«

»Er ist gar nicht auf unserer Seite.«

»Das kann man nie wissen.«

»Wie soll er das denn sein, wenn er so krumme Touren macht?«

»Vielleicht sollten wir ihn besser fragen. – Schaut mal, ich muß die Kaffee-Mühle hier noch verstauen. Ich komm' dann und rede mit Mr. Blenkinsop, wenn ich fertig bin. Hier, nehmt solange diese Zeitungen und lest sie in der Küche. Und sagt Pinkie, er soll das Essen fertig machen. Ihr werdet sehen, langsam ist Leben in die Bude gekommen.«

Er gab ihnen ein Bündel Zeitungen und drehte sich auf dem Absatz um, den Hubschrauber zu warten.

Auf dem Umschlag des *Time*-Magazins war ein Bild von Artzybasheff, das ein imaginäres Porträt des Herrschers zeigte, nach Art einer Rechenmaschine zusammengesetzt aus blau angelaufenen Stahlkolben, violetten Skalen und anderen Metallteilen. Eine Hand mit Röhrenfingern, die wie Verstrebungen von Schrauben zusammengehalten wurden, zeigte auf ein giftgrün gefärbtes Stück Papier – das Ultimatum. Auf den Innenseiten war ein ziemlicher Teil des Textes den Angelegenheiten um Rockall gewidmet,

obwohl die Insel natürlich nicht mit Namen genannt war, denn der Herrscher hatte bisher seinen Aufenthaltsort nicht preisgegeben.
Unter der Rubrik DIE NATION hatten die Herausgeber im Leitartikel losgelegt: »›Zeit ist, Zeit war, und Zeit wird nicht mehr sein‹, läßt Pope den Bronzekopf zum Klosterphilosophen Bacon sagen. Diese Woche nun droht die Zeit, diese Prophezeiung in Erfüllung gehen zu lassen. US-Politiker...«
Im Teil AUS DEM PRÄSIDENTENAMT lasen die Zwillinge: »Ende letzter Woche ließ Präsident Eisenhower verlauten, er schließe die Möglichkeit nicht aus.«
Unter LEUTE war ein Senator abgebildet, der aussah wie ein verschlagener Gorilla bei dem Versuch, auf dem Kopf stehende Enthaarungsmittel-Anzeigen zu entziffern – und die Schlagzeile lautete: *Der Scharfe auf der Harfe*. Darunter stand: »Der Leiter des Untersuchungsausschusses McCarthy richtete kürzlich eine Grußadresse an den Kongreß der Harfenspieler in Manhattans Biltmore-Hotel, wobei er enthüllte, daß insofern, als russische Agenten...« Doch genug von diesem Senator. Oder schon zuviel.
Die Sparte WISSENSCHAFT war der Titelgeschichte gewidmet. Hier stand: »Im britischen Unterhaus warnte der silber-schläfrige Sir Anthony Eden vergangene Woche die Wissenschaftler, daß die vor kurzem in der Weltpresse veröffentlichten besorgniserregenden Nachrichten (siehe NATION) kein Jux sein müssen. Professor Hopkins, befragt von *Time*-Reporterin Kathryn Danuta Hamburger, stellte fest...« Die Stellungnahme des alten Physikers behandelte die moralische Seite, nicht die mathematische. Die *Time*-Reporterin war gezwungen worden, sich damit zu begnügen. Sie hatte noch einen sehr wirkungsvollen Aufguß über Radar-Verteidigung in Alaska zusammengestoppelt.
Life war völlig auf dem Holzweg. Da es keinerlei zuverlässige Informationen über den Herrscher gab, hatte man dort einfach vermutet, er könne eine Weltraumstation irgendwo in Mondnähe bewohnen. Die Mittelseiten zeigten in dramatischen Farben hervorragende Bilder von -zig Kratern, Doppelsternen, Aurora-

Borealis-Effekten und Männern in Gummianzügen, die sich mit Hilfe von Preßluft hierhin und dorthin pusteten, ungeachtet der Tatsache, daß es dort keine Luft gab, gegen die gepustet werden konnte.

Sogar der *New Yorker* hatte »unseren Mann Stanley« zu einem Interview mit einem Hersteller von elektronischem Gerät geschickt – (dieser war neunundneunzig Jahre alt, was eine zusätzliche Attraktion darstellte) –; Stanley war zurückgekommen mit einer Fülle von Notizen, die auf einen Briefumschlag gekritzelt waren – über Wolkenkratzer.

Die amerikanischen Reaktionen waren vorsichtig und daher intelligenter als die englischen. Sie ließen zwar das Phlegma der Briten vermissen, welches bisweilen von Leuten, die es irritiert, Dummheit genannt wird, aber sie hatten den Vorteil, lebendig und spekulativ zu sein und ließen die Bereitwilligkeit erkennen, sich über die Dinge Sorgen zu machen – wenn auch über die falschen Dinge. Mit den Zeitungen aus den Vereinigten Staaten waren noch einige andere zusammengebunden.

Punch brachte einen Witz in »Charivari«-Manier; der *New Statesman and Nation* jammerte über unfaire Behandlung von Minderheiten (welch letztere wohl durch den Herrscher repräsentiert werden sollte, da es von seiner Art ja nur einen gab); und selbst die Rezensenten des *Times Literary Supplement* hielten einen Moment in ihrer unermüdlichen anonymen Vendetta inne und warfen einen geringschätzigen Blick in Richtung Kernphysik.

Es gab keinen russischen Kommentar. Die Amerikaner argwöhnten, die *Prawda* schweige mit dem Hintergedanken, sich nicht des Anspruchs zu entheben, eventuell das erfunden zu haben, was der Herrscher eben erfunden haben mochte.

All dies war den Kindern zu hoch. Sie waren nicht davon beeindruckt, obwohl es doch ein wenig Licht auf die Art und Weise warf, wie die Krise sich zusammenbraute. Schlimme Situationen beginnen oft mit einer Farce – und vielleicht sind sie sogar in ihr begründet. Der Französischen Revolution ging eine Diskussion voraus über die Vorteile von Kuchen als einer Alternative zu Brot – falls Brot sich als zu teuer erwiese. Und während der irischen Hungersnöte machte sich ein englischer Lord recht stark für die Austeilung von Curry-Pulver.

Mitten wir im Leben sind mit dem Tod umfangen.

Mr. Frinton kam händereibend in die Küche.

»Was gibt's zum Mittag?«

Er war guter Laune, weil er in Gefahr war – wie sie alle –, und dies hatte seinen Sinn für Kameradschaft freigesetzt, ähnlich wie es der ›Blitz‹ 1940 getan hatte.

Nicky sagte: »Wir haben es ziemlich satt, wie Theater-Feen angezogen zu sein. Könnten Sie nicht bitte jemanden beauftragen, nach unseren Overalls zu suchen? Wo Judy doch gesagt hat, sie könnte sie nähen.«

»Hab' ich nie gesagt.«

»Du...«

Er war – wenn der Ausdruck gestattet ist – völlig geplättet von dieser reinen, weiblichen, unmoralischen Unwahrheit.

»Außerdem gibt's keinen Zwirn.«

»Doch, es gibt Zwirn. Ich hab' welchen gesehen. Im... im...«

»Na wo denn?«

»Was ist mit dem Mann, der Flaschenschiffe bastelt? Der muß Zwirn haben.«

»Das ist nicht die richtige Sorte. Außerdem braucht *er* ihn.«

»Warum sagst du immer ›außerdem‹? Außerdem ist alles außerdem ist alles außerdem ist alles...«

»Bäh!«

Voll Abscheu sagte er: »Du bist 'ne Schlampe!«

»Faß ihn Jokey!« sagte Mr. Frinton.

Verraten von seinem eigenen Geschlechtsgenossen, wandte er sich verzweifelnd an seinen neuesten Verfolger: »Aber sie hat *wirklich* gesagt...«

»Hab' ich nicht.«

Er warf die Zeitungen auf den Fußboden.

»Woher willst du wissen, daß du nicht gesagt hast, was du gar nicht weißt, was ich ja erst sagen wollte, was du gesagt hast?«

»Wie eine Keksdose«, sagte Judy selbstzufrieden.

»*Waas*?«

»Auf Keksdosen gibt es Bilder mit Jungs, die eine Keksdose halten, auf der Bilder sind mit Jungs, die eine Keksdose halten, und so weiter ad lib.«

»Ex temp. wohl auch, vermut' ich.«

»Ja, ad lib., ex temp., ex Kuh, Müllers Esel, das bist du.«

Er ballte seine Fäuste.

»So«, sagte Mr. Frinton, »und jetzt gibt's Spaghetti aus der Dose. Ach, und Pinkie, eh' ich's vergesse, da liegt ein Päckchen Vanadium für dich im Hangar.«

28. Gift

Sie waren zum Kaffeetrinken in Mr. Frintons karg eingerichteter Kabine zusammengekommen. Redliche und treue Männer haben ihre Theorien und Anschauungen über Tee, Kaffee, und bisweilen gar Kakao. Und das sind ernsthaftere Theorien als diese prätentiösen Regeln über erlesene Weine, die von viel zu vielen Leuten aufgestellt werden. Mr. Frinton war es egal, ob er einen Château la Dings trank, und er hätte auch mit Freuden eine Flasche gut abgelagerten Portweins durchgeschüttelt, aber der Zubereitung heißer Getränke widmete er sich mit der Hingabe einer alten Dienstmagd. Seine Kaffee-Theorie war, daß dies Getränk auf gar keinen Fall mit Metall in Berührung kommen dürfe.

Wenn diese Theorie stichhaltig sein sollte, mußte man freilich die Tatsache übersehen, daß die Bohnen von Maschinen gemahlen worden waren und in Dosen verkauft wurden.

Er erwärmte die Kanne, maß Kaffee und Zucker mit einem Holzlöffel aus einem Plastikbehälter hinein, goß das sprudelnde Wasser darauf und rührte um. Nach achtzig Sekunden, genau von der Uhr abgelesen, seihte er das Getränk durch ein Metallsieb – (vor diesem Umstand verschloß er einfach seinen Geist) – in ihre Tassen. Und mochte es nun an diesem oder jenem gelegen haben: Der Kaffee war vorzüglich.

Zur Überraschung der Zwillinge zeigte er keine Animositäten Mr. Blenkinsop gegenüber, trotz dessen List im Hangar.

Der Chinese, der in einer Abendrobe gekommen war, hatte vier seiner besten Satsuma-Tassen mitgebracht, um die Lustbarkeit zu erhöhen. An einer von diesen nippte er jetzt lächelnd und sah aus wie ein Buddha in einem Kloster – oder wie eine Katze, die gerade einen Goldfisch verschluckt hat. Er scherzte sogar mit Mr. Frinton, und dieser scherzt mit ihm. Beide hatten sie vom Herrscher einen gut Teil Erziehung mitbekommen – viel mehr als Nicky –, und beide waren an die furchtbare Diplomatie auf Rockall gewöhnt.

Die Krise hatte sie beide stimuliert.

Nach dem Scherz kam das Geschäftliche an die Reihe.

»Warum mußten Sie ihm das mit Pinkie erzählen?«
Mr. Blenkinsop spreizt eine abwesende Hand mit langen Nägeln.
»Irgendwas muß man erzählen.«
»Wieviel haben sie ihm gesagt?«
»Nichts, was irgendwie schaden könnte. Das kann ich Ihnen versichern. Es schien mir klüger, soviel Information zu geben wie möglich – wie Sie selbst wohl als erster einsehen werden, mein Lieber. Wie könnte man es nennen? Einer nicht überzeugenden Erzählung etwas Wahrscheinlichkeit hinzufügen.«
»Was genau?«
»Natürlich habe ich erwähnt, daß Sie sich Pinkie genähert haben, mit dem Ziel, ihn loszuwerden.«
»Ist das nicht ein bißchen unfair?«
»Nicht im geringsten. Master Nicholas – nicht Pinkie – wird uns nützlich sein, also kann es niemandem gefährlich werden außer dem Neger.«
»Mal abgesehen von Pinkies Risiko«, sagte Mr. Frinton, der langsam wütend wurde, »was ist denn mit mir?«
»Überhaupt keine Gefahr. Der Herrscher kann keine Helikopter fliegen.«
»Verstehe.«
»Mr. Frinton«, sagte der Chinese, indem er sich den Zwillingen zuwandte, »ist solch ein Hitzkopf! Und so warmherzig! Seine großzügige Natur verführt ihn zu impulsiven Handlungen, die – je nun – bisweilen über ihr Ziel hinausschießen und andere behindern.«
»Ich weiß wirklich nicht«, sagte Nicky, »warum er sonderlich glücklich sein soll, wenn Sie dem Herrscher erzählen, daß er ihn töten will.«
»Aber das will er doch.«
»Wenn er gewarnt ist...«
»Mr. Blenkinsop meint, daß der Herrscher wahrscheinlich sowieso schon alles weiß«, sagte der Squadron-Leader, und wieder erschienen Zeichen der Erschöpfung auf seinem Gesicht. »Er hat recht.«

»Auch ist – selbstverständlich – niemand auf der Insel in Gefahr, bevor er nicht nutzlos wird.«
»Sie meinen also, solange er einen Hubschrauber braucht, werde ich am Leben gelassen.«
»Haargenau. Und Pinkie bleibt, bis er die Vibrator-Einheit fertig hat.– Das Risiko«, fuhr Mr. Blenkinsop erklärend fort, »war kaum größer, als das ohnehin schon existierende.«
»Verstehe.«
Pause.

»Und wie steht's mit Ihrer eigenen Nutzlosigkeit?«
»In diesem Falle«, sagte Mr. Blenkinsop voll Glauben an das mühesparende Prinzip der Wahrheit, »werde ich danach streben, ihn zu ersetzen.«
»Es läuft also darauf hinaus, daß *Sie* mit *unserer* Hilfe Herrscher werden wollen?«
»Kurz gesagt, ja.«
»Und in demselben Falle«, sagte der Squadron-Leader aufgebracht, »darf ich Sie warnen, daß ich es zu meiner persönlichen Aufgabe machen werde, Sie zu ersetzen.«
»Sie dürfen es gerne versuchen.«
Mr. Frinton schluckte die Wut, die in ihm aufstieg.
»Glauben Sie denn ernsthaft, wir würden einen Mann töten, um einen anderen an seine Stelle zu setzen?«
»Eins nach dem anderen«, sagte Mr. Blenkinsop vernünftig. »Und alles in seiner richtigen Reihenfolge. Nachdem Master Nicholas den Herrscher umgebracht hat, brauchen Sie nur noch mich umzubringen.«
Er setzte die Kaffeetasse ab und umfaßte die dünnhäutigen Knöchel der einen mit der anderen Hand.
Eine der besten Arten, Kritik zu entwaffnen, ist, sie zu akzeptieren.
»Ein für alle Mal«, sagte Mr. Frinton, »der Junge bleibt da raus!«
»Sie haben kein Cyanid mitgebracht?«
»Selbstverständlich nicht.«

»Macht nichts. Diese Substanz wird verwendet, um die Kontaktstellen an Pinkies Vibrator-Einheiten mit Platin zu überziehen. Wir haben bereits etwas hier. Es fiel mir erst ein, als Sie uns schon verlassen hatten.«

»Und sind Sie sicher, daß es dem Herrscher nicht auch eingefallen ist?«

»Nicht völlig sicher. Jedoch: Wer nichts wagt, der nichts gewinnt.«

Sie schauten ihn an und wunderten sich, daß man so gelassen und dabei solch ein Schurke sein konnte.

»Ganz egal. Der Junge wird auf keinen Fall dafür genommen.«

»Mr. Frinton, würden Sie wohl – mir zu Gefallen, in Anbetracht unserer langen Bekanntschaft – einige wenige Tatsachen ohne alle Vorurteile betrachten wollen?«

»Nein.«

»Die Kinder«, sagte Mr. Blenkinsop geduldig, »haben mir gegenüber ihre moralischen Einwände gegen die Vivisektion erwähnt. Ein wenig Biologie ist Ihnen selbst beigebracht worden. Glauben Sie ernsthaft, daß die Leiden einiger unglücklicher Hunde nicht aufgewogen würden durch die Entdeckung eines Impfstoffes gegen Tollwut? Erinnern Sie sich, was Napoleon sagte, als er des Mordes am Herzog von Enghien beschuldigt wurde? Und denken Sie ehrlich, daß das Schicksal der gesamten Zivilisation unwichtiger ist als das Wohl eines kleinen Jungen?«

»Um auf Ihre zweite Frage zu antworten«, sagte Mr. Frinton, der nicht umsonst so lange ein Schüler auf der Insel gewesen war (wenigstens hatte er einen Blick auf das Regal mit den Geschichtsbüchern geworfen und das richtige herausgezogen), »Napoleon sagte: ›Was denn, diese Affaire um d'Enghien? Pah! Was liegt denn schon an einem einzigen Mann?«

»Napoleon war eine Autorität für Todesfälle.«

»Ich beabsichtige nicht, auch eine zu werden.«

»Mein lieber Squadron-Leader, Sie sind es bereits. Gab es keine Toten im Hitler-Krieg?«

»Viele meiner Freunde sind gefallen – für das, woran sie glaubten.«

»Und meinen Sie nicht, daß sie oftmals von Kommandeuren in die Schlacht geschickt wurden, die nicht mit ihrer Rückkehr rechneten?«
»Sie haben gewußt, was sie taten, und sie waren keine Kinder.«
»So? Viele von ihnen waren kaum sechs oder sieben Jahre älter als Master Nicholas – und nur wenige wußten, was sie taten. Ich würde gerne Ihre Meinung über deren Einberufung in die Armee hören.«
»Ich beabsichtige nicht, Nicky einzuberufen.«
Nicky sagte: »Er bittet mich manchmal, wenn Mr. Blenkinsop nicht da ist, ihm seinen Whisky einzuschenken. Oder er streckt einfach seine Hand danach aus.«
»Der Junge ist willig.«
»Aber ich nicht.«
»In diesem Fall scheint es wohl von dem Jungen abzuhängen.«
»Nicky, du mußt dir endlich mal dieses Schatzinsel-Zeug aus dem Kopf schlagen! Du weißt ganz genau, daß du es nicht schaffen wirst und daß es Mord ist und daß Kinder sowas nun mal nicht tun.«
»Warum nicht?«
»Weil...«
»In Wirklichkeit«, sagte Mr. Blenkinsop gemütlich, »sind eine recht große Anzahl Kinder vollendete Mörder gewesen. Denken Sie nur an die Hexenjagd von Salem. Oder was ist mit David und Goliath?«
»Braucht man viel davon?« fragte Nicky.
»Eine Zahnlücke voll.«
Zu jedermanns Überraschung schickte sich Mr. Frinton ohne jedes weitere Wort darein.
»Wir können welches aus Pinkies Regalen wegnehmen«, sagte er, »ohne ihn zu belästigen.«
»Wann?«
»Jetzt«, sagte Mr. Blenkinsop bestimmt. »Jeder Moment Verzögerung ist ein Moment, in dem etwas schieflaufen kann. Dieses ständige Um-den-heißen-Brei-Herumschleichen ist bisher äußerst ge-

fährlich und gleichermaßen ermüdend gewesen. Du kannst es ihm heute abend eingeben, es ist sein Whisky-Samstag.«

Nicky rutschte das Herz in die Hose.

»Jetzt?«

»In zwanzig Minuten.«

Judy sagte: »Entschuldigung, aber ich muß mal zum Klo gehen. Ich glaub', ich muß mich übergeben.«

»Öffne die Flasche nicht, ehe du fertig bist«, sagte Mr. Blenkinsop langsam. »Rieche nicht daran. Verschütt' es nicht. Und keine Hast. Schenk zuerst den Whisky in den Becher, dann öffne die Flasche und gib es hinein. Dreh' ihm besser den Rücken zu, aber sei ja nicht hastig oder verstohlen. Bilde dir selbst ein, daß du eine Dosis ganz gewöhnlicher Medizin hineingibst und daß du ihm deinen Rücken ganz zufällig zukehrst. Dann gib ihm den Becher in die Hand, die er ausstreckt. Er wird ihn ganz automatisch bis zur Neige leeren, ohne daran zu riechen oder ihn zu kosten.«

Judy kam mit dem Herrscher zurück.

29. Die leere Robe

Sie war kreidebleich. Sie hatte sich gegen die Wand gelehnt und starrte geradeaus vor sich hin, als wären ihre Augen ins Unendliche gerichtet. Sie war weggewesen, um Ihn zu holen.
Nicky merkte es sofort, ohne zu grollen oder schockiert zu sein; er erinnerte sich an die Begegnung im Hangar und verstand, daß sie gar nicht anders konnte. Mit diesem einen Blick war ihr Sein Wille aufgezwungen worden, sie hatte auf den Moment des Verrates warten und ihn dann melden müssen.
Judys Geist mit allem Wissen um die Pläne gehörte dem Herrscher.
Zwischen dem Abdrücken und dem getroffenen Hirsch, zwischen dem Torpedo und dem Einschlag, zwischen dem Urteil und der Exekution, zwischen Handlung und Wirkung liegt eine Pause. Leute, die sehr angestrengt lauschen, halten ihren Atem an. Das Herz verharrt ohne Schlag, die Lungen sind nur halb gefüllt. Keine Hand rührt sich, kein Fuß tritt auf. Die Zeit hält ihren Verkehr an. Der Raum steht still. Das Verderben sagt: Jetzt.
Die zwei Männer waren aufgesprungen. Nicky ebenfalls.
Aber er fühlte sich zerschlagen. Die zwei waren wie Judy unter der Kuppel Seines Einflusses und hatten keinen Willen.
Der Herrscher kam ohne Eile, sogar in dieser Entfernung von seinem Quartier gefolgt von den fürchterlich unpassenden Melodien der *Pirates of Penzance*. Ein Trauermarsch wäre angemessener gewesen. In der einen Hand trug er eine Flasche Whisky, um sich verständlich machen zu können. Balors Auge war vielleicht ein wenig heller und sein ganzer Körper vielleicht ein wenig fülliger, als hätten sich die Venen ausgedehnt oder als hätte sein Geist noch mehr Kraft eingeatmet. Sowie er im Zimmer war, existierte kein Anderer mehr. Sein Ausdruck – falls dies marmorne Gesicht etwas so Unbeständiges zeigen konnte – war der eines Leidenden. Prometheus auf dem Felsen mochte nach vielen Jahrhunderten seine Torturen mit ähnlich zurückhaltender Geduld ertragen haben.

Er schritt hinüber zu Mr. Frinton und schaute ihm tief in die Augen. Mit der schweren Zunge dessen, der des Sprechens ungewohnt ist, sagte er: »Woll'n mal sehen. Was wäre jetzt am zweckdienlichsten?«
Er wandte sich Mr. Blenkinsop zu, wie jemand, der in einem Lesesaal einen anderen Lexikonband zu Rate zieht, und betrachtete auch dessen Augen genau.
Zuletzt kam er zu Nicky, und für einen langen Moment hielt er inne in seinen Nachforschungen: Er suchte nach dem Eingang – bis es dem verschwimmenden Blick des Jungen schien, die beiden Augen des Herrschers würden in eins verschmelzen, zu einem blauen Diamanten.
Er ging zurück zum Squadron-Leader.
»Mr. Frinton.«
»Sir.«
»Sie haben sich über Napoleon unterhalten.«
»Jawohl, Sir.«
»Erlauben Sie mir, Sie an einen anderen Aphorismus zu erinnern, der ebenfalls von diesem großen Mann geäußert wurde. ›Ich weiß sehr wohl‹, hat er gesagt, ›daß es heutzutage eine eiserne Rute braucht, die Menschen zu regieren. Es ist notwendig, daß man über Freiheit, Gleichheit, Gerechtigkeit und Selbstlosigkeit redet, aber niemals auch nur die geringste Freiheit gewährt. Ich stehe dafür, daß sie leicht unterdrückt werden können, ... ohne daß die Menschen tatsächlich das geringste Mißvergnügen empfinden.‹«
»Jawohl, Sir.«
»Ohne das geringste Mißvergnügen zu empfinden, Mr. Frinton.«
»Jawohl.«
»Es ist zu ihrem eigenen Besten.«
»Jawohl.«
»Wiederholen Sie.«
»Es ist zu ihrem eigenen Besten.«
»Sie sind davon überzeugt, daß das Wohlergehen der Menschheit am besten durch mich garantiert wird.«
»Ich bin überzeugt davon.«

»Nun denn, lassen Sie uns diese Situation in so wenig Zügen wie möglich lösen. ›Den Bock zum Gärtner machen‹.«
»Jawohl, Sir.«
»Sie werden damit Vorlieb nehmen, sich als Gefängniswärter dieses gefährlichen jungen Mannes zu betrachten – dessen Freiheit alle Dispositionen bedroht. Sie werden ihn und seine Schwester auf die Krankenstation bringen und dort als Wache der beiden bleiben, bis Sie weitere Befehle erhalten. Keiner wird die Station verlassen.«
»Sehr gerne, Sir.«
»Danke, Mr. Frinton. Sie können jetzt gehen.«
Sie hatten schon die Tür geöffnet, eine stumme Prozession von Delinquenten, als er sie noch einmal zurückrief.
»Schauen Sie auf Ihrem Weg bei dem Neger vorbei und sagen Sie ihm, er soll Ihnen die Mahlzeiten bringen. Und geben Sie ihm dabei seine Chemikalien zurück.«
Als der Squadron-Leader die Flasche mit dem Cyanid aufnahm, wiederholte der Herrscher mit einer Stimme, in der durchaus Ironie hätte sein können: »Verschwende nicht, verlange nicht.«
Sie gingen und schlossen die Tür.
Er drehte sich um zu Mr. Blenkinsop.
In dem jetzt leeren Raum, unter dem schattenlosen Licht, vor der Geräuschkulisse einer tickenden Uhr standen schweigend die beiden Männer.
Seltsam mutete an, daß Mr. Blenkinsop – bevor sie den Raum verließen – seine Robe auszog und sie vorsichtig an einen der Haken neben Mr. Frintons Dufflecoat hängte. Er wünschte nicht, daß die herrliche Stickerei auch zerstört werden würde.

30. Operation Masterpiece

Die letzte Vibrator-Einheit war zusammengesetzt und die ganze Anlage in Betrieb genommen worden, von Rockall nach außen gerichtet: Eines der ersten Ergebnisse war der Tod all der schönen Vögel. Die Tölpel trieben mit ausgebreiteten Schwingen, ihre Köpfe unter Wasser; Dutzende weißer Kreuze mit schwarzen Flügelspitzen hoben und senkten sich sacht auf den Wellen. Auch Fische kamen an die Wasseroberfläche, den Bauch nach oben, an einigen Stellen bildeten sie silbern wogende Teppiche.
Etwa dreißig Meilen von der Insel entfernt stürzte ein Linienflugzeug, das auf seinem Großkreis-Kurs nach Gandar erwischt wurde, in einem wunderschönen Bogen aus zwanzigtausend Fuß Höhe ins Meer und verschwand in einer Fontäne, wie ein ferner Eisberg, inmitten einer Schule toter Wale. Das Schwanzteil tauchte wegen der eingeschlossenen Luft wieder auf und trieb noch lange in der Gesellschaft der anderen Monster.
Fischfangflotten zwischen Island, den Faröern, den Hebriden und Malin Head wurden lahmgelegt. Mit hoffnungslos kranken Mannschaften drifteten sie umher. Im gleichen Seegebiet wurden acht Schiffe, die Rockall entsprechend nahe waren, zum Kentern gebracht. Alle Passagiere eines griechischen Dampfers sprangen über Bord – wurden jedoch, seltsam genug, sämtlich aufgefischt: hysterisch, aber lebend.
Botschaften per Transatlantik-Kabel erloschen, örtliche Radiostationen gerieten durcheinander und ein internationaler Brieftauben-Wettflug – immerhin soweit entfernt wie Manchester – endete in Konfusion, denn alle Vögel verirrten sich.
Menschen innerhalb des Kreises, der ungefähr durch Reykjavik, Edinburgh und Dublin ging, klagten über fürchterliche Kopfschmerzen, über Herzklopfen, Laryngitis, Hals-, Nasen- und Ohrenschmerzen. In den Hafenstädten im Westen Schottlands und Irlands, ebenso in Island, wurden die Leute von einem Klingelton gemartert, der sich über ihnen im Himmel zu wölben und aus allen Richtungen zugleich zu kommen schien. Einige beschrie-

ben ihn als glockenähnlich, während andere ihn mit einer Luftschutzsirene verglichen. Sie stimmten auch nicht darin überein, ob er trillernd oder durchdringend war – ob hoch oder tief – oder ob er dem Ton glich, der entsteht, wenn man mit dem Finger über den Rand eines Weinglases streicht. In Wirklichkeit war es eine Mischung aus Tönen, im Raum aus hohen und tiefen Frequenzen zusammengeballt: Was man hörte, hing also davon ab, wie man hinhörte. Viele Frequenzen waren unhörbar für Menschen.

Nachrichtendienste brachen bald zusammen. Reporter, die nahe genug waren, um den Lärm zu hören, konnten keine Beschreibung per Telefon durchgeben, weil alle Telefone außer Betrieb waren, während der allgemeine Zusammenbruch der Maschinen sowie die Krankheit unter den Maschinisten den Zeitungsdruck an den Küsten verhinderte.

Metall schien größeren Angriffen ausgesetzt zu sein als lebende Materie.

Starre Materialien wurden schneller zerstört als elastische, so daß ein Lebewesen besser dran war als ein Stück Holz, und ein Stück Holz besser als ein Stück Eisen.

Die Anzahl der Todesfälle stieg wie bei Smog an unter sehr alten Menschen und sehr jungen und unter denen, die sowieso schon krank waren.

Auch kleinere Merkwürdigkeiten wurden beobachtet. Milch wurde wie selbstverständlich sauer, und die Möbelpolitur einer wohlbekannten Marke färbte plötzlich alles grün. Leute mit Metallplomben wurden von Zahnschmerzen gefoltert; verschiedene Fälle wurden bekannt, in denen Leute weit entfernte Radiostationen im Inneren ihres Mundes empfangen konnten. In Rundfunkübertragungen von Opern klangen die Bässe wie Altistinnen. Bienen schwärmten aus. Fledermäuse und Schlangen wurden aktiv. Späte Chrysanthemen blühten früh.

Die Wirkung auf kranke Menschen war nicht immer schlimm. Leuten mit Neuritis, Tuberkulose und Leberbeschwerden ging es besser. Sträflinge in Gefängnissen und Verrückte in Heilanstalten neigten zu Gewaltausbrüchen – wohingegen die große Menge der

Verrückten auf freiem Fuß – die Redner im Hydepark etwa – ruhig wurden und ihre öffentlichen Reden einstellten.
Boston ist etwa 1300 Kilometer weiter von Rockall entfernt als Moskau. Der Radius der vibratorbeeinflußten Zone, der täglich um 320 Kilometer ausgedehnt werden sollte, würde schon ziemlich weit über Rußland reichen, bevor er Chikago erreichte. Bis dahin, bevor die beiden großen Weltmächte überhaupt in Mitleidenschaft gezogen wären, würde der größte Teil Europas von Narvik bis Neapel und Gibraltar gelähmt sein – als Demonstration und Drohung –, während die Leute von Glasgow bis Cork stürben.
Die Vibratoren waren im Freien auf der Spitze des Felsens befestigt, ihre Einfluß-Sektoren überlappten sich auf offener See.

31. Betäubt

Nicky sagte: »Aber ihr könnt doch nicht plötzlich eine Drehung um hundertachtzig Grad machen und das Gegenteil behaupten!«

Soweit man es sehen konnte, waren Mr. Frinton und Judy so freundlich zu ihm wie immer, genauso normal und vernünftig. Nur daß sie eben das Gegenteil von sich selbst waren. Nickys Dummheit tat ihnen weh, und sie setzten alles daran, ihn aufzuklären oder zu überzeugen.

»Nicky, betrachte es doch mal wie ein Erwachsener. Wir leben in einer Welt, in der jeder nur seine eigenen Ziele kennt. Regiert werden wir von einem Haufen mörderischer Idioten, die jeden Moment die ganze Angelegenheit in die Luft jagen können. Es ist doch wohl vernünftiger, einen einzigen weisen Mann zu haben, der alles kontrolliert, als diese bolschewistischen Apparatschiks oder die McCarthys. Oder? Siehst du denn nicht, daß es dann endlich keine Kriege mehr geben kann? Wie will denn jemand Krieg führen, wenn es keinen gegnerischen Staat gibt? Die ganze Welt wird nur aus Bundesländern bestehen, oder aus sowas wie unseren Grafschaften. Sussex führt nicht Krieg gegen Kent.«

»Ich weiß. Aber...«

»Das kann natürlich heißen, daß am Anfang die Leute schon ein bißchen umgebracht werden müssen. Ein hassenswerter Gedanke, aber es muß sein. Das ist nun mal die Natur. Wenn Gärtner Früchte oder Blumen haben wollen, müssen sie Schnecken und Insekten töten, egal wie nett die sind. Da kann man nichts machen. Denk an das Gute, was daraus erwachsen wird, nicht an das Böse.«

»Kann denn Gutes aus Bösem kommen?«

»Ja, in der Natur.«

Nicky fühlte sich elend: »Am liebsten wäre ich gar nicht in diese Natur hineingeboren worden!«

»Nun bist du's aber.«

Sie saßen auf den Eisenbetten und warfen ab und zu einen Blick auf Jokey.
Diese war völlig erschöpft von den Härten des Insel-Daseins und hatte sich dem Spiritismus zugewandt. Sie sah die Geister von Fliegen, wo gar keine Fliegen waren, und stand vor deren imaginären Aufenthaltsorten wie ein Setter auf der Jagd. Die Gefangenen hatten Papier und Bleistift, um sich selbst zu unterhalten, wie Kinder in einer langweiligen Kinderstube an einem regnerischen Tag. Manchmal spielten sie damit ziemlich stumpfsinniges Zeug, etwa »Onkel-Fritz-sitzt-in-der-Badewanne« oder »Käsekästchen« – beides bezeichnete Mr. Frinton freimütig als »Das Letzte«.
»Die bereits existierenden Regierungsapparate wird er sicherlich übernehmen und dirigieren. Es ist immer wieder überraschend, wie kleinste Änderungen großen Wandel hervorbringen können. Die Königreiche konnten noch in den Krieg ziehn, als sie sich »South Saxons« oder »Men of Kent« nannten. Sie brauchten sich nur »Sussex« oder »Kent« zu nennen – Grafschaften nämlich, und es hatte ein Ende. Dabei waren Land und Leute dieselben geblieben. Siehst du, Nicky, er braucht die Welt gar nicht zu verändern. Sie kann fast dieselbe bleiben, nur besser.«
»Ich versteh' nichts von Politik.«
»Kritik aus persönlichen Gründen hat keinen Wert.«
»Warum nicht?«
»Weil die Wahrheit über den Menschen steht. Etwas ist entweder recht oder nicht.«
»Wer hat das gesagt?«
Das brachte Mr. Frinton in die Defensive, und zu Recht, denn es war nun mal die 64000-Dollar-Frage.
»Ich meine folgendes...«
Judy sagte: »Mr. Frinton hat doch schon immer erklärt, daß er an eine... eine geeinte Welt glaubt.«
»Er hat aber auch diese Sache mit der Evolution erklärt. Mit den Ameisen und so. Ich kann mich nicht mehr genau erinnern, wie das war.«
Mr. Frinton konnte es genausowenig. Es war aus seinem Gehirn ausgelöscht.

»Liebste Judy, hör doch mal zu. Zehn Sekunden bevor du den Herrscher geholt hast, wolltest du ihn umbringen. Und zehn Sekunden danach ist er plötzlich die große Hoffnung der Christenheit. Begreifst du nicht, daß da was passiert sein muß.«

»Wir waren im Unrecht«, sagten beide unisono.

»Ist es denn recht, mich hier als Gefangenen zu halten? Deinen eigenen Bruder?«

»Ja, jedenfalls solange du dumm bist. Du könntest ja losgehen und versuchen, ihn zu töten.«

»Wie sollt' ich das denn machen?«

»Unmöglich wär's nicht«, sagte Mr. Frinton. »Du bist ein starker Junge, und er ist gebrechlich.«

»Ich würd's tun«, sagte Nicky verzweifelt. »Wenn ich's könnte, würd' ich ihn töten. Er hat euch zugrunde gerichtet, er hat euren Geist gestohlen, er hat die Menschen, die ich liebe, betäubt.«

Ja, Nicky liebte – seine Schwester ebensosehr wie den Squadron-Leader.

Manchmal fällt es schwer, sich an die Reinheit und die Gefühlstiefe der Jugend zu erinnern – als das Leben noch ganz aus Aufregung bestand und aus Leidenschaft, aus vertrauensvoller Erwartung des Guten, aus impulsiver Liebe und Ehrfurcht. Er hätte wirklich für sie sterben können. Zumindest fühlte er, daß er es wollte, daß er die Chance dazu haben wollte – und vielleicht hätte er es auch wirklich getan. Es besteht gar kein Grund, über Wordsworth mit seinen »Wolken der ewigen Seligkeit« zu lachen, als die er unsere Kindheit beschrieb.

Es war also eine Qual für ihn, zu sehen, wie ihr Geist abgetötet wurde, wie aus ihnen Masken und Marionetten gemacht wurden, während ihre Argumente seine eigenen zunichte machten und ihre doch sonst so mitfühlenden Herzen stumpf waren. Es war trostlos, von ihren Beratungen ausgeschlossen zu sein, ein Gefangener, ein hilfloser Zuschauer auch, während alles, was sie vorher vertreten hatten, sich wie mit Gift gegen sich selbst wandte – der Selbstmord eines Skorpions.

Seine Gründe und Einwände nützten nichts gegen die ihren. Er war geächtet.

Vielleicht verletzt dies junge Leute am meisten: abgeschnitten und ausgeschlossen zu sein.
Er haßte, er haßte, er haßte den Herrscher. Wenn er früher – weil ihm nichts suggeriert werden konnte – manchmal so etwas wie Furcht oder Abneigung gefühlt hatte oder sogar etwas von dem verächtlichen Mitleid, was die Jugend für das Alter hat, so spürte er jetzt die echte Emotion blinder Wut. Er war völlig darauf versessen, diese Niedertracht in Person zu zerschmettern.
In der Dunkelheit nach dem Verlöschen der Lampen schrieb er in großen Buchstaben auf eines der Stücke Papier, wobei er die Bleistiftmine mit den Fingerspitzen führte, da er nichts sehen konnte.
Nach dem Frühstück am nächsten Morgen gelang es ihm, die Botschaft unter der Tür hindurchzuschieben, indem er vorgab, mit Jokey zu spielen.
Sie lautete: PINKIE BITTE HOL MICH HIER RAUS BITTE.

32. Diverse Statistiken

Ohne Mr. Blenkinsops Hilfe hatte der Herrscher ein Arbeitspensum, das für andere Menschen zu groß gewesen wäre. Sein Personal war reduziert worden. Mr. Frinton konnte leicht sagen, der Herrscher wolle ein Ultimatum stellen und diesem mit dem Frequenzmechanismus Nachdruck verleihen. Jeder konnte Ultimaten stellen. Die Schwierigkeit war, eine Antwort zu erhalten und es durchzusetzen. Die eigentlichen Einzelheiten und politischen Probleme beim Verhandeln mit Dutzenden von Regierungen hätten sogar das Sekretariat der Vereinten Nationen etliche Jahre beschäftigt. Aber dafür war keine Zeit.

Eins der Probleme war ganz einfach: die Antworten zu bekommen. Die Vibratoren blockierten die Radiowellen. Sie hätten erst ausgeschaltet werden müssen, wenn man etwas hätte empfangen wollen. Ausgeschaltet bildeten sie aber keinen Schutzschild mehr, so daß die Insel gegen Angriffe von Lenkraketen oder sogar Flugzeugen verwundbar würde. Auch bliebe die Tatsache des Abschaltens nicht verborgen, denn die globalen Kopfschmerzen hörten auf und jedermann wüßte den Grund.

Nach der Lösung des Antwortproblems bliebe die Frage, ob den Antworten getraut werden könnte. Wer sollte denn die Antworten geben? Wenn Kongresse und Senate und Parlamente und Präsidien über diese Angelegenheit entscheiden sollten, würde es eine dieser jahrelangen Debatten geben. Wenn aber zum Beispiel Präsident Eisenhower als Sprecher für alle genommen werden sollte, gäbe es keinerlei Garantien, daß sein Wort von den Massen respektiert werden würde. Der Herrscher erinnerte sich noch gut an Präsident Wilson.

Wenn aber die Massen selbst ein Versprechen abgäben, war es noch längst nicht gesagt, daß sie es auch halten würden. Der Herrscher hatte es in seinen ›jüngeren‹ Tagen erlebt, daß die Diplomatie lange von dem Vorgehen eines Lenin oder Hitler überrumpelt worden war – zu einer Zeit, da es immerhin noch im Bereich des Möglichen lag, daß eine Regierung ihr Wort hielt.

Schon allein die Anzahl und die verschiedenen Arten von betroffenen Regierungen mußten verringert werden. Es wäre unmöglich gewesen, an einem Vierundzwanzig-Stunden-Tag mit jedermann von Liberia bis Thailand zu verhandeln.
Das chinesische Volk zum Beispiel würde die Zerstörung Europas recht ruhig hinnehmen – bis ihre eigenen Städte allmählich zerstört werden würden.
Das weite Feld dieser praktischen Probleme wurde noch erweitert durch feindselige Aktionen von Seiten der Opfer.
Die Amerikaner, die ja zuerst am wenigsten zu fürchten hatten, reagierten trotzdem am schnellsten. Als die vorauskalkulierte Post eintraf, brachten die Zeitungen alle Details des Plans auf der ersten Seite. In diesem Plan hatte der Herrscher erklärt, was er vorhatte, wie er es tun wollte und wo er war. Dies war natürlich eine Herausforderung an den Scharfsinn und die Erfindungsgabe einer erfinderischen Nation, und so hatten die Amerikaner sofort eine Serie von Gegenmaßnahmen auf die Beine gestellt – die vorausgesehen und abgeblockt werden mußten.
Angriffe mit Flugzeugen, Lenkraketen und Motorschiffen – ob über oder unter Wasser – wurden für nutzlos gehalten. Man sah sofort ein, daß die Mittel, zur Insel zu gelangen, natürliche sein mußten. Eine mechanisierte Welt fühlte sich zurückversetzt in die Tage Drakes, da ein windgetriebener Brander mehr ausrichten konnte als ein Atom-Unterseeboot. Aber Brander waren schwer zu steuern. Innerhalb 200 Meilen um Rockall konnte keine Mannschaft überleben, und über diese Strecke hinweg war es unmöglich, den Kurs einzig vom Wind bestimmen zu lassen. Der Wind schien überhaupt der springende Punkt zu sein. Es kamen Vorschläge mit Giftgas oder radioaktiven Fall-Outs. Eine Salve Atomgranaten, 200 oder 300 Meilen westlich oder südwestlich der Insel im Meer zur Explosion gebracht, konnte die Insel mit vom Wind herangetriebenen radioaktivem Staub überziehen. Vielleicht konnte auch auf gleichem Wege ein Gasangriff gestartet werden. Aber jedes Gas und jeder Fall-Out, breit genug angelegt, um Windrichtungsschwankungen auszugleichen, und konzentriert genug, um über 200 Meilen zu wirken, würde sicherlich außer

Kontrolle geraten und den ganzen Globus in Mitleidenschaft ziehen.

All diese Unternehmnungen, die er vorausgesehen hatte, hielten ihn davon ab, den Vorhang lange genug zu heben, um eine Antwort zu bekommen.

Das chinesische Volk würde die Zerstörung Europas ruhig hinnehmen. Das war das Entscheidende. Die Einzelheiten in puncto Antwort und Garantie (in Form von Geiseln oder sonstwie) waren unwichtig, verglichen mit der zentralen Frage, wie die Drohung auszuführen war. Ihm war klar, daß alles einfacher erledigt werden konnte, wenn jedermann überall auf der Welt augenblicklich die Kopfschmerzen selbst verspüren würde.

Der Herrscher kannte das von Mr. Blenkinsop früher erwähnte Freud-Zitat wohl. Ein guter Chirurg schneidet entschlossen und tief, ohne sich in Schnippeleien zu verlieren. Die simple Tatsache bei der Geschichte war, daß ein einzelner Mann das Ultimatum unmöglich überwachen konnte, weil einige Leute es ernst nehmen würden und andere nicht – solange der Ernst des Ultimatums nicht überall zur gleichen Zeit spürbar gemacht würde.

Die Reichweite des Einflusses mußte auf die ganze Welt ausgedehnt werden, zumindest für einige Augenblicke.

Unglücklicherweise würde die Vibrationsstärke, die dafür erforderlich war, sicherlich einige Millionen Menschen töten – und zwar die, die Rockall am nächsten wären.

Am nächsten lag Großbritannien, eines der dichtest besiedelten Länder der Erde. Glücklicherweise waren die im Norden, Westen und Süden sich anschließenden Gebiete leerer Ozean.

Die Bevölkerung Großbritanniens war vor kurzem auf 50 535 000 berechnet worden, während die ganze Welt 2 337 400 000 Bewohner haben sollte – wenn man den Zensus der Russen für ihr Volk von 1900 übernimmt. Die Briten zu vernichten würde also heißen, Einen von Vierundachtzig zu töten. Der Herrscher hatte seine Zweifel, ob dies ausreichen würde, den von Freud genannten Interessenkonflikt zu lösen.

Er saß am Schachtisch im Laboratorium und löste die einfachen Rechenaufgaben mit Hilfe eines billigen Atlasses und eines Exemplares von Whittakers Almanach. Vor siebzig Jahren hätte ihn das Fehlen von Dr. McTurk oder eines anderen Sekretärs, der diese Arbeit für ihn hätte erledigen können, irritiert. Jetzt aber hantierten seine vergeßlichen Finger unbeholfen mit Papier und Bleistift, wie ein Großvater, der geduldig mit den Bauklötzen des Babys spielt. Während der Napoleonischen Kriege – so erinnerte er sich – war von den tapferen Kerlen aus Nelsons Marine erwartet worden, Einen aus Drei zu verlieren, bevor sie die Flagge strichen. Die Schüler von Eton – privilegierter als die Teerjacken der Marine – hatten in diesem Jahrhundert für ihre Privilegien durch eine doppelt so hohe Quote von Gefallenen gezahlt. Im Ersten Weltkrieg hatten die Zentralmächte 22850000 Menschen mobilisiert, von denen 3386200 vor dem Zusammenbruch getötet wurden. Schätzungsweise Einer aus Sieben.

Vermutlich wäre es besser – so entschied er sich –, noch mehr als nur die Briten auszulöschen.

Das war wirklich eine hervorragende Idee, wenn man das Malthus'sche Gesetz berücksichtigte. Unkontrolliert würde die Erdbevölkerung nach Berle zwischen 1940 und 1965 um die Hälfte anwachsen. Unökonomisch.

Bis dahin aber gab's noch Tausende von Einzelheiten zu beachten, und das ganz allein. Die Vibratoren mußten inspiziert werden. Es war Zeit für seinen täglichen Rundgang.

33. Der Sturm

Während sie eingeschlossen waren, bestand eine von Pinkies Aufgaben darin, Jokey auf der Kliff-Spitze Gassi zu führen. Als er sie diesen Abend abholen kam, wies er seine Schiefertafel vor, die er für Mitteilungen benutzte: HERRSCHER WILL SCHLÜSSEL.

Mr. Frinton stand auf, fischte den Schlüssel aus seiner Tasche und gab ihn dem Neger.

Pinkie nickte, hielt Jokey die Tür auf, gab Nicky mit dem Kopf ein Zeichen und folgte dem Jungen nach draußen. Hinter ihnen verschloß er die Tür.

So einfach war das.

Ohne Kommentar ging er zurück in die Küche, als zöge er es vor, nichts zu wissen, und ließ die beiden vor der Tür stehen.

Nicky lehnte sich einen Augenblick mit rasendem Herzen gegen die Wand.

Er zog den Schlüssel aus dem Schlüsselloch und steckte ihn in seine eigene Tasche; er mußte sich zusammenreißen. Auf eine etwas gleichgültige Art, als wäre er ein Fragen stellender Fremder außerhalb seines Körpers, dachte er bei sich: Habe ich Angst? Nein, ich bin nur interessiert. Das ist komisch. Ich weiß, was ich tun muß, und ich merke, daß einer der Nickys in mir in Panik geraten könnte, wenn ich ihn ließe; aber wenn ich schrittweise vorgehe, wie ich's mir ausgemalt habe, wird dieser Nicky blockiert oder ignoriert oder ausgeschlossen oder irgendwie zensiert, und die Schritte werden sich ganz von selbst ergeben – irgendwie. Jedenfalls: Wenn ich sterbe, sterb' ich eben. Alles Schicksal. Bin ich aufgeregt? Nein, aufgezogen. Ich bin eine gut funktionierende, selbsttätige Maschine, und ich muß alles in der richtigen Reihenfolge machen, erst A, dann B. Drücken Sie auf Knopf B.

Seltsame Sprüche und Redensarten gingen ihm von Zeit zu Zeit durch den Kopf, zum Beispiel etwas mit Telefonzellen, als ob die Nickys in seinem Inneren versuchten, gegenseitig ihre Aufmerksamkeit auf einander zu lenken. Oder die letzte Zeile aus dem

Lieblingslied seines Vaters: *Vorwärts, voran, und verzweifle nicht*. Er war überrascht, und ärgerlich, als er merkte, daß er diese Zeile schon an die fünfzig Mal wiederholt hatte. Er wiederholte sie immer noch , mit der Melodie. Er zwang sich bewußt, statt dessen *Rule Britannia* zu summen.

Mr. Frintons altmodischer Revolver lag in seiner Kabine, in der gewohnten Schublade. Er war geladen.

Nicky war durch den Gewehrraum auf Gaunt's Godstone an Feuerwaffen gewöhnt, in welchem sich zufälligerweise eine Trophäe aus dem Ersten Weltkrieg befand – ein Revolver gleichen Modells. Er wußte Bescheid mit dem Sicherungsriegel und wie man den Lauf vorkippt, um nach Patronen zu sehen; letzteres tat er auch. Aber er hatte noch niemals geschossen.

Vorwärts, voran, und verzweifle nicht.

Am besten suchte er ihn erstmal in den Privaträumen. Er fuhr mit dem Lift hinunter. Die Ebenholztür – irgendwie geladen mit der Macht, wie die in Downing Street Nummer 10 – stand offen. In der Halle war das Hirschgeweih hinabgezogen, und das Laboratorium, dessen Glitzern und Summen er zum ersten Mal sah und hörte, stand ebenfalls offen. Es war niemand drin. Eine Anwesenheit war schon zu spüren, ein Bewußtsein, aber kein Mensch. Das altertümliche Boudoir, dieser Rauchsalon aus der Baker Street, war leer, die Radiotruhe schwieg. Mr. Blenkinsops Schlafzimmer glitzerte hinter einer der Türen in der verlassenen Herrlichkeit seines Lack-Schreins. Badezimmer und Toilette hatten – was Judy gerne gewußt hätte – ganz normale Armaturen. In einem Becher voll Desinfektionsmittel grinste Mr. Blenkinsops Ersatzgebiß: elementares Symbol für das menschliche Skelett. Und mehr war von Mr. Blenkinsop nicht übrig.

Vor dem, was das Schlafzimmer des Herrschers sein mußte, hielt er inne, fürchtete, die Klinke zu berühren. Wenn er sie berührte, mochte die Tür plötzlich gähnend auffliegen, vielleicht sogar – was besonders schlimm wäre – nach innen, vielleicht wie ein Springteufel oder eine Pandora-Büchse oder sonstwas Furchtbares. Und was wäre dann da drinnen? Er durfte es sich nicht ausmalen. *Vorwärts, voran, und verzweifle nicht*. Nein. *Rule Britannia*.

Das Schlafzimmer war leer. Es war sehr einfach gehalten – nur ein eisernes Feldbett und eine seltsame Art Stummer Diener aus Mahagoni. Als der Herrscher jünger gewesen war, hatten viele Gentleman-Schlafzimmer diese Vorrichtungen gehabt, die aussahen wie komplizierte Sessel mit daran befestigten Ablagen und Kleiderbügeln und Stiefelspannern und tatsächlich auch einem Perükkenständer. Auf einer der Ablagen lag hier ein Stiefelknöpfer, daneben ein Satz mörderischer Rasierklingen, auf denen die Wochentage markiert waren. Das Zimmer roch leicht nach Bay-Rum.

Den abgetretenen Treppen-Teppich hinunter, an Charles Darwins Visitenkarte vorbei, den gekachelten Tunnel entlang zum Lift.

Typisch, dachte er, ausgerechnet jetzt muß mir Jokey zwischen den Füßen herumlaufen! Ob ich sie in eine der Kabinen sperre? Daß ich daran nicht gedacht habe! Ja, mach' ich. Nein, doch nicht. Ist doch egal. Ich muß weiter ganz automatisch handeln und darf nicht an Nebensächlichkeiten denken. Soll sie doch mit mir kommen, wenn sie will. Er konnte in den Maschinenraum sehen, wo die Männer ihren Aufgaben nachgingen, ohne zu merken, daß sie beobachtet wurden.

Pinkie war in der Küche beim Teigkneten. Er schaute nicht auf. Helle Korridore und geschlossene Türen.

Die Mannschaftsräume waren leer, das Flaschenschiff war fertig; es trocknete in einem warmen Dunst von Kleister.

Der Helikopter stand in dem verlassenen Hangar, geheimnisvollverschwiegen, eine meditierende Gottesanbeterin, ein Pharao, geborgen in seiner Pyramide.

Als Nicky die oberen Tore in den letzten Rest Tageslicht hinein öffnete, wurde er beinahe umgeblasen.

Er war so lange ohne jedes Fenster bei künstlichem Licht eingesperrt gewesen, daß er keine Vorstellungen mehr vom Wetter hatte.

Vielleicht hatten die Vibratoren die Atmosphäre oder irgendein anderes Gleichgewicht durcheinandergebracht – denn ein entsetzlicher Sturm wütete, in dem es die Blitze fertig gebracht hatten, sich mit ganzen Salven taumelnder Winde zu verbünden. Der

schwarze Himmel – von dem Shakespeare wohl erwartet hätte, er möchte stinkend' Pech ausgießen übers feste Vorgebirg' – war voll der widerspenst'gen Winde und des Donners furchtbarm Krachen. Die Wogen kamen in dicht geschlossener Folge herangestürmt. Gischt trugen sie mit sich, die von den Brechern weggeblasen wurde, so daß sie sich in einer Spur von Fischreiher-Flaum, durchsichtig wie Musselin, hinter ihnen herzog. Ein Regenbogen stand darin. Derwische waren die Wogen, die ihren rasenden Siebenundsiebzig-Schleier-Tanz vollführten. Das Anemometer auf der Inselspitze war ein unscharfer Klecks. Die Luft preßte den Jungen mit Windstärke acht rücklings an den Felsen.
Er kämpfte sich den Vorsprung entlang zur Spitze.
Er war gleichsam ein rebellischer Ariel, der im *Sturm* einen furchtbaren Prospero sucht – um Caliban zu verteidigen.

Jede Reise hat ihr End',
wo alles sich zum Bessren wend't.
Am dunkelsten ist's, bevor der Tag anbricht.
Vorwärts, voran, und verzweifle nicht.

Nicky fand den Herrscher auf seinen Alpenstock gegen den Hurrikan gestützt. Die Blitze zischten.
Mühselig drehte er sich herum, während der Junge den Revolver hob, der im Wind zitterte und wackelte.
Der Herrscher kam geradewegs auf die Mündung zu, lehnte sich, um sich zu halten, etwas seitwärts. Da standen sie auf der Schräge, einen Schritt voneinander entfernt.
Die blauen Augen verschmolzen wie zuvor in ein einziges Auge.
Der Scheinwerfer wuchs, bis er das ganze Firmament ausfüllte, und hielt auf ihn zu, wie ein herannahendes Auto, das ihn überfahren wollte. Wie eine Feuerwerksonne begann das Licht zu rotieren. Es war das Universum, und es loderte hell, und er mußte es sich einverleiben oder selbst hineingehen.
Er ging hinein.
Er senkte den Revolver.
Er sagte: »Ja.«

Mit einer schläfrigen Bewegung warf er die Waffe beiseite. Nur noch Schlaf wünschte er sich, wohltuende Trägheit; ganz gab er sich hin. Die Webley schlidderte über den nackten Stein, drehte sich auf ihrer Trommel und verschwand über die Felskante.
Der Herrscher hatte den Zugang zu seinem Geist gefunden.

34. Fünf Faden tief

Jokey war normalerweise kein bissiger Hund, aber sie war völlig verängstigt. Der Wind preßte sie flach auf den Boden und kämmte sie ordentlich durch, mit knapper Not nur konnte sie sich in den kahlen Fels festkrallen, während der Donner, den sie mehr fürchtete als alles auf der Welt, in wahren Kaskaden um ihren zitternden Körper tobte. Ihre verstörten Augen rollten ängstlich umher, und ihre lange Zunge versuchte, gegen den Terror anzulecken. Ums liebe Leben klammerte sie sich an Rockalls Spitze, genau hinter dem Herrscher.

Als er einen Schritt zurücktrat, trat er auf sie.

Sie biß ihn in den Knöchel.

Von einer Böe aus dem Gleichgewicht, vom Hund zum Stolpern gebracht, drehte sich das fragile Bündel altertümlicher Knochen ein halbes Mal um seine eigene Achse und landete auf der Hüfte.

Es gab einen scharfen Knacks, grad so laut, als würde man Feuerholz kleinbrechen.

Jokey, vom Sturm genauso erschüttert wie von dem, was sie angerichtet hatte, kroch dem Hangar zu.

Nicky stand passiv herum und wartete auf einen Befehl, was zu tun sei.

Nach wenigen Augenblicken, in einer Pause zwischen zwei Donnerschlägen, begann der Herrscher zu lachen. Es war ein überraschendes Lachen – kräftig und mächtig und amüsiert. Es war das Lachen eines jungen Mannes aus der New Yorker *Hall of Fame* – im Jahre 1820 dort auf Band aufgenommen.

Wie es so fröhlich um die Klippe scholl, erwachte Nicky wieder zum Leben. Die Feuerwerksonne des Suchscheinwerfers zog sich zurück, sie gebar Zwillinge, wurde wieder zu zwei blauen Augen, wurde wieder gewöhnlich. Er schaute auf einen alten Mann mit gebrochenem Becken, der ausgestreckt zu seinen Füßen lag.

Ohne Sprachschwierigkeiten scherzte der Herrscher mit ihm und sagte:

*»Zauberkunst laß ich nun sein,
was an Kraft mir bleibt, ist mein
und gering.«*

Als er merkte, daß dieses Zitat dem Jungen zu hoch war, fügte er zu seiner eigenen Belustigung ein weiteres hinzu.

*»'Ban, 'Ban, Ca-Caliban
Hat 'nen neuen Herrscher – Du such dir
'nen neuen Mann...
Herrscher, fahr nun wohl, fahr wohl!«*

Nicky fragte: »Sind Sie verletzt? Kann ich Ihnen helfen?«
»Nein.«
»Ich könnte Mr. Frinton holen, damit er Sie im Lift hinunterbringt.«
»Laß gut sein.«
»Soll ich etwas Whisky holen?«

»Das ganze Faß, Mann: Mein Keller ist in einem Felsen an der Seeseite, und dort ist mein Wein versteckt.«

Das wird wohl auch wieder ein Zitat gewesen sein, dachte er benommen, als er wie im Nebel hinunter ging, um den Schnaps zu holen. Er merkte, daß der Winddruck nachließ, obwohl der Sturm immer noch tobte. Im Gehen rief ihn der Herrscher noch einmal.
»Wundersam holde Musik.«
Es lag bereits eine Platte auf dem Plattenspieler. Er stellte ihn mit voller Lautstärke an, bevor er den Schnaps nach oben brachte. Dann fiel ihm ein, auch noch die Fenster zu öffnen. Die Pfauenfedern und das Pampasgras raschelten im hereinströmenden frischen Wind. Die Platte war der vierte Satz aus Tschaikowskys Fünfter Symphonie.
Der Herrscher hatte es sich bequem gemacht. Er schlug den Flaschenhals ab, goß den Inhalt in sich hinein und lehnte sich zurück, um zuzuhören.
Die gewaltige Musik wurde von dem langsam ersterbenden Sturm

zerfetzt. In einzelnen Stößen kam sie aus dem zitternden Fels unter ihnen. Die weißen Schaumkronen der Saga-umwobenen See zogen zum Aufbrausen und Donnern der Symphonie wie eine Prozession aus gaze-dünnen Draperien vorüber. Das Zischen und Rumpeln der Elemente begann zu schwinden.

Während sie zuhörten sprach der Herrscher zweimal – beidemale zu sich selbst. Zuerst sagte er: »*Gedanken sind frei.*« Später dann: »*Wer sirbt, bezahlt alle Schulden.*« Seine Hände waren über dem Alpenstock gefaltet.

Das Thema des ersten Satzes flackerte in Dur auf, und der alte Mann lächelte und nickte dazu. Es gab nichts mehr zu sagen.

Nein, etwas gab es noch, und er sagte es.

Er zerrte sich selbst am Alpenstock in die Höhe.

»Mein Sohn, in einer Art scheinst du bestürzt,
Als ob von Schreck erfaßt: sei frohen Muts!
Vorbei ist unsre Feier. Unsre Spieler,
Wie ich dir sagte, waren Geister; sie
Sind aufgelöst in Luft, in dünne Luft;
Und so wie diese flüchtige Erscheinung,
So werden wolkenüberragte Türme,
Die Prunkpaläste, feierlichen Tempel,
Der große Erdenball sogar wie alles,
Was daran Anteil hat, zu nichts vergehn
Und, wie dies wesenlose Schaustück schwand,
Wie Rauch verwehn.«

Sein Wille schaffte es, den lahm schwankenden Körper bis zum Abgrund zu schleppen.

Der Herrscher schlug durch eine sich ihm entgegenhebende Gischtwand aufs klare Wasser auf. Es war ein kerzengerader Fall.

Und das war's dann – *Fünf Faden tief.*

35. Home sweet Home

Der Stall von Gaunt's Godstone war eine dieser Stellen, wo viel gepfiffen wird; zum Klappern der Hufe, zum Scheppern der Eimer hört man an solchen Orten plötzlich einen Stallburschen *Non piu andrai* oder *La ci darem* pfeifen – und noch dazu wohl intoniert.
Es war ein strahlender Herbstmorgen, die Blätter dachten eben daran, sich an den Bäumen golden zu färben, und die helle, klare Sonne beschloß, am frühen Morgen einen Hauch von Frost mit sich zu nehmen. Die Hecken hatten die Farbe von Holzrauch.
Der Herzog kam zu seinem zweiten Frühstück von der Jungfuchsjagd herein, stampfte seine Stiefel auf die Küchenmatte und pfiff sein Lieblingslied aus *Iolanthe.* Ein wenig später würde er die Familie zusammenrufen müssen, damit sie Broschüren an Ausflügler verkauften und sie durch die Schlafzimmer des Herrensitzes führten. (Ja, Madam, das ist das Krönchen unserer Mutter, aber bitte benutzen Sie die dafür vorgesehenen Aschenbecher, falls die Besucher welche übrig gelassen haben.) Da die Führungen nicht losgingen, bevor um halb zwölf die Busse ankamen, gehörte im Augenblick sein Heim noch ihm – auch wenn er in dessen Stallungen wohnen mußte. Er pfiff:

Wer nichts wagt, der nichts gewinnt.
Blut viel dicker als Wasser rinnt.
Konsequent sei jeder Mann.
Liebe treibt die Welt voran.

»Das tut sie wirklich«, sagte Mr. Frinton, der wild und komisch zugleich unter seinem Käppchen und mit dem Piraten-Bart aussah.
»Na was, mein lieber Froind, immer noch beim Essen?«
Sie alle aßen noch.
»Pinkie ist hinüber zum Haus gegangen«, sagte Judy, »um die Schloßführer fertig zu machen. Er möchte so gerne die Lakaien-Uniform tragen dürfen, wie auf dem Bild von Hogarth.«
»Wenn's ihm Spaß macht.«

»Er verkleidet sich gerne, und vielleicht verkauft er dadurch ein paar Führer mehr. Was meinst du, können Nicky und ich als Pagen gehen?«
»Wir könnten den ausgestopften Papagei der Gräfin von Lothian mit uns tragen.«
»Nein, ich will nicht, daß der Papagei so herumgezerrt wird. Er fällt sowieso schon halb auseinander.«
»Darf ich dann die Cromwell-Rüstung anlegen?«
»Nein.«
»Ich glaub' beinahe«, sagte Nicky trübsinnig, »auf der Insel wären wir besser dran gewesen. Hier heißt's von allem und jedem ›Nicht berühren‹.«
»Nicky.«
»Ach, schon gut. Tut mir leid.«
»Auf der Insel«, sagte Mr. Frinton um des Friedens willen, »hattet ihr nichts zum Anziehen außer Nachthemden.«
»Judys Schuld.«
»Deine Schuld.«
»Wie kann's denn meine Schuld sein, wenn das Nähen nun mal Frauensache ist? Stimmt doch, Daddy?«
»Ich weiß gar nicht, wovon ihr sprecht.«
»Judy hat gesagt...«
»Hab' ich nicht!«
Er schwoll langsam an wie eine verfolgte Kröte.
»Wißt ihr eigentlich«, sagte Mr. Frinton und stellte das Marmeladenglas zwischen sie, um einen Kampf zu verhindern, »daß ich die ganze Zeit, während die Burschen auf der Insel über Napoleon geschwätzt haben, einen Ausspruch von ihm hätte aus dem Ärmel ziehen können, wenn ich nicht zu schüchtern dazu gewesen wäre?«
»Welchen denn?«
»Er hat mal gesagt: ›Man macht nichts zweimal in ein und demselben Jahrhundert‹.«
»Und was hat er damit gemeint?« fragte der Herzog interessiert, indem er eine Gabel voll Kedgeree fünf Zentimeter vor seinen Schnurrbart hielt.
»Das heißt wohl, denk' ich, daß Hitler alle Möglichkeiten einer

Diktatur bis zum Jahre 2045 aufgebraucht hat. Der Herrscher hätte die Sache nie durchziehen können.«

»Interessant, wirklich.«

»Aber du hast den Herrscher nie kennengelernt«, sagte Nicky.

»Gottseidank nicht!«

»Dann wärst du dir nämlich nicht so sicher.«

»Sicher? Worin?«

»Daß er es nicht hätte durchziehen können, wie Mr. Frinton sagte.«

»Wie Napoleon sagte«, verbesserte Judy pedantisch.

»Wie Mr. Frinton sagte, daß es Napoleon gesagt hat, du Affe.«

»Nicholas, du sollst nicht Affe zu deiner Schwester sagen.«

»Ach verdammt«, sagte Nicky. »Jeder hier...«

»Hör auf zu fluchen und iß dein Frühstück.«

»Was mir an dem Abenteuer nicht gefallen hat«, bemerkte Judy, »ist, daß es am Ende so ziemlich ohne Knalleffekt war. Ich finde, er hätte von einem Helden oder sowas besiegt werden müssen. Einem Ritter in blitzender Rüstung. Es kommt mir so ... so unpassend vor. Unpassend, daß er einfach über einen Hund stolpern muß.«

»Das ist doch in Wirklichkeit sehr passend«, sagte Mr. Frinton.

»Wieso?«

»Wenn man sich *über* die Menschen erhebt, kann man von etwas *unter* den Menschen zu Fall gebracht werden. Das hat er vergessen. Und der Zeit und dem Zufall sind alle Menschen ausgesetzt.«

»Die Menschen hatte er sowieso ausgeschaltet.«

»Ja, alle.«

»Noch was«, sagte Mr. Frinton. »Ist euch klar, daß Totty gar nicht so blöd war, im nachhinein gesehen?«

»Wieso?«

»Er hat es von Anfang an gewußt. Deswegen hat er Jokey gekidnappt. Um sie dafür zu benutzen.«

Dem immer noch schmollenden Nicky war die hinterhältige Idee gekommen, es mit einem Witz zu versuchen, den er früher in einer Zeitung gelesen hatte.

»Gehe ich recht in der Annahme«, sagte er verschlagen, »dein blitzender Held hätte wohl seine Zeit vor allem damit zubringen müssen, ›holde Miss‹ zu dir zu sagen?«

»Na sicher. Und warum auch nicht? Es kann ja nicht jeder so ein Rüpel sein wie ... «

»Dann solltest du lieber einen Landarbeiter heiraten.«

»Warum?«

»Hol de Misforke ma aussm Schuppm!«

Und er schlug mit dem Teelöffel auf sein gekochtes Ei ein.

»Fiesling!«

»P-latz da! P-latz da für dü Gröfin von Straphangör!«

»Ich bring dich um...«

»Da ist die Post«, sagte Mr. Frinton. Da war wirklich die Post – und Mrs. Henderson trug sie zusammen mit der Milch aus, wie Judy es gewünscht hatte – und darunter befand sich ein Brief in einer fremden Handschrift, abgestempelt in Lerwick, adressiert an den Major General, den Herzog von Lancester, M.F.H.

»Na bitte«, sagte Judy, nachdem er geöffnet worden war. Gilbert & Sullivan, die von den Regeln einer Tragödie ebensoviel verstanden wie Aristoteles, haben einmal einen seefahrenden Schurken erfunden, dessen furchtbares Schurkentum einzig darin bestand, stets und immer »Ich hab's dir ja gesagt!« zu sagen. Jetzt konnte Judy diesen Satz loswerden, noch dazu in dem Moment von Nikkys Triumph. Es war der berühmte Brief aus der Flasche, der aussah, als wäre er eben erst abgeschickt worden.

»Selbst wenn...«

»Na?«

»Also selbst wenn er jetzt angekommen ist«, sagte er verzweifelt, »hat er doch überhaupt nichts genützt, denn es ist ja zu spät, und weil...«

»Weil was?«

»Weil wir doch vorher schon alles geschafft haben, und selbst wenn er rechtzeitig angekommen wäre, hätte doch von hier aus niemand was machen können, und...«

»Da hast aber gesagt, er würde überhaupt nicht ankommen.«

»Hab' ich nicht.«

»Doch.«

»Ich hab' gesagt...«
»Hat dich wohl zu sehr gewurmt, was?«
»Gewurmt?«
»Mein lateinisches Wort.«
»Duuu!« kreischte Nicky, über die Grenze des Erträglichen gereizt. Er blähte sich auf wie der Frosch bei Äsop und suchte nach dem Fluch aller Flüche. Jeder war gegen ihn. Alles war unfair. Ganz allein auf sich gestellt ließ man ihn, den letzten Überlebenden der ritterlichen Scharen, Herrscher besiegen. Man erwartete von ihm, daß er gegen Hypnose kämpfte, gegen Gedankenübertragung, einhundertsiebenundfünfzig Jahre alte Männer und weiß der Himmel was noch. Und ausgerechnet als er den Landarbeiter-Witz anbrachte, mußte die Flaschenpost eintreffen. Bei jeder Gelegenheit kam man ihm in die Quere, niemand würdigte ihn richtig, die eigenen Freunde sperrten ihn sogar ein, Dankbarkeit zeigte ihm keiner, und behandelt wurde er, als ob er noch zwölf wäre – (ja, *zwölf*, denn gestern waren sie dreizehn geworden) –: Sollte das der Sinn des Lebens sein?! Das nannte sich nun königliche Abstammung! Wo war da die Gerechtigkeit? Wozu hat man überhaupt je die Frauen erfunden? Wo waren die ihm gebührenden Adler und Trompeten? Wer...
Adler?
Napoleon.
Jetzt hatte er's.
Er ging auf seine zitternde Schwester los und versetzte ihr majestätisch den entwaffnenden Hieb: »Du bist ein *Napoleonisches Rindvieh!*«

Unter dem Frühstückstisch, wo sie ungeniert schmuddelig herumschmatzte, knurrte Jokey aus lauter Sympathie mit, als die Stimmen oben lauter wurden.
Es war ein Mittwoch. Ihre Sorgen waren vorüber.
Höchstwahrscheinlich war sie der einzige Hund der Geschichte, der das Schicksal der menschlichen Rasse gewendet hatte; naja, und da ist es doch ganz hübsch zu wissen, daß man ihr einen ganzen Bückling spendiert hatte.